ZANNA E DISGUSTO:
UNA COMMEDIA VAMPIRICA

I DIARI DEL PALLETO

JON SMITH

BAL
KON
media

I DIARI DEL PALETTO

Pubblicato da Balkon Media
ISBN edizione paperback: 978-1-916970-47-2
Disponibile anche in formato e-book

Illustrazione e progettazione della copertina: Balkon Media

www.jonsmith.net

ALTRI LIBRI DI JON SMITH

FICTION

The Fifth Horseman

Destiny Can Bite Me (Fang & Loathing #1)

The Stakeout Diaries (Fang & Loathing #2)

Rewrite the Dead (Fang & Loathing #3)

YOUNG ADULT

The Arb

CHILDREN'S FICTION

Toytopia

NON-FICTION

Once Upon A Brand

Founder Mode

The Bloke's Guide To Pregnancy

The Bloke's Guide To Babies

Get Into Bed With Google

Google Adwords That Work

Smarter Business Start-Ups

Start An Online Business

Digital Marketing For Businesses

UNO

Nella Corte dei Pallidi Affari, la luce esisteva solo per dispensa speciale e sotto la più stretta supervisione. Le fiamme delle torce crepitavano in applique a due metri di distanza l'una dall'altra, facendo del loro meglio per illuminare una sala la cui principale esportazione era l'ombra. Tutto ciò che non era marmo era velluto, e tutto ciò che non era velluto era legno laccato, il che significava che la polvere si depositava sul posto come neve in una cripta. Vincent sentiva la signora Barley complottare un colpo di stato contro un batuffolo di polvere particolarmente recalcitrante, anche mentre il destino della sua anima immortale veniva discusso due file più in su.

Strizzò gli occhi verso il podio, ostentando un'indifferenza rovinata solo dal fatto che gli occhi continuavano a lacrimargli per il fumo delle torce. A capo del Consiglio sedeva l'Anziano Mortimer Blackthorn, i cui zigomi erano stati l'invidia del circuito vittoriano delle maschere mortuarie, e che manteneva un'espressione di perenne, delusa grandiosità, come una statua che un tempo era stata il fulcro di un museo molto migliore. Stava al momento intonando il nome di Vincent come se stesse recitando il modo di togliere una macchia particolarmente ostinata da un elenco della lavanderia a secco.

«Vincent Lupo, noto anche con gli pseudonimi di C. Lowell, Anselm Grieves e dell'assolutamente indifendibile Lady Vivien Despot, lei è convocato dinanzi a questo Consiglio per rispondere del suo ultimo episodio di... discredito.»

Vincent inclinò la testa quanto bastava per suggerire un «continui pure», ma non abbastanza da suggerire servilismo. Accanto a lui, la signora Barley strinse le labbra e tracciò un segno sulla cartellina che aveva tirato fuori dalle profondità della sua borsetta. Ren, da parte sua, aveva adottato la posa classica del condannato: mani ficcate in tasca, spalle curve, occhi fissi su un punto appena sopra la testa dell'oratore, come se si preparasse a un fronte meteorologico in arrivo.

La sala del Consiglio era tecnicamente piena, ma come per la maggior parte degli organi soprannaturali, «piena» significava che un certo numero di suoi seggi era occupato da effigi, rappresentanti delegati o, come nel caso di oggi, da una replica di marzapane particolarmente realistica. Vincent contò cinque vampiri veri e propri, tre ombre sussurranti e un totale di due mortali: la signora Barley e Ren. Non era del tutto sicuro che la signora Barley potesse essere considerata mortale nel senso stretto del termine, ma siccome era in grado di sopravvivere per più di quaranta minuti senza una dieta a base di sangue, era più semplice gettarla nello stesso calderone.

Blackthorn continuò, scaldandosi sull'argomento. «Gli eventi del giorno 14 corrente mese, a Soho, sono stati portati alla nostra attenzione. Per la precisione: una congrega di cultisti senza licenza, che operava all'interno dell'Orpheum Theatre, è stata liquidata sommariamente con quella che può essere descritta solo come forza eccessiva, lasciando dietro di sé non solo resti mortali carbonizzati, ma una scena così appariscente da attirare l'attenzione della Polizia Metropolitana, di due dozzine di investigatori dilettanti e dell'intero verticale di 'Paranormal London' su TikTok. Vorrebbe commentare i suoi... metodi?»

Lasciò che la parola «metodi» aleggiasse nell'aria, grondante di quel tipo di disprezzo solitamente riservato al tè freddo e ai travel blogger.

Vincent si schiarì la gola. «Beh, Anziano, se per 'forza eccessiva' intende il fatto che ho impedito che una profezia facesse detonare Soho e condannasse Londra a un secolo di pestilenza e pessimi musical, allora sì, potrei aver esagerato un tantino.»

Un paio di vampiri sbuffarono, più per sorpresa che per divertimento. Il volto di Blackthorn non si mosse, ma piuttosto si contrasse, come se stesse ricalibrando le sue impostazioni da «glaciale» a «zero assoluto».

«La sua moderazione è leggendaria, Lupo» disse. «C'è, tuttavia, una distinzione tra contenimento e... spettacolo. Lei ha esposto un segreto, custodito per secoli, ai mortali. Alcuni dei quali, come saprà, hanno cellulari con fotocamera.»

Vincent si trattenne dall'impulso di chiedere se il Consiglio pensasse ancora che le Polaroid fossero l'apice della minaccia tecnologica. «Con rispetto, Anziano, se lei avesse stanziato anche solo una frazione delle sue risorse per rintracciare gli acceleratori di profezie, invece di mettermi in attesa per sei mesi, forse non staremmo avendo questa conversazione.»

Il sopracciglio di Blackthorn ebbe un fremito: un evento

sismico, per i suoi standard. «Le risorse del Consiglio non sono soggette ai capricci dei caduti in disgrazia» sentenziò, con la magniloquenza di un uomo che legge ad alta voce la propria pagina di Wikipedia. «Se lei avesse seguito la dovuta procedura...»

«La dovuta procedura?» lo interruppe la signora Barley, con una voce secca come lino inamidato. «Se posso permettermi, Anziano, il richiedente ha, di fatto, presentato due richieste di rinforzi rituali, una di supporto tattico e tre addenda tramite il canale delle Memorie d'Emergenza, che, a quanto mi risulta, sono state tutte dirottate all'Archivio delle Penalità.»

Ci fu un distinto, collettivo sussulto da parte del Consiglio a «Memorie d'Emergenza», un sistema introdotto negli anni Ottanta da un Anziano particolarmente nevrotico che credeva che ogni disastro dovesse essere immediatamente immortalato in forma di diario. La signora Barley, per nulla turbata, cominciò a sfogliare i suoi appunti, pronta a fornire ulteriori prove a sostegno di Vincent.

Blackthorn la ignorò con la professionalità di un uomo che aveva passato secoli a far finta che la servitù non esistesse. «Non siamo qui per discutere i meriti della sua richiesta. Siamo qui perché, grazie alla sua... iniziativa, i mortali sono ora a conoscenza di 'attività vampiresca' nel centro di Londra. Abbiamo passato anni a plasmare il loro immaginario collettivo affinché vedessero i vampiri come una metafora dell'evasione fiscale, non un pericolo quotidiano.»

Ren tossì. «Tecnicamente, nessuno ci credeva finché un cultista non si è dato fuoco, è corso in strada e ha iniziato a salmodiare in latino. Quella parte non è stata colpa nostra.»

Il vampiro più vicino, un'elegante reliquia in vestaglia di

seta, squadrò Ren come se fosse un insetto sul suo pasticcino. «La condotta della sua associata umana non è sotto esame» disse, facendolo suonare come una svista profondamente deplorevole. «Anche se ci si chiede come sia riuscito ad accumularne così tanti, viste le sue passate valutazioni.»

Vincent fece spallucce. «Sono uno che piace alla gente.»

La signora Barley si sporse di lato per mormorare: «C'è una nota nell'appendice. Dice: 'evitare giochi di parole legati al fascino'.»

Lui le rivolse un gran sorriso, che gli valse uno sguardo di materno disgusto. «È un crimine di guerra solo se lo ripeti tre volte» sussurrò.

La mano di Blackthorn si abbatté sul podio con un tonfo secco. «Basta. Lupo, lei è con la presente accusato di quanto segue: messa in pericolo sconsiderata della mascherata, contatto non autorizzato con artefatti sensibili del Consiglio e grave inadempienza nell'applicazione dei protocolli di contenimento.» Fece una pausa, assaporando l'ultima accusa come se sapesse di cioccolato fondente. «Come si dichiara?»

Vincent considerò di dichiararsi «affamato», ma optò per un diplomatico gesto di rassegnazione. «Colpevole, ma con circostanze attenuanti.»

Ren alzò un dito. «Le circostanze attenuanti sarebbero la letterale fine del mondo?»

Ci fu una risatina dalle ombre: una delle deleghe, o forse solo un'ombra vera e propria con un certo senso dell'umorismo. Il Consiglio si irrigidì collettivamente, come colto in un momento sconveniente da un vescovo di passaggio.

Blackthorn sospirò. «Lei non è del tutto privo di valore,

Lupo, motivo per cui il Consiglio ha acconsentito a... sanzioni alternative.»

Vincent si preparò a un ritorno all'inferno delle scartoffie o, peggio, alla partecipazione obbligatoria ai banchetti trimestrali.

«Con effetto immediato» intonò Blackthorn, «lei sarà assegnato all'osservazione sul campo dei Modernisti. Appostamenti. Sorveglianza. Farà da balia alla nuova generazione finché non impareranno a comportarsi... o finché lei non dimostrerà di essere affidabile per operare in mezzo a loro senza incidenti.»

Questo provocò una vera e propria risata dall'effigie di marzapane, che Vincent avrebbe giurato avesse acquisito una nuova ruga intorno alla bocca.

«Fare da balia» ripeté. «È così che lo chiamiamo adesso?»

La signora Barley raddrizzò la sua postura già dritta come un fuso. «Mi scusi, Anziano, ma potrebbe cortesemente chiarire i termini di questo incarico? C'è stata una notevole mancanza di specificità nei precedenti comunicati del Consiglio.»

Blackthorn parve rimpicciolirsi, solo di un millimetro, come se fosse schiacciato dal pieno peso della prodezza amministrativa della signora Barley. «Lei sarà responsabile del monitoraggio di ogni attività modernista nota nel suo settore. Rapporti da presentare giornalmente. Qualsiasi deviazione comporterà l'immediato... licenziamento.»

Non specificò quale forma avrebbe potuto assumere il «licenziamento». Vincent dubitava che includesse una generosa liquidazione e un orologio da tavolo.

Ren fissò Vincent, con gli occhi sbarrati. «Non mi farai indossare un'uniforme, vero?»

«Solo se volete tutti dei distintivi coordinati» disse lui, non del tutto per scherzo.

Il resto del Consiglio si alzò, o finse di farlo, in un gesto di definitiva conclusione. Blackthorn lanciò un'ultima occhiataccia, di quelle che avrebbero fatto avvizzire uomini di minor tempra, ma che a Vincent fecero solo venire la voglia di accendersi una sigaretta e soffiare anelli di fumo contro gli stendardi.

Congedato, il trio si diresse verso l'uscita. Alle loro spalle, la sala del Consiglio tornò al suo stato naturale: un dibattito infinito sul galateo, condotto da morti viventi a beneficio di assolutamente nessuno.

Nel corridoio, la signora Barley esalò un sospiro. «È andata meglio del previsto.»

Vincent batté le palpebre. «Vi aspettavate di peggio?»

Lei annuì. «L'ultima volta hanno usato la parola 'dissanguamento' sei volte prima della pausa per il tè. Stavolta è stata quasi una passeggiata.»

Ren sogghignò. «Allora, chi sono esattamente questi Modernizzatori?»

Vincent prese in considerazione l'idea di mentire, ma solo per un istante. «Vampiri con una certa inclinazione per i social media. La settimana scorsa uno di loro ha organizzato un flashmob alla British Library. La settimana prima, qualcuno ha tentato di trasmettere in livestream un rituale di salasso. La maggior parte di loro è innocua, ma alcuni... hanno ambizione.»

Gli occhi di Ren si illuminarono. «Quindi siamo... delle guardie giurate soprannaturali da centro commerciale.»

Vincent gemette. «Non farti sentire da loro mentre lo dici. Finirebbe stampato su una maglietta.»

La signora Barley era già a metà del corridoio, borbottando sulla logistica dei rapporti giornalieri e sulla totale mancanza di adeguati articoli da ufficio. Vincent rimase indietro, lasciando che fosse Ren a dettare il passo.

«Sul serio,» disse lei, dopo qualche passo. «Perché non hai chiesto i distintivi?»

Lui la guardò di sottecchi. «Credo che ci faranno indossare qualcosa di molto, molto peggio.»

E mentre passavano sotto gli stendardi, le loro ombre si allungarono alle loro spalle: tre sagome in marcia serrata, nessuna delle quali corrispondeva esattamente ai corpi che si lasciavano dietro.

A Londra esisteva una speciale categoria di stanze riservate a compiti sgradevoli e conversazioni ancora meno piacevoli, e l'ufficio annesso sul retro degli Archivi era l'esemplare da cui tutti gli altri traevano ispirazione. La vernice si scrostava in fogli dai cornicioni come pelle bruciata, le luci fluorescenti ronzavano con la minaccia costante di un migliaio di calabroni agitati e i radiatori fungevano principalmente da curiosità storiche. Un'unica scrivania e due sedie malconce dividevano lo spazio, sebbene la maggior parte della superficie fosse occupata da un vallo d'assedio di schedari, ciascuno recante un'etichetta scritta a mano, concepita per indurre la disperazione esistenziale.

La signora Barley si era impossessata della scrivania, e al momento stava disponendo una serie di cartelline manila con la devozione di una sacerdotessa che si prepara a un rito sacrificale. Non alzò nemmeno lo sguardo quando Vincent e Ren entrarono strascicando i piedi, portando nella loro scia la distintiva aria da provvedimento disciplinare.

Vincent fissò le cartelline. «È qui che ci dite che siamo stati riassegnati alla versione vampiresca di un qualche ispettorato?»

La signora Barley gli lanciò un'occhiata che avrebbe potuto scrostare la vernice, se ce ne fosse stata ancora da scrostare. «Non un ispettorato. Piuttosto un organo di vigilanza. Supervisione, non miglioramento.»

Ren scostò una sedia con lo stivale e vi si lasciò cadere, guardandosi intorno con schietta e palese curiosità. «Quello sul soffitto è sangue, o solo la peggior infiltrazione d'acqua del mondo?»

«Un po' di entrambi,» disse la signora Barley, prendendo un appunto sul registro che aveva materializzato dal nulla. «Il precedente occupante credeva nella disciplina impartita con mano ferma.»

Vincent si massaggiò le tempie. «C'è del caffè?»

Lei fece scivolare nella sua direzione un barattolo di orrore liofilizzato, insieme a una tazza sbeccata il cui interno era del colore del cuoio antico. Lui declinò con un cenno del capo. Ren, nel frattempo, si era servita da sola e ora squadrava le cartelline come se potessero morderla.

La signora Barley si schiarì la voce. «Bene. Da questo momento siete l'unità di osservazione ufficiale per la sottocongrega dei Modernizzatori, Settore Nord. I vostri contatti principali sono dettagliati in questi resoconti.» Sfoglia le cartelline, una per ciascuno di loro. «Abbiamo qui: un locale di frullati di sangue che opera da un ex Costa riconvertito, un'attività di vendita al dettaglio specializzata in streetwear a tema occulto e una rete di creatori di contenuti che sembrano avere difficoltà a mantenere attivo il loro glamour durante le dirette streaming.»

Ren emise un fischio, sfogliando il dossier del "bar di frullati di sangue". «L'hanno chiamato davvero Hemogoblins?»

Le narici della signora Barley si dilatarono, ma non si degnò di rispondere alla domanda. «Pedinerete le loro attività, documenterete qualsiasi violazione del velo e redigerete rapporti notturni. Il Consiglio si aspetta conformità assoluta. Qualsiasi deviazione comporterà misure disciplinari. E, dati i vostri precedenti, il Consiglio vi sta osservando con particolare interesse.»

Vincent sfogliò la propria cartellina, esaminando i volti. Ne riconobbe due: Cassian Roe, influencer vampiro professionista e architetto di schemi piramidali part-time; e Aurelia Voss, che aveva usato il suo Instagram come un'arma per lanciare un impero del "benessere vampiresco", completo di kit per lo sbiancamento dei denti con il suo marchio. C'era un terzo volto: Nyx Calder, una DJ il cui crimine principale sembrava essere la gestione di una serata in un club semi-legale in uno scantinato che non vedeva la luce del giorno dallo Sciopero Generale.

Chiuse la cartellina di scatto. «Siamo davvero delle balie.»

«Agenti in appostamento,» lo corresse la signora Barley, anche se non ci mise molta convinzione.

Ren picchiettò sulla sua cartellina, con una nota di divertimento nella voce. «Almeno è lavoro sul campo. Meglio che rimanere bloccati in questa trappola mortale.»

Come a comando, le luci tremolarono e un brivido si insinuò dal pavimento. Vincent grugnì: «Stai attenta a ciò che desideri», proprio mentre Zara Delacourt emergeva dalle doghe di legno, la sua forma spettrale di qualche tono più pallida del solito, i capelli carichi di elettricità statica e gli occhi pieni di sarcasmo.

Fece un saluto con due dita. «A rapporto per l'ultima cavalcata della cavalleria degli sfaticati.»

Ren sobbalzò, rovesciando caffè istantaneo sul tavolo. Zara si chinò su di lei, leggendo la prima cartellina alla rovescia. «Ah, Hemogoblins. La loro miscela o negativo sa di mastice, ma il personale è un piacere per gli occhi. Il Consiglio si è almeno degnato di concedervi un fondo spese?»

Vincent posò la sua cartellina e si rivolse al soffitto. «Se questo è l'aldilà, voglio parlare col direttore.»

La signora Barley ignorò il fantasma, scegliendo invece di delineare i passi successivi con la stessa svelta efficienza che riservava alle faccende domestiche e al contenimento arcano. «Inizierete dal sito di Hemogoblins. Secondo l'ultimo controllo, c'è stato un picco di attività sospette: sangue-giovane che bighellona dopo l'orario di chiusura, inspiegabili picchi di energia e una sfida di ballo virale che finisce con i partecipanti che perdono i sensi e si mettono a citare testi sumeri.»

Zara sogghignò. «Non è il peggior martedì che abbia mai avuto.»

Ren guardò Vincent, poi Zara. «Allora, qual è il nostro approccio? Ci mimetizziamo, o ci limitiamo a... stare appostati?»

«Mimetizzarsi,» disse Vincent, con voce piatta. «Dovremmo sembrare parte dell'ambiente.»

«Il che, nel caso di Vincent, significa comportarsi come un preside assenteista che ha rinunciato al programma di studi,» disse Zara, guadagnandosi un'occhiataccia.

La signora Barley fece scattare la penna per dare enfasi. «Devo ricordarvelo a tutti: noi osserviamo. Non interveniamo. Documentiamo ma non interagiamo. Se una situazione diventa instabile, dovete ritirarvi e avvisarmi immediatamente. L'ultima cosa di cui abbiamo bisogno è una ripetizione di ciò che è successo all'Orpheum o, peggio, un livestream che diventa virale.»

Ren, per nulla scoraggiata, iniziò a sfogliare il fascicolo di Zara. «Conosci tutte queste persone?»

«La maggior parte,» disse Zara. «Alcuni dei tempi andati, altri del giro "evocati per sbaglio alla festa sbagliata". La Voss piombava alle mie lezioni. Una volta Cassian ha cercato di vendermi una multiproprietà in Romania. Di Nyx... non si parla.»

Vincent si mise la cartellina sotto il braccio, il gesto universale che significava "facciamola finita". Si fermò sulla porta. «Se qualcuno mi cerca, sarò da Hemogoblins, a fingere interesse per il plasma artigianale e a non mettere niente di tutto questo su TikTok.»

Zara lo seguì, smaterializzandosi mentre avanzava, mentre Ren rimase indietro un momento, osservando la signora Barley impilare le cartelline rimanenti con precisione militare.

«Sarà terribile?» chiese Ren.

La signora Barley alzò lo sguardo, un lampo di sorpresa attraversò i suoi lineamenti. «Statisticamente, sì. Ma vi ho visto gestire di peggio.»

Ren annuì, e per la prima volta da quando era entrata nell'archivio, sembrò quasi rassicurata.

Nell'istante in cui la porta si chiuse, la signora Barley aprì uno scomparto nascosto nel cassetto inferiore ed estrasse un thermos molto vecchio e molto malconcio. Si versò un dito di quello che sembrava sospettosamente gin, e lo sollevò in un brindisi al caos in ritirata.

«Alle scartoffie, e a quelli così sciocchi da credere che contino qualcosa.»

Vincent, nel frattempo, stava già marciando nella notte, con la cartellina stretta in mano e la mente concentrata sul lavoro. Borbottò tra sé e sé mentre l'aria fredda lo colpiva: «Sono già sparito una volta. Quanto potrà mai essere più difficile la seconda?»

Dietro di lui, l'edificio ronzava di un'antica e indicibile burocrazia, con ingranaggi che giravano nell'oscurità, in attesa del prossimo pasticcio da combinare.

DUE

Se lo scopo della sorveglianza era rimanere nell'ombra, nessuno aveva pensato di comunicarlo al responsabile della flotta del Consiglio. Il loro furgone, un rottame diesel da due tonnellate con la stessa integrità strutturale di un orinatoio di seconda mano, tradiva la propria missione solo a chi aveva un occhio esperto per lo stucco da carrozziere e le targhe sospettosamente nuove. Rabbrividiva a ogni autobus che passava, come per protestare contro l'umiliazione di quell'incarico, e la portiera del passeggero aveva gettato del tutto la spugna, tenuta chiusa da un elaborato sistema di corde elastiche e da quello che sembrava un collare per cani.

Erano parcheggiati dall'altra parte della strada rispetto all'Hemogoblins, un bar per frullati di sangue gestito da Modernisti, la cui vetrina inondava il marciapiede con una luce stroboscopica rossa e bianca a intermittenza. L'interno era un tripudio di superfici cliniche e macchie d'autore; scaffali pieni di fiale scintillanti etichettate con nomi come "Emo-

Boost" e "Bomba B Positivo". Persino la lavagna all'esterno — «Happy Hour, 18:00-20:00, porta un amico, ricevi uno scone gratis» — sembrava scritta da qualcuno con una sponsorizzazione su Instagram e un profondo rancore verso le lettere minuscole.

Vincent si era appropriato del sedile del passeggero, sebbene il suo modo di starci sprofondato ricordasse più un Romanov in esilio che un agente operativo. Teneva in grembo un binocolo da quattro soldi, non perché gli servisse, ma perché infastidiva la signora Barley, la quale insisteva a usare il proprio con la precisione di un cecchino. Dietro di loro c'era Ren, appollaiata su uno sgabello da campeggio pieghevole e curva su una cartelletta, con l'evidenziatore stappato e pronto all'azione.

«Shot detox all'arancia rossa» lesse Vincent dal menù, strizzando gli occhi attraverso il vetro. «Avrebbero dovuto limitarsi allo 0+ alla spina. Almeno sarebbe più onesto.»

Ren emise un suono a metà tra uno sbuffo e una risata, ma non alzò lo sguardo. «Hanno un programma fedeltà. Se sopravvivi a cinque visite, ti danno una spilla smaltata commemorativa.»

«I vampiri moderni» rifletté Vincent. «Tutta la fame, ma niente poesia.»

«Alcuni lo chiamerebbero progresso» replicò la signora Barley, con un tono piatto come la gomma posteriore sinistra del furgone. Si era stesa una tela cerata sulle ginocchia per raccogliere eventuali gocce d'inchiostro vaganti e stava metodicamente compilando una pila di moduli in triplice copia, ognuno con un avvertimento timbrato a mano: «SOLO PER USO DEL CONSIGLIO — UNA GESTIONE IMPROPRIÀ PUÒ COMPORTARE SANZIONI». Il suo thermos era appollaiato sul cruscotto, a portata di mano ma al sicuro dal raggio d'azione delle gesticolazioni di Vincent.

Vincent rischiò un'occhiata attraverso il proprio binocolo, poi lo posò. «Sono io, o stanno mischiando il sangue con la curcuma? Non è, tipo, un crimine di guerra?»

Ren non si degnò di rispondere. I suoi appunti erano codificati per colore: giallo per sospette attività da vampiro, rosso per influencer vampirici confermati, viola per "ambiguità varie". Sembrava sinceramente coinvolta, cosa che Vincent trovò al contempo commovente e un po' inquietante.

Caddero in un silenzio di quelli che si accumulano negli angoli delle biblioteche e delle sale d'attesa degli ospedali, ma ancora più denso perché nessuno voleva ammettere di essere annoiato. Ogni dieci minuti, un adolescente in skinny jeans strappati e una giacca di pelle sospettosamente vintage usciva dall'Hemogoblins, consultava il telefono e si allontanava nella notte. A volte si accoppiavano, a volte discutevano sulla linea della metropolitana migliore per le feste dopo il coprifuoco, ma nessuno di loro esplose, si trasformò in un pipistrello o si comportò in qualche altro modo che il Consiglio avrebbe considerato perseguibile.

Alla fine, Vincent si annoiò abbastanza da attaccare briga.

Si rivolse alla signora Barley, che ora stava spuntando caselle con quel tipo di cupa efficienza solitamente riservata alle estrazioni dentarie. «Non si preoccupa mai di non essere all'altezza del suo pieno potenziale, signora B? Voglio dire, tutto questo tempo passato ad addestrarsi, e ora è praticamente un'ausiliare del traffico.»

Lei non alzò lo sguardo. «Sono perfettamente soddisfatta del mio ruolo, grazie.»

Ren sorrise senza alzare gli occhi. «Ha un foglio di calcolo per la contentezza. Si aggiorna ogni ora.»

Vincent sbuffò. «E tu, Ren? È questa l'eccitante vita dello spionaggio soprannaturale che hai sempre sognato? Guardare dei ragazzini goth farsi in vena di succo di carota e traumi?»

Ren tappò l'evidenziatore con un gesto teatrale. «Non so, Vincent. Credo che sperassi in qualcosa di più simile a "società segreta sexy con un'estetica dark academia" e un po' meno a "appostamento in un camion della spazzatura".»

Lui sogghignò. «Dovresti vedere il codice di abbigliamento per i banchetti del Consiglio. Niente è più erotico di mantelli in poliestere e un accordo di non divulgazione di sedici pagine.»

Il furgone oscillò leggermente mentre la signora Barley si sistemava sul sedile, con la schiena sempre dritta come un righello. «Se voi due avete finito, forse potremmo tornare alla nostra missione.»

Lui le ammiccò. «Cosa, non è neanche un po' curiosa di sapere cosa c'è dentro?»

«So esattamente cosa c'è dentro» disse la signora Barley, e spuntò un'altra casella con forza sufficiente a perforare tutti e tre i fogli. «Centoquattordici litri di plasma con integratori vegani, cinque iniziati Modernisti non registrati e, se non erro, un cane di piccola taglia.»

A quella notizia, Ren alzò lo sguardo. «Un cane?»

«Uno spaniel, forse un trovatello. L'hanno fatto entrare dal retro alle sette e mezza.»

Vincent guardò Ren. «Ci farai l'abitudine. Lei sa tutto, lo conserva in una scatola e non te ne dà mai un po' a meno che tu non dica per favore.»

La signora Barley prese nota: «Soggetto Lupo, esagerazione

abituale, possibile ricerca di attenzioni». Non sorrise, ma gli angoli della sua bocca fecero un tentativo di fuga.

Il disagio tornò, ora tinto della leggera irritazione di chi sa di dover rimanere bloccato insieme almeno fino a mezzanotte. Vincent armeggiò con la radio, che offriva solo statica e un'unica stazione che trasmetteva rap turco. Tamburellò con le dita sul cruscotto.

Poi, senza preavviso, la temperatura nel furgone scese di quattro gradi. La pressione dell'aria cambiò in un modo che produsse sui timpani di Vincent effetti che non desiderava ripetere. Una nebbia anomala si sollevò dal pianale e, attraverso di essa, apparve Zara, intangibile e con i contorni leggermente luminescenti, come uno screensaver dell'aldilà.

Valutò lo spazio angusto, poi emise un fischio sommesso. «Vedo che il Consiglio non bada a spese di questi tempi. Avrei dovuto darmi malata e andare a infestare il multisala.»

Vincent fu il primo a riprendersi. «Non si possono infestare i vivi, Zara. Le regole sono chiare.»

Lei roteò gli occhi. «Non sto infestando, tesoro, sto facendo un audit. Hanno detto che potevo dare assistenza remota dall'aldilà.»

Ren la fissò a bocca aperta. «Tu... Da quanto sei qui?»

Zara sogghignò, con denti abbaglianti e occhi un po' troppo acuti. «Da abbastanza per vederti scrivere male "influencer" sulla tua griglia.»

Ren arrossì e chiuse di scatto la cartelletta. «È la grafia americana. Dà la colpa all'algoritmo.»

La signora Barley, a suo merito, non batté ciglio. «Sta interferendo con il protocollo del Consiglio, signorina Delacourt.»

«Davvero? O sto fornendo una preziosa consulenza interdimensionale?» Zara appollaiò il suo io incorporeo sul bracciolo, poi si sporse per sbirciare il bar dal finestrino. «Dio, uscivo con gente così. Si vantavano della loro frequenza cardiaca a riposo. Zero resistenza.»

Vincent sbuffò, senza potersi trattenere. «Almeno loro non si illuminano come un lampadario ogni volta che entrano in una stanza.»

Zara gli fece la linguaccia, ma questa tremolò come una gif. «L'invidia ti dona proprio, Vincent.»

Lui stava per ribattere, ma fu interrotto da un improvviso movimento all'esterno. Un gruppo di tre Modernisti — due in tute da ginnastica abbinate, uno con un mantello che sembrava fatto di carta stagnola — si misero in posa davanti all'Hemogoblins, riprendendosi a vicenda con un telefono dotato di anello luminoso a LED. Lo spettacolo era in parte un balletto di TikTok, in parte una parodia del bere sangue, e interamente mortificante.

Ren gemette. «Oh, dei, stanno facendo la "Thirst Trap Challenge". È quella in cui fingi un'emorragia e poi tracanni succo di barbabietola. La settimana scorsa ci sono stati tipo dieci ricoveri in ospedale.»

Vincent osservò la performance con disgusto. «Il Consiglio dovrebbe vergognarsi anche solo per i loro vestiti.»

La signora Barley registrò l'incidente, la sua penna che grattava come un tarlo. «Documentare ma non intervenire» disse. «Se iniziano un flash mob, siamo autorizzati a chiamare la squadra antisommossa.»

«Potrei sempre rimetterli in riga con un bello spavento» offrì Zara. «Letteralmente. Ho i mezzi per indurre lievi eventi cardiaci.»

«No» disse la signora Barley, senza nemmeno alzare lo sguardo. «Siamo solo in osservazione.»

Zara mise il broncio, poi scivolò di lato tremolando e diede un colpetto sulla spalla a Ren. «Ci vediamo dopo all'appartamento. Forse ti conviene dare una pulitina al soggiorno.»

Ren parve sorpresa. «È che non ho ancora avuto il tempo.»

«Non ti sto controllando, solo, sai com'è, ogni cosa al suo posto.» Zara le fece l'occhiolino, poi lasciò che il suo braccio si smaterializzasse attraverso il cruscotto per fare scena.

Vincent scosse la testa. «Giuro, questa città avrebbe bisogno di fantasmi di un certo livello.»

L'immagine di Zara tremolò, come se si stesse caricando. «Attento, o prendo la residenza nel tuo fegato.»

«Troppo tardi» mormorò Vincent. «L'alcol ha già firmato il contratto d'affitto.»

Alla fine, la signora Barley posò la penna. «Saremo qui per altre due ore. Vi suggerisco di rendervi utili.»

Zara fluttuò verso l'alto e attraversò il tetto del furgone, lasciandosi dietro un brivido di freddo e un debole odore di ozono. Ren ricominciò a scarabocchiare, chiaramente turbata, e la signora Barley riprese a sbrigare le sue scartoffie. Vincent, dal canto suo, si limitò a osservare la parata di assurdità notturne dall'altra parte della strada, chiedendosi a che punto l'immortalità si fosse trasformata nel reality show più lento e meno soddisfacente del mondo.

La notte si rifiutava di scorrere a un ritmo che non fosse quello di una lumaca. Per la prima ora, Vincent riuscì a intrattenersi cercando di identificare le musiche che trapelavano dagli altoparlanti Bluetooth dell'Hemogoblins. Si trattava perlopiù di EDM, punteggiata da una specie di lamento polifonico che gli fece venire nostalgia delle suonerie in canto gregoriano dei primi anni Duemila.

Dopo la seconda ora, era meno divertito. Le ginocchia gli dolevano, incastrate contro il vano portaoggetti, e i suoi tentativi di fumare fuori dal finestrino avevano prodotto una nuvoletta di cenere che era immediatamente tornata indietro nel furgone come un boomerang, cospargendo gli appunti di Ren con la delicata insistenza di una ricaduta vulcanica. Lei lo fulminò con lo sguardo, ma non disse nulla: una lezione magistrale di tacita sofferenza.

Si dimenò, si scrocchiò le nocche e azzardò un'occhiata all'orologio del cruscotto. «Sono io, o il tempo sta davvero rallentando?»

Ren voltò pagina, per nulla divertita. «Benvenuto negli appostamenti. Tutta l'emozione di guardare l'erba crescere, ma con un maggior rischio di emorroidi.»

Lui sbuffò. «Ucciderei per una bottiglia di vino.»

La signora Barley, che non aveva distolto lo sguardo dal bar per quasi trenta minuti, rispose: «Potrebbe, ma non lo farà. Le regole del Consiglio proibiscono l'ubriachezza durante la sorveglianza attiva.»

«Io non sto sorvegliando, sto osservando» disse Vincent, con la sicurezza di un uomo che credeva che i giochi di parole fossero una legittima difesa legale.

«La semantica non la salverà dalla disciplina del Consiglio» disse la signora Barley, non sgarbatamente, ma con la risolutezza di una bibliotecaria che zittisce un bambino. «Ora silenzio, per favore.»

Vincent si afflosciò sul sedile, cosa difficile dato che il sedile del furgone era progettato per mantenere il conducente al massimo del disagio e della vigilanza. Allungò la mano verso l'antica radio, ma Ren gli diede uno schiaffo sulla mano.

«Se provi di nuovo a mettere quella stazione rap turca, giuro che sporgo denuncia per disturbo della quiete pubblica.»

Lui sogghignò. «Stai imparando.»

La disciplina di Ren cominciava a erodersi. La grafia ordinata dei suoi appunti era diventata frastagliata, e aveva abbandonato lo schema a colori intorno alle dieci e mezza. Invece, disegnava scarabocchi ai margini: faccine sorridenti con le zanne, minuscoli pipistrelli impalati, una caricatura di Vincent con la testa sostituita da una bottiglia di vino.

Lui sbirciò oltre la sua spalla, socchiudendo gli occhi. «Hai usato tre diverse tonalità di rosso stasera. C'è una ruota dei colori per vampiri che dovrei conoscere?»

Lei tappò la penna, senza guardarlo negli occhi. «Mi piace tenermi aperte le opzioni.»

Fuori, la folla del bar del sangue si diradò con l'avvicinarsi della mezzanotte, ma gli ultimi Moderniser rimasti sembravano determinati a spremere ogni goccia di dramma dalla serata. Una coppia di bionde pesantemente tatuate inscenò una finta rottura sui gradini: una lanciò un frullato artigianale in faccia all'altra prima di andarsene infuriata in lacrime. Vincent assegnò dei punti per lo stile per via dell'arco descritto dal liquido, e prese nota mentalmente di reclutarle per future distrazioni operistiche.

Il sospiro di Ren fu udibile, così come il suo fastidio. «Se avessimo una telecamera, potremmo semplicemente trasmettere tutto questo in diretta al consiglio e farla finita.»

«È esattamente questo il problema» disse Vincent. «Loro vogliono essere guardati. Sono come gatti esibizionisti, solo che invece di far cadere le cose dagli scaffali, fondano sette e mandano a monte le corse di beneficenza.»

Notò che la signora Barley era diventata stranamente silenziosa. Controllò per vedere se dormisse, ma i suoi occhi erano aperti, e osservavano l'interno dell'Hemogoblins come se fosse una telenovela. Le sue dita picchiettavano un ritmo irregolare contro il thermos, e le sue scartoffie giacevano intatte. Per un momento, Vincent pensò che avesse finalmente esaurito le caselle da spuntare.

Ren colse la sua occhiata e si strinse nelle spalle. «Sta facendo quella cosa in cui ripercorre mentalmente ogni secondo delle ultime tre ore, in cerca di anomalie.»

Vincent grugnì. «Dovrebbe imbottigliarla e venderla come sonnifero.»

I minuti strisciarono, e l'aria nel furgone si fece più densa per l'odore di tappezzeria vecchia e di malessere esistenziale. Fuori, si svolse l'atto finale della notte: tre Moderniser, vestite con giacche a vento retrò abbinate, montarono un treppiede appena oltre l'ingresso del bar. Si disposero in una piramide umana, una che teneva in alto un frullato, le altre che ululavano alla luna.

Vincent osservò, inarcando le sopracciglia. «Che diavolo di novità è questa?»

Ren scrutò attraverso il finestrino sporco. «Te l'ho detto, è una roba per acchiappare like. L'ultima moda è inscenare una fuoriuscita "accidentale" di sangue per ottenere il massimo dei like. Se lo fai in sincrono con la campana di mezzanotte, il tuo account riceve una spinta.»

Vincent rabbrividì. «E io che pensavo che i vecchi tempi fossero brutti.»

La piramide crollò, e tutte e tre atterrarono in un mucchio. Il frullato schizzò ovunque, poi rotolò nel canale di scolo, dimenticato. Le ragazze strillarono, si fecero dei selfie con il casino e svanirono nella notte.

Vincent si voltò di nuovo verso la signora Barley. «Vuole annotarlo, o si limita a dare un voto alla creatività?»

Lei non batté ciglio. «Documentato. L'unica anomalia è la mancanza di sangue vero. Il Consiglio sarà... sollevato.»

Quasi provò pena per lei.

Il resto del turno trascorse con la lenta agonia di un esperimento di dilatazione temporale. Il bar chiuse, la sua insegna al neon si spense con un sibilo, e la strada circostante scivolò di nuovo nella sua solita nebbia di sacchi della spazzatura e pioggerellina. Solo allora la signora Barley parlò di nuovo.

«È ora di smontare. Siete pregati di osservare il protocollo di chiusura turno del Consiglio.»

Vincent alzò gli occhi al cielo. «C'è un modulo anche per questo, o possiamo semplicemente fare un giurin giurello?»

La signora Barley ignorò la frecciatina, estraendo una lista di controllo plastificata dalla sua borsa. Ren si accasciò sul sedile, chiudendo il suo taccuino con il tonfo rassegnato di un esame fallito.

Mentre Vincent scendeva dal furgone, con le ginocchia che scoppiettavano come pluriball, si stiracchiò e scrutò la strada. Nessun disturbo soprannaturale, nessuna profezia data alle fiamme, solo un trio di Moderniser post-sbornia e un frullato versato che si stava lentamente coagulando nel canale di scolo.

Si voltò a guardare il furgone, Ren e la signora Barley, e la montagna di moduli che avevano generato durante una delle notti più inutili della sua non-vita.

«Te l'avevo detto», disse a Ren, sentendosi sia vendicato che vagamente con tendenze suicide. «Facciamo da babysitter a dei vampiri.»

Lei si tirò il berretto fin sopra gli occhi. «Sei il peggior supervisore che abbia mai avuto.»

La signora Barley chiuse le portiere e si alzò, stiracchiandosi la schiena come un sergente istruttore sull'attenti. «Ricordiamoci tutti di presentare i nostri rapporti individuali prima dell'alba» disse, «e cercate di evitare inutili abbellimenti.»

Vincent le fece un finto saluto militare. «Signorsì, mamma Consiglio.»

Lei non lo degnò di una risposta.

Si avviarono lungo il marciapiede, i tre in una linea frastagliata, lasciando il furgone al suo destino sotto un lampione tremolante. L'Hemogoblins avrebbe riaperto l'indomani, e la stessa farsa si sarebbe ripetuta e, forse, se il Consiglio fosse stato fortunato, avrebbero beccato qualcuno con un frullato genuinamente illegale.

Vincent non ne era entusiasta. Aveva un'improvvisa, inspiegabile voglia di qualcosa di vero: vino rosso, una vera rissa, o un motivo per cui gli importasse di tutto quello.

Invece, si mise al passo con Ren e la signora Barley, con le scartoffie che già si moltiplicavano nella sua mente. Si diressero verso casa nella notte, un passo dopo l'altro, con la rassegnazione pacata di chi sapeva di avere i propri anni migliori nello specchietto retrovisore.

All'angolo, Ren chiese: «Pensi che i Moderniser sappiano che li stiamo osservando?»

Vincent si strinse nelle spalle. «Sono narcisisti. Certo che lo sanno.»

La signora Barley fece scattare la penna, con gli occhi fissi sull'orizzonte. «Bene. Forse si comporteranno bene per una volta.»

I tre svanirono nella pioggerellina e, dietro di loro, la città continuò a ronzare, indifferente e immutabile, in attesa dell'inizio del prossimo turno.

TRE

Erano servite tre notti, quasi un intero serbatoio di diesel e mezzo cartone di Marlboro perché Vincent decidesse di odiare gli Hemogoblins ancora più di quanto avesse odiato la sua stessa trasformazione. Il blood bar dei Moderniser aveva, per qualche perversione architettonica, trasformato quella che era stata una raffinata tipografia georgiana in un incrocio tra un mattatoio e un techno club berlinese a fine serata. Anche a cento metri di distanza, la facciata a LED sputava abbastanza veleno fotonico da lasciare immagini residue sulla parte interna delle sue palpebre, e i sub-bassi martellavano attraverso il telaio del furgone con la perseveranza di un ufficiale giudiziario all'appartamento di uno studente.

Se ne stava sprofondato sul sedile del passeggero, con le ginocchia incastrate contro il cruscotto ammaccato, le braccia conserte e gli occhi chiusi, come se questo potesse attutire il dolore. Le casse all'interno del bar pulsavano così forte che sentiva le otturazioni dei denti che tentavano di ballare via dalle gengive. «È come un'emicrania,» disse, non per la prima volta, «ma con una colonna sonora.»

Dal sedile posteriore, Ren era concentratissima: gambe intrecciate sulla tappezzeria logora del furgone, taccuino appoggiato su una cartellina talmente impiastricciata di evidenziatore da sembrare usata per una vivisezione. Aveva quattro penne agganciate alla cuffia, ognuna per indicare un diverso stato del Consiglio, ed era a metà di una cronologia dettagliata degli ingressi e delle uscite dei Moderniser di quella notte.

Alzò lo sguardo sull'espressione sofferente di Vincent e sbuffò. «Non fare finta che non ti piaccia. Non è questo quello che voi altri sognavate nelle cripte? Sangue alla spina, aperto fino all'alba, ogni sera una festa?»

Lui socchiuse un occhio e le lanciò un'occhiataccia. «Sognavamo anche la raccolta regolare dei rifiuti e l'acqua corrente, ma nessuno l'ha mai chiamato progresso.»

Al posto di guida, la signora Barley manteneva una postura di una verticalità talmente impeccabile che Vincent era certo le fosse stata inserita una barra di titanio alla nascita. Indossava la sua uniforme — completo grigio antracite, guanti bianchi, capelli argentei raccolti in uno chignon inamovibile — come se si trattasse di una missione di pace dell'ONU piuttosto che di un tour del purgatorio del turno di notte. Il suo binocolo era puntato sull'ingresso principale di Hemogoblins, le mani perfettamente immobili, salvo per qualche occasionale e chirurgico aggiustamento.

Si schiarì la gola senza abbassare il binocolo. «L'osservazione richiede disciplina, signor Lupo. Potrebbe considerare di dare il buon esempio.»

Vincent resistette all'impulso di fare il saluto militare. «Sarei più disciplinato se non dovessi ascoltare questa musica orribile.»

Ren scarabocchiò una nota, poi si rivolse alla signora Barley. «Se entrassi, solo per dare un'occhiata, potrei registrare quello che dicono ai clienti. Il Consiglio vuole dettagli specifici, non solo una conta delle teste.»

«Negativo,» replicò la signora Barley, picchiettando su un modulo come se l'inchiostro da solo potesse costringere Ren all'obbedienza. «Secondo il protocollo, gli osservatori devono mantenere una distanza minima di trenta metri. Se entri, rischi di contaminare il profilo dell'evento.»

Vincent roteò gli occhi, estraendo una fiaschetta ammaccata dalla tasca del cappotto. «Logica del Consiglio: meglio rischiare di perdersi un'apocalisse piuttosto che sbavare le scartoffie.»

Ren si girò per guardarlo in faccia. «Non hai la minima curiosità. Sul serio, non vuoi sapere cosa stanno facendo davvero là dentro?»

«So esattamente cosa stanno facendo,» disse Vincent, e bevve un sorso. «Non è mai successo niente di buono a un rave chiamato 'Bleed the Beat'.»

Indicò con un gesto fuori dal parabrezza, dove una coda di avventori si snodava attorno all'isolato, metà in costume, metà in quello che Vincent considerava in privato "cosplay di medio livello per gente che si annoia facilmente". Alcuni di loro indossavano mascherine chirurgiche di carta bianca con zanne ritagliate, altri sfoggiavano magliette con la scritta "NO BLOOD FOR OIL" o "#THIRSTTRAP". Di tanto in tanto, uno dei Moderniser emergeva dal bar, il volto macchiato di rossetto deliberatamente spalmato, e faceva un giro sul marciapiede, con le braccia alzate come per salutare l'adulazione di una folla che, in realtà, era lì soprattutto per i gettoni delle consumazioni gratuite.

Il cruscotto del furgone era una testimonianza archeologica dei loro ultimi tre appostamenti: involucri d'asporto pietrificati (di Ren, per lo più), una sfilza di fogli di briefing in formato A4 (della signora Barley) e almeno due bottiglie vuote di Malbec (di Vincent, senza dubbio). Una vecchia radio, collegata all'accendisigari con una spirale di fili che minacciava di andare in cortocircuito da un momento all'altro, trasmetteva un ciclo infinito di aggiornamenti sul traffico, intervallati, quella sera, dalla telecronaca del calcio italiano.

Ren guardò il suo telefono, scorse l'hashtag dei Moderniser e borbottò: «Sono di nuovo in diretta streaming. Vuoi vedere?»

La signora Barley si irrigidì. «La comunicazione elettronica all'interno del perimetro di osservazione è un rischio di Classe Quattro.»

«Solo se ti preoccupi dei malware,» rispose Ren, roteando gli occhi. «E questo telefono me l'ha dato il Consiglio. Comunque, probabilmente stanno controllando più me che i Moderniser.»

Vincent fece un gesto vago che, a seconda dell'angolazione, avrebbe potuto significare "fai pure" o "brucia quel telefono". Ren avviò lo streaming e mise il telefono sul cruscotto perché tutti potessero vedere.

La telecamera tremò, fece una panoramica tra luci stroboscopiche e corpi che si contorcevano, poi si fermò sul palco. Un DJ, travestito da chirurgo odontoiatrico, stava mixando delle tracce dietro un pulpito ricavato da quella che sembrava un'attrezzatura per la risonanza magnetica riciclata. Ai lati, gli accoliti dei Moderniser ballavano con il fervore di chi non doveva preoccuparsi della deplezione di elettroliti o degli effetti a lungo termine della ketamina.

Dagli altoparlanti, una voce di donna — amplificata, corretta con l'autotune, ma inconfondibilmente quella di Aurelia Voss — si rivolse alla folla.

«Stasera,» disse, «riscriviamo la storia. Spezziamo le catene della segretezza. Mostriamo al mondo cosa significa il vero appetito!»

La folla ululò in segno di approvazione. Il feed dei commenti sul telefono di Ren scorreva così veloce da diventare una macchia indistinta di cuori, zanne ed emoji di melanzane.

Vincent rovesciò la testa all'indietro, battendola dolcemente contro il finestrino del furgone. «E pensare che per questo sono andato a Oxford,» disse, «due volte.»

La signora Barley prese un altro appunto sul suo registro, per niente divertita. «Il contenuto rimane entro i parametri stabiliti. Non si sono ancora discostati dai rituali approvati.»

«Tranne per il fatto che lo annunciano a centomila follower,» disse Ren.

«Non è quella l'anomalia,» replicò la signora Barley. «L'anomalia è che nessuno ha ancora tentato di monetizzarla.»

Ren aprì la bocca per ribattere, ma fu interrotta da un improvviso calo della temperatura all'interno del furgone, di quelli che farebbero cercare un maglione a un orso polare. Un vortice di nebbia si condensò attraverso le bocchette dell'aria del cruscotto e si materializzò, con un tocco teatrale, in Zara — ancora spettrale, ancora troppo elegante e ancora una gran rottura di scatole esistenziale per Vincent.

Fluttuò sopra il cruscotto come il navigatore satellitare più sarcastico del mondo, spostando lo sguardo da Vincent alla signora Barley a Ren e di nuovo a Vincent.

«Santo cielo, siete ancora qui dentro?» chiese, con quella strana voce a due strati tipica dei fantasmi. «Se avessi un corpo, sarei già dentro a ballare.»

Vincent sobbalzò, versandosi un po' di liquore dalla fiaschetta sui pantaloni. «Zara. Dovresti fare un'ispezione. Non infestare.»

«Sto facendo un'ispezione,» disse lei. «A distanza di sicurezza. E poi, lì dentro ci sono solo posti in piedi e non vorrei beccarmi una MST virtuale.»

La signora Barley sembrava aver dato un morso a un limone. «Potrebbe per favore non materializzarsi attraverso le proprietà del Consiglio? Invalida la garanzia.»

Zara sogghignò. «Lo dica agli ultimi tre autisti che hanno cercato di parcheggiare questo coso in divieto di sosta. Stanno ancora rivivendo l'esperienza nel sonno.»

Ren, deliziata, puntò il telefono verso Zara. «Vuoi dare un'occhiata? Stanno facendo di nuovo la Thirst Trap Challenge.»

Zara guardò, con il viso contratto in un'espressione di divertimento e un po' di nostalgia. «Oh, questa la conosco. Aspetta, metti in pausa... ecco. Vedi la scaletta del DJ?»

Ren strizzò gli occhi, poi pizzicò lo schermo per ingrandire. «Sembra... una playlist standard? Un sacco di pop anni Novanta remixato con strani canti gregoriani.»

«Non i titoli,» disse Zara, il dito che attraversava il telefono. «I testi. Quelli... mi sono familiari.»

Vincent prese il telefono e guardò lo schermo. I testi, che scorrevano a tempo con la musica, erano un miscuglio di frasi latine, banalità New Age e, di tanto in tanto, un verso che gli provocava una fitta acuta e sgradevole di riconoscimento.

Ren notò la sua reazione. «Che c'è?»

Passò il telefono alla signora Barley, che esaminò il display con distacco professionale. Poi, molto lentamente, posò il telefono.

«È una derivazione,» disse, «della profezia di Carmine. Qualcuno ha intessuto il testo in un inno da rave.»

Zara si strinse nelle spalle. «L'arte imita la non-vita.»

Ren sbatté le palpebre, improvvisamente seria. «Significa che... non abbiamo distrutto la profezia? O che qualcuno sta solo scherzando con noi?»

«Difficile a dirsi,» rispose Vincent, massaggiandosi le tempie. «In ogni caso, non finirà a tarallucci e vino.»

Mentre guardavano, la folla all'interno di Hemogoblins raggiunse il culmine della frenesia. Il ritmo raddoppiò e i LED lampeggiarono così rapidamente che Ren dovette distogliere lo sguardo. Sullo schermo, i Moderniser iniziarono a muoversi all'unisono, braccia alzate, volti distorti dalla scarsa illuminazione e dai filtri scadenti della telecamera.

Vincent sentì un lento e gelido terrore insinuarglisi nelle viscere. Aveva già visto cose del genere: il momento in cui una festa passava da "dissolutezza" a "psicosi di massa". Finiva sempre in uno di due modi, ed entrambi richiedevano una pulizia professionale.

Zara emise un fischio basso e compiaciuto. «Questa non è una coreografia. È un'evocazione.»

La signora Barley chiuse il suo taccuino di scatto. «Il Consiglio dovrà vedere questo.»

Vincent fissò il telefono, dove ora i testi scorrevano in maiuscolo: «NUTRITE IL FUTURO. DISSANGUATE IL PASSATO. LA STORIA È SCRITTA NEL SANGUE.»

Posò il telefono e disse, più a se stesso che ad altri: «E poi dicono che quello drammatico sono io.»

Rimasero in silenzio, ascoltando la musica diventare più forte, più veloce, più distorta. Da qualche parte, dall'altra parte della strada, una finestra andò in frantumi in perfetta sincronia con la linea di basso.

«Dovremmo... intervenire?» chiese Ren, con un filo di voce.

Mrs Barley soppesò la cosa, poi scosse la testa. «Non ancora. Solo osservazione.»

Vincent versò il resto della sua fiaschetta sul tappetino e osservò la folla sullo schermo iniziare a confondersi, i contorni che si contorcevano e si intrecciavano finché non sembrò più una festa, ma piuttosto un banchetto famelico.

«Solo osservazione» ripeté. Ma non ci credette neanche per un istante.

Gli Hemogoblin, da vicino, puzzavano di antisettico, deodorante e della sfumatura dolciastra del plasma sintetico. I buttafuori all'ingresso sembravano reclutati dal circuito olimpico di lancio del peso, ma dentro l'unica vera sicurezza era una singola transenna d'ottone lucido e un cartello con scritto "Nessun Comportamento Ferino" che nessuno aveva mai letto, figuriamoci fatto rispettare.

Ren aprì la strada, con Vincent alle calcagna e Mrs Barley a chiudere la fila con la svelta efficienza di un impresario di pompe funebri. La musica era, se possibile, ancora più forte dal vivo, un muro di suono che premeva dall'interno contro il cranio di Vincent finché i suoi pensieri non colarono fuori in frammenti brevi e secchi.

Sondò la folla con lo sguardo, cercando di farsi un'idea della popolazione di Modernisti. Era un mare di volti pallidi, giacche di paillettes e tagli di capelli aggressivamente anonimi, tutti che si contorcevano all'unisono come se condividessero un unico sistema nervoso difettoso. Il DJ – ora in piedi sul palco – era ancora vestito da chirurgo, il volto una maschera bianca con schizzi di sangue finto, ma non sembrava fare un granché. La console era impostata sul pilota automatico e le mani gli tremavano lungo i fianchi, le dita in preda a spasmi come le zampe di un insetto capovolto.

Vincent si chinò verso Ren, sfiorandole l'orecchio con le labbra. «Stai captando qualcosa di utile?»

Lei scosse la testa, con gli occhi sgranati. «È tutto sbagliato. Sono tutti troppo coordinati.»

Osservò la folla muoversi, ogni onda della linea di basso che innescava una reazione che si diffondeva come una convulsione per simpatia da una parete all'altra. Nessuno sbatteva le palpebre. Nessuno rideva, né controllava il cellulare, o faceva nessuna delle solite cose che i giovani facevano in un locale.

«È una trance?» chiese Ren, urlando per sovrastare il baccano.

«Non una che io abbia mai visto» rispose Vincent. Si arrischiò a lanciare un'occhiata alla parete a specchi dietro il bancone e si pentì subito di averlo fatto: centocinquanta volti, ciascuno leggermente fuori sincrono con il suo proprietario, che lo fissavano tutti.

Diede una gomitata a Ren e insieme si fecero largo tra i ballerini. Mrs Barley li seguì, con l'ombrello sotto il braccio come una katana e il volto atteggiato a una torva determinazione.

Riuscirono ad arrivare fino alla piattaforma rialzata sul retro quando la musica si interruppe a metà battuta, lasciando un vuoto così totale da far fischiare le orecchie a Vincent. Per una frazione di secondo, l'intera sala rimase immobile. Poi gli schermi sopra la postazione del DJ si accesero e una riga di testo scorse, con un carattere così grande che persino i clienti abituali potevano leggerla:

IL SANGUE È MEMORIA. IL SANGUE È FUTURO. SPURGATE IL PASSATO.

Le parole si ripeterono, lampeggiando a intermittenza in sincrono con una nuova e più strana base musicale: un canto stratificato che sembrava passato in un frullatore industriale. La folla cominciò a ululare all'unisono, un verso basso e animale, e poi i Modernisti iniziarono a trasformarsi.

All'inizio fu impercettibile: un allungamento dei canini, una sfumatura rossa negli occhi, un appiattimento dell'espressione. Ma quando il canto raggiunse il suo primo crescendo, i cambiamenti accelerarono. I glamour svanirono e gli influencer sulla pista persero la loro normalità attentamente curata. Ora assomigliavano a ciò che erano in realtà: giovani sanguigni mezzi affamati che non avevano mai imparato a mantenere il controllo.

Cominciò a diffondersi il panico, lentamente all'inizio, poi con crescente urgenza man mano che gli umani più fragili si resero conto che qualcosa non andava. Vennero fuori i cellulari, si attivarono le torce e ogni angolo del locale fu istantaneamente sotto un fascio di luce da un milione di lumen.

Vincent vide Zara apparire ai margini del palco, la sua forma spettrale che tremolava per il rumore elettromagnetico ambientale. Mimò qualcosa con le labbra – poteva essere «abbassati» o «scappa» – ma prima che potesse reagire, il primo Modernista balzò sul bancone, fece cadere un boccale di birra ed emise un urlo che era pura fame.

La folla sprofondò nel caos. Alcuni cercarono di scappare, altri si immobilizzarono e una manciata iniziò a filmare, come se la fine del mondo potesse far guadagnare loro una spunta blu. Sugli schermi principali, la profezia era passata al tutto maiuscolo:

LA STORIA È SCRITTA NEL SANGUE.

Aurelia Voss, guidando il canto dall'alto di un podio, era ormai completamente trasformata. Il suo viso era una maschera di gioia predatoria, le zanne scoperte, gli occhi accesi da una sorta di carisma demoniaco. Si rivolse alla sala come se tenesse un TED talk sui benefici dell'isteria di massa.

«Stasera» dichiarò, «spezziamo la narrativa. Basta nascondersi. Basta vergogna. Noi siamo i nuovi immortali!»

Era, pensò Vincent, esattamente il genere di cosa che Carmine avrebbe organizzato, se avesse avuto un debole per l'arte performativa.

Ren aveva tirato fuori il telefono, registrando anche mentre il locale si dissolveva intorno a loro. Mrs Barley cercò di trascinarla verso l'uscita, ma Ren si oppose, insistendo che le servivano delle «prove concrete».

«Avrai prove concrete sulla tua pelle se non ti muovi» sibilò Mrs Barley, tirandola per il cappuccio.

Vincent rimase ancora un momento, valutando il flusso di corpi. Scorse tre Modernisti che convergevano sul gruppo più vicino di umani in preda al panico, tutti zanne, artigli e aggressività da discoteca. Senza pensare, si mise tra loro e i civili.

«Non stasera» disse, e afferrò il primo per il collo. Era un ragazzino, in realtà, non più grande di Ren. Si dimenò, strillò, poi crollò quando Vincent strinse quel tanto che bastava per interrompere il flusso sanguigno.

I due successivi furono più veloci, ma Vincent aveva secoli di esperienza e una sfortunata propensione a usarla. Ne sbatté uno contro una colonna portante e l'altro contro la parete a specchi, che si frantumò in una pioggia di vetri di sicurezza.

Dietro di lui, qualcuno si mise a urlare. Si voltò e vide Mrs Barley darsi da fare con il suo ombrello, maneggiandolo con la precisione di un maestro di scherma. Ogni affondo atterrava con un tonfo percussivo e in pochi secondi aveva liquidato altri due Modernisti e stava avanzando su un terzo.

Ren, che stava ancora filmando, gridò: «Vincent! Il video, guarda il video!»

Lui diede un'occhiata al telefono di lei e vide che ogni singola diretta streaming mostrava ora la profezia, sovrapposta in rosso alla pista da ballo contorta e insanguinata. Il testo tremolò, poi si ricompose in un volto: quello di Carmine, reso in un monocromo pixelato, che mimava le parole in perfetta sincronia con il canto.

Vincent imprecò. «È Carmine. Ha dirottato la trasmissione.»

Ren alzò lo sguardo verso di lui, terrorizzata ma anche impressionata. «Può farlo?»

«Se conosci Carmine, la cosa strana è che non l'abbia fatto prima.»

Il canto raggiunse un crescendo finale e brutale, e poi, tutti insieme, i Modernisti caddero a terra come marionette a cui fossero stati tagliati i fili. Per un battito di cuore, nessuno si mosse. Poi, con un gemito collettivo, i sopravvissuti si rimisero in piedi barcollando, sbattendo le palpebre, storditi.

Aurelia Voss, di nuovo in piedi, barcollò fino al bordo del palco. Aveva il viso imbrattato di sangue – il suo, o di qualcun altro, era difficile dirlo. Puntò il dito dritto verso la telecamera e, con voce roca ma decisa, dichiarò:

«Questo è il nostro futuro. Guardatelo bruciare.»

La musica si interruppe e gli schermi si spensero.

Seguì un lungo silenzio, rotto solo dal gocciolio di sangue finto dagli impianti di illuminazione del soffitto.

Vincent trovò Mrs Barley, che si stava pulendo l'ombrello sulla gonna di un'influencer caduta. Lo guardò con un briciolo di approvazione. «Se l'è cavata bene.»

«Ho rotto un sacco di mobili.»

«Era un rischio calcolato.»

Lui annuì, poi si rivolse a Ren, che stava ancora trasmettendo, con le mani che le tremavano. «Stai bene?»

Lei annuì, le labbra bianche. «Hai visto cosa stava succedendo? Con la faccia? Quello era...»

«Carmine» concluse Vincent. «È tornato, e sta alzando la posta.»

Si diressero verso la porta, scavalcando mucchi di Modernisti privi di sensi e qualche pozzanghera di plasma fuoriuscito. Fuori, la coda si era per lo più dispersa, ma una manciata di fan leali era ancora raggruppata sotto la tettoia, filmando le conseguenze.

«Che aspetto ho?» chiese Vincent mentre varcavano la soglia per tornare in strada.

Mrs Barley lo squadrò da capo a piedi. «Niente zanne, niente occhi luminosi, solo un uomo malconcio e con i postumi di una sbronza in un cappotto preso in prestito.»

«Forse la cosa più gentile che Lei mi abbia mai detto. Grazie.»

Dietro di loro, gli allarmi antincendio del locale si attivarono e una cascata di luci rosse tinse la strada. Le sirene ululavano in lontananza, anche se era impossibile dire se fossero per questo disastro o per la mezza dozzina di altri che accadevano a Soho di sabato sera.

Si riunirono al furgone, senza fiato e vibranti di adrenalina. Ren controllò il telefono e vide che l'hashtag #SpurgateIlFuturo era già in tendenza, insieme a #ZombieRave e #SettaDeiVampiri. I video girati all'Hemogoblins venivano ritrasmessi in tutto il mondo, uno più artefatto e delirante dell'altro.

Vincent si accasciò sul sedile del passeggero, la testa tra le mani. «È trapelato tutto. È tutto quanto di dominio pubblico.»

Mrs Barley salì al posto di guida, con l'ombrello appoggiato sulle ginocchia come un bastone del comando. «Il Consiglio sarà furioso.»

Ren, ancora pallida, riuscì a ridere. «Magari la prossima volta manderanno qualcuno ad aiutare davvero.»

«Improbabile» replicò Mrs Barley. «Ma sopravviveremo.»

Vincent si guardò le mani, flettendo le dita. «Per ora.»

Rimasero seduti in silenzio, lasciando che la musica e il caos svanissero alle loro spalle. Dopo un po', Ren disse: «E adesso?»

Vincent la guardò e, per una volta, non ebbe una risposta sarcastica. «Guardiamo. Aspettiamo. E speriamo che Carmine non abbia una seconda parte.»

Mrs Barley mise in moto il furgone e, con un sussulto, si

allontanarono dal marciapiede. Mentre svoltavano l'angolo, Zara apparve attraverso il finestrino, si appollaiò sul cruscotto e disse: «Gli do ventiquattr'ore prima che qualcuno ci provi a casa.»

Ren gemette, ma non la contraddisse.

Vincent guardò lo specchietto retrovisore, aspettandosi quasi di veder esplodere il locale in fiamme, ma questo rimase ostinatamente intatto, con l'insegna al neon che tremolava nella pioggerellina.

QUATTRO

Se la Corte dei Pallidi Affari era un monito architettonico, la sala disciplinare del Consiglio ne era l'opzione nucleare. Sepolta quattro livelli sotto il manto stradale, la camera univa la cupezza di una fossa comune all'acustica di una piscina. Qualche anima creativa aveva tentato di mascherare l'effetto con applique in ferro e panche in finta pelle, ma il risultato suggeriva soltanto un tribunale notturno presso un crematorio sull'orlo del fallimento. File di sedili, scomodamente disposte su più livelli e rivestite di qualcosa che sembrava pelle di squalo, fronteggiavano una fossa centrale in cui i condannati dovevano inscenare il proprio pentimento.

Quella sera, i condannati erano tre, e solo una di loro si era presa la briga di stirarsi la camicia.

La signora Barley prese posto nella fossa, con i capelli raccolti in una spirale perfetta, il tablet stretto tra le mani guantate di bianco come un manufatto ecclesiastico. Ren le aleggiava alla destra, palesemente indifferente a tutta quella messinscena, con la manica del maglione sfilacciata sul polsino. Vincent, naturalmente, aveva snobbato la fila di sedie e si era invece adagiato su una colonna portante, a braccia conserte, con un'espressione che sembrava sfidare a mostrargli la trappola mortale.

In cima alla sala, l'Anziano Mortimer Blackthorn presiedeva da un trono talmente sfarzoso che avrebbe messo in imbarazzo gli Asburgo. Indossava le vesti del suo Ordine come una malattia della pelle, ogni piega calcolata per enfatizzare un'aria generale di pestilenziale disapprovazione. Le sue dita, lunghe come zampe di ragno, tamburellavano sul bracciolo a un ritmo studiato per inquietare.

«Proceda, signora Barley» intonò, come se stesse pronunciando l'ultima parola a un funerale particolarmente astioso.

Lei annuì e, senza preamboli, cominciò la sua presentazione. Lo schermo alle sue spalle tremolò e prese vita, proiettando un collage di prove digitali: screenshot con data e ora, immagini piene di glitch della pista da ballo dell'Hemogoblins, sovrapposizioni di log di chat e feed di commenti che dipingevano un quadro tutt'altro che roseo della discrezione dei vampiri.

«Consiglio, metto a verbale che alle 22:19, la prima di una serie di dirette streaming dei Modernisti è diventata pubblica, attirando oltre novantamila spettatori simultanei nei primi dieci minuti. Nel giro di cinque minuti, la leader dei Modernisti, Aurelia Voss, ha orchestrato una dichiarazione pubblica di allineamento unseelie. L'evento si è intensificato alle 22:33, quando la folla è entrata in una trance collettiva e, alle 22:41, tutte le malie fisiche e digitali sono venute meno. Molteplici testimoni umani presenti. Almeno quattro agenzie di stampa e diciassette influencer hanno da allora ripubblicato il filmato. I video completi e senza censure sono attualmente disponibili in ottantatré siti distinti, tra cui Reddit, TikTok e, inspiegabilmente, il sito web di un pescivendolo di Sunderland.»

Blackthorn non batté ciglio. «E gli elementi della profezia?»

La signora Barley passò alla diapositiva successiva. Comparve una slide: fermi immagine sfocati del palco, il DJ nel mezzo di un collasso, con le braccia spalancate come un martire in un film dell'orrore a basso costo. In una, i testi che scorrevano, frenetici e rosso sangue, erano visibili dietro la sua testa.

«Il Consiglio noterà l'uso di 'dissanguare il passato' e 'la storia è scritta nel sangue' in tutto il materiale cantato. Il ritratto del sospetto Carmine appare come avatar in molteplici streaming pirata, amplificando ulteriormente il messaggio.»

Ci fu un'ondata di annoiata irritazione dalle panche più in alto. I vampiri più giovani bisbigliavano tra loro, soffocando le risate dietro mani laccate. Un paio di delegati, la cui carne era una via di mezzo tra pongo e cera di candela, si guardarono come se stessero cercando di capire cosa fosse un DJ.

Vincent non riuscì a trattenersi. «Ve l'avevo detto. Il DJ ha fatto un remix completo della profezia. Magari la prossima volta il Consiglio può semplicemente stampare la minaccia su una borsa di tela firmata.»

Il volto di Blackthorn si increspò di una frazione, il più vago accenno di un sorriso, ma andò avanti. «Sia messo a verbale: l'accusato mostra una continua mancanza di decoro. Ren, la sua dichiarazione?»

Ren, colta nel mezzo di un suo vezzo, si strinse nelle spalle con fare aggressivo. «Tutto quello che ha detto lei. Solo che dal vivo era peggio. Nessuno fingeva. I Modernisti volevano essere visti. Persino gli umani non si sono spaventati fino alla fine...

pensavano solo che fosse marketing virale per un film horror. Non c'è niente da ripulire. Tutti ci credono già.»

Una delle altre anziane, una donna avvizzita il cui teschio intero era visibile attraverso la pelle, si sporse in avanti. «E che ne è stato dei protocolli del Consiglio? Avete archiviato il vostro rapporto secondo la Sezione B, Sottosezione Dodici?»

La signora Barley rispose prima che Ren potesse iniziare a imprecare in modo creativo. «Rapporto archiviato entro un'ora, comprensivo di log digitali e fisici completi e tripla autenticazione da parte mia, della signorina Delacourt e del signor Lupo. Ho allegato le ultime sette direttive del Consiglio riguardanti la propaganda dei Modernisti. A quanto pare, il Consiglio le ha ignorate tutte.»

Ci fu un fruscio di carte e una lunga pausa, interrotta solo dal ticchettio delle unghie di Blackthorn sulla quercia verniciata. «Quindi... lei raccomanda cosa, esattamente?»

La signora Barley si aggiustò i risvolti della giacca, anche se non erano mai stati in disordine. «Un'escalation immediata. I Modernisti non stanno più cercando di mantenere il Velo. La loro prossima azione sarà più manifesta, forse violenta. Richiediamo l'autorità per intervenire direttamente o, come minimo, un supporto tattico potenziato.»

Parlò un altro anziano, questo con la forma di un pinguino affamato e altrettanto calore. «O forse il vostro gruppo avrebbe potuto contenere la situazione prima che diventasse uno spettacolo pubblico. Non avevate una presenza fisica sul posto per tre notti consecutive?»

Vincent si irritò. «Sì, l'avevamo. Stiamo parlando di una folla di oltre cento persone e zero rinforzi. A meno che non si contino un poltergeist e un ombrello.»

Blackthorn alzò una mano per chiedere silenzio. «Grazie, signor Lupo, per averci ricordato le... capacità di improvvisazione della sua squadra.»

Si rivolse all'intera sala. «È opinione del Consiglio che le azioni della sotto-congrega dei Modernisti, sebbene deplorevoli, costituiscano un malfunzionamento calcolato della malia, non una vera e propria violazione. Inoltre, i cosiddetti elementi profetici sono facilmente attribuibili alla cultura dei meme di internet e alla tendenza postmoderna all'autoparodia. In breve: nessun danno reale è stato fatto.»

I muscoli mascellari della signora Barley si contrassero, ma lei rimase in silenzio.

«Tuttavia,» continuò Blackthorn, «l'incapacità della squadra di contenere l'incidente iniziale ha causato un considerevole danno alla nostra reputazione. Con effetto immediato, i vostri compiti di sorveglianza sono raddoppiati. Monitorerete tutte le attività dei Modernisti nei settori Nord e Centrale, e lo farete sotto la diretta supervisione del Consiglio.»

Ren lo fulminò con lo sguardo. «Quindi, ci tocca fare di nuovo la polizia virale.»

Blackthorn la ignorò. «Qualora non riusciste a prevenire ulteriori figuracce pubbliche, le conseguenze saranno... non amministrative.»

Vincent borbottò: «Quindi, tipo, un'esecuzione preceduta da una severa ramanzina?»

Il Consiglio non si degnò di una risposta.

«Domande?» chiese Blackthorn, sebbene il suo tono implicasse che sarebbe stato meglio non averne.

La signora Barley chinò il capo. «No, Anziano. Accettiamo il verdetto.»

Ren sbuffò, ma annuì.

Vincent fece un saluto così sarcastico da sembrare quasi una minaccia.

La sessione terminò non con un botto, ma con un trascinare di piedi e un malessere psichico di basso grado che lasciò l'intera camera più fredda di due gradi.

Mentre uscivano in fila, la signora Barley si attardò un momento alla base delle scale, l'espressione rigida ma le mani che tremavano, molto leggermente, mentre chiudeva il tablet. Ren la raggiunse, il respiro ancora corto per la rabbia repressa.

«Non ci crederanno mai» disse, «nemmeno quando la cosa gli si ritorcerà contro.»

Vincent si unì a loro, staccandosi dalla colonna. «Non devono crederci. Devono solo evitare di essere incolpati.»

Le labbra della signora Barley si serrarono in una linea sottile. «Avete ragione entrambi.»

Ren si fermò all'uscita, lanciando un'occhiata alle sue spalle verso il podio del Consiglio. «E quindi, adesso?»

«Osserviamo» disse la signora Barley, la voce bassa ma ferma. «Aspettiamo. E facciamo il nostro lavoro fino alla fine del mondo.»

Vincent abbozzò un sorriso tirato. «E se saremo fortunati, vivremo abbastanza a lungo da vederli ripulire il loro stesso casino.»

Si lasciarono il mausoleo alle spalle, l'eco del giudizio del Consiglio che li seguiva su per le scale e nell'oscurità perpetua della città soprastante.

L'appartamento di Zara, che ora era l'appartamento di Ren, era ciò che gli agenti immobiliari chiamavano "vissuto con fascino" e ciò che chiunque avesse un paio d'occhi chiamava "un mausoleo da accumulatori compulsivi con carattere". Occupava l'ultimo piano di una casa a schiera vittoriana che un tempo era stata un'abitazione unifamiliare, poi uno squat, poi un mosaico di monolocali. Ogni centimetro di parete era oscurato da scaffali, lavagne bianche e quel tipo di diploma incorniciato che sembrava moltiplicarsi solo dopo la morte. In mezzo a tutto ciò, una costellazione di sedute spaiate si contendeva lo spazio con pile di cartoni da asporto, un materasso ad aria sgonfio e un sistema di sorveglianza che sembrava a un ricablaggio di distanza dall'evocare gli extraterrestri.

Ren camminava avanti e indietro tra le pile di roba, le braccia strette al petto, il linguaggio del corpo impostato su "pre-esplosione". Sputava lamentele con la dizione secca di chi aveva provato ogni battuta.

«Il Consiglio non è solo cieco, è attivamente malevolo» disse, calciando via un groviglio di cavi. «È come se volessero che la profezia si avveri. O forse pensano che se la ignorano abbastanza a lungo, si risolverà da sola.»

Vincent, spaparanzato a stella sul divano, faceva roteare un bicchiere di rosso e osservava il vino lasciare riluttanti archi contro il bordo sbeccato. «Il Consiglio ha secoli di pratica nell'arte di rendere le cose un problema di qualcun altro» disse. «È praticamente il loro principio fondante.»

Sollevò il bicchiere in un brindisi a nessuno, poi bevve come se mirasse ad anestetizzare il suo intero sistema nervoso.

Al piccolo tavolo della cucina, la signora Barley era curva sul suo portatile, la luce che proiettava ombre profonde sul suo viso. Dattilografava con la calma misurata di un pianista professionista, ma di tanto in tanto le mani le tremavano, e doveva fermarle con un respiro. Accanto a lei, una pila ordinata di rapporti completati era tenuta ferma da un barattolo di cipolline sottaceto. Un intero dossier di prove che, se fosse stata onesta, nessuno avrebbe mai letto.

Un crepitio di ozono e Zara stessa tremolò in esistenza, emergendo da una lampada da terra e proiettando un alone policromo sulla parete opposta. Ispezionò il proprio palmo spettrale, emise un suono a metà tra uno sbuffo e una fusa, e si librò attraverso il soggiorno come un pallone meteorologico annoiato.

«Volete darvi tutti una calmata?» disse, serpeggiando intorno alla TV. «Siete andati in modalità Amleto e non è nemmeno mezzanotte. Le dirette streaming sono uscite. Il danno è fatto.»

Ebbe un leggero glitch mentre passava attraverso il tavolino da caffè, sollevando una piccola raffica di patatine al gusto di salsa Worcester. «Onestamente» disse, «non si può nascondere TikTok con una malia. Nemmeno con un Consiglio pieno di mummie.»

Ren smise di camminare giusto il tempo di accigliarsi. «E quindi? Li guardiamo e basta mentre si trasformano in un meme fino all'apocalisse?»

Zara si strinse nelle spalle, un'increspatura di nebbia le attraversò il corpo. «O quello, o create il vostro meme. Vincete la narrativa. È tutta percezione pubblica adesso, tesoro. L'esistenza è branding.»

Vincent sbuffò. «La prima guerra dei vampiri combattuta interamente con campagne di influencer. Carmine ne sarebbe così fiero.»

Il ticchettio delle dita della signora Barley si interruppe. Rimase seduta per un momento, le mani giunte come in preghiera, poi alzò lo sguardo sul gruppo. Il suo viso era stanco, ma i suoi occhi erano acuti. «Questa non è contenimento. È triage. Al Consiglio non importa chi rimane coinvolto nell'incendio, finché il sipario resta chiuso.»

Ren si lasciò cadere su una poltrona malconcia, la cui imbottitura era visibile attraverso il bracciolo. «Allora perché lo stiamo facendo? Che senso ha la sorveglianza se l'unica regola è 'non farsi beccare'?»

La signora Barley sorrise, ma non c'era gioia nel suo sorriso. «Perché se smettiamo, non ci sarà più niente tra loro e una guerra aperta.»

La stanza cadde in un silenzio, punteggiato solo dal ronzio del frigorifero e dalla dolce oscillazione di Zara vicino al bovindo.

Vincent svuotò il bicchiere, poi sollevò la bottiglia controluce. «Stiamo finendo le scorte» disse, con voce piatta. «Il Consiglio non ci rimborserà neanche per i rifornimenti per il morale.»

Zara scivolò lungo il davanzale, proiettando fasce prismatiche sul muro. «Potrei sempre infestare l'enoteca» offrì. «Il furto spettrale è a basso rischio e ad alta ricompensa.»

Ren, finalmente esausta, si portò le ginocchia al petto e fissò Vincent con uno sguardo intenso. «Se il Consiglio non fermerà Carmine, chi lo farà?»

Lui non rispose. Invece, versò un dito misurato di vino, posò la bottiglia e fissò il bicchiere come se contenesse il segreto per non dare più importanza a nulla.

La signora Barley ricominciò a scrivere, più lentamente ora.

«Continuerò a compilare i rapporti. Dubito che importi, ma è meglio di niente.»

Zara si appollaiò, per un momento, sul bracciolo del divano, prima di dissolversi nella stanza accanto. «Il mondo sta finendo, ma siete tutti così compiti al riguardo» disse, la sua voce che echeggiava sulle piastrelle della cucina. «Rende un fantasma fiero.»

Rimasero seduti con i loro compiti: Ren a rimuginare, la signora Barley a verbalizzare, Vincent a coltivare un'aria di serenità chimica. Fuori, la città vibrava di traffico, di mille feste e di almeno una profezia virale. Dentro, aspettavano il disastro successivo, o forse che il Consiglio trovasse un nuovo capro espiatorio. Fino ad allora, condividevano la bottiglia, il silenzio e la certezza che, qualunque cosa fosse successa dopo, nessuno sarebbe venuto a salvarli.

E sopra tutto, la profezia ticchettava, iscritta nel sangue e in pacchetti di dati, mentre tre quasi-estranei guardavano la storia ripetersi da un soggiorno a North London.

CINQUE

Ren si svegliò come se qualcuno le avesse versato candeggina gelida lungo la spina dorsale, e il mondo si mise a fuoco con quel tipo di lucidità che suggeriva si fosse rotto qualcosa. Per un istante non seppe dove si trovasse, solo che stava sudando, che il suo cuore batteva al ritmo di un tamburo di guerra e che il braccio sinistro le andava a fuoco.

Si mise a sedere troppo in fretta. La struttura d'acciaio del letto le morse la coscia e l'aria intorno a lei parve tremolare in una visione doppia. La stanza era, in mancanza di un termine migliore, spettrale: ogni superficie dell'appartamento di Zara era invasa dai detriti di vecchie stampe di ricerche, biancheria e l'innominabile sedimento di mesi trascorsi a vivere di razioni d'emergenza e adrenalina. Una debole luce stroboscopica lampeggiava dalla strada, conferendo a ogni cosa l'irrealtà di una scena del crimine in pausa.

Ren si premette la mano sana sul naso, che aveva ricominciato a sanguinare e, proprio come prima, il sangue era nero e lasciò sul cuscino un'ombra che puzzava di limatura di ferro e toast bruciato. Cercò di afferrare un fazzoletto, ma il braccio sinistro si rifiutò di collaborare.

Le ci volle un secondo per capire il perché: il Marchio dell'Editore, che era rimasto per lo più dormiente sul suo avambraccio dal crollo dell'Orpheum Theatre, ora pulsava di un blu-verde che faceva sembrare la sua pelle il quadrante di un economico orologio digitale. Il Marchio era cresciuto, si rese conto, estendendosi ora dal polso al gomito in una rete di sigilli che assomigliava in tutto e per tutto alla mappa della Northern Line, se la Northern Line fosse stata progettata da uno sociopatico con un debole per i nodi celtici. Il bagliore proiettava ombre mobili sulle pile di cartoni da asporto e illuminava ogni impronta digitale sulla tazza accanto al divano.

Imprecò, a bassa voce, poi un po' più forte tanto per gradire. Il telefono era vibrato fino a cadere dal tavolino, finendo incastrato tra due tascabili di teoria critica e quella che sembrava sospettosamente una rivista porno d'annata. Lo ripescò, si pulì la mano sul retro dei pantaloni della tuta e controllò l'ora: 03:11. Naturalmente.

Non aveva bisogno di controllare per sapere che aveva sognato, perché il sapore di rame e inchiostro era ancora fresco sulla sua lingua, e i suoi pensieri erano pieni di storie che non le appartenevano. Nel sogno, aveva camminato attraverso un campo arido, guardando una ragazza con la sua stessa faccia versare sale nel terreno, componendo parole che svanivano se le si guardava direttamente. Dietro di lei, il mondo era bruciato di un bianco e blu, e c'era Vincent, ma la sua faccia continuava ad avere dei glitch, sostituita da una sagoma tremolante che le faceva venire voglia di piangere.

Lasciò ricadere la testa sul divano con un tonfo. Una piuma di panico aleggiava ai margini del suo campo visivo, come l'immagine residua del lampo di un flash. «Vaffanculo» mormorò, al Marchio o alla profezia o a entrambi.

Qualcosa di morbido e cartaceo le fluttuò sul ginocchio. Sussultò, perché non era affatto vicino alla sua pila di appunti, e prima non c'era.

Era un pezzo di carta, strappato in modo irregolare in cima, come una richiesta di riscatto in un film. La scrittura non era la sua, né quella di Zara, né di chiunque altro riconoscesse, ma solcava la pagina con un nero deciso:

La ragazza si metterà in riga, o andrà in pezzi.

Ren lo fissò, poi guardò il suo braccio, poi di nuovo il biglietto. Il bagliore del Marchio si era intensificato, come per un'arrogante autocompiacimento.

«Oh, ma vaffanculo e basta» disse, ma il foglio rimase lì, a irradiare minaccia.

Vincent apparve sulla soglia della camera da letto, con una tazza di caffè al sangue in una mano e un'espressione di studiata noncuranza sul volto. Era a piedi nudi, indossava solo una maglietta e qualsiasi cosa avesse recuperato dalla pila della biancheria, ma anche mezzo addormentato si muoveva con la grazia goffa di chi aveva passato secoli a dimenticare come apparire rilassato.

Inquadrò la scena all'istante: Ren sul letto, il naso che sanguinava nero sul cuscino, il braccio che brillava e un biglietto misterioso sul ginocchio.

«Dormito bene?» domandò, con la voce leggera come un fiammifero consumato.

Lei emise un grugnito e per un momento l'unico suono fu il brontolio solidale delle antiche tubature dell'edificio.

Vincent si avvicinò al letto, posò la tazza con una cura che suggeriva fosse l'ultima pulita nell'appartamento, e poi rimase lì a mezz'aria. «Sembra... vivace» disse, accennando al braccio di lei.

Ren si asciugò il naso, da cui ora colava una specie di sostanza viscosa e catramosa di colore blu. «Hai mai sognato in terza persona onnisciente?» chiese, le parole compresse tra i denti serrati.

Lui fece una smorfia. «Non dormo molto di questi tempi. A meno che non si contino le udienze disciplinari del Consiglio. In quel caso crollo come un sasso.»

Ren sollevò il pezzo di carta. «Questa è nuova.»

Lui glielo sfilò dalle dita, esaminandolo con un'intensità forense che di solito riservava alle recensioni dei suoi libri su Goodreads, o alle etichette del vino. «Analisi della calligrafia?» propose, scherzando solo a metà.

Lei scosse la testa. «Mai vista. Prima non c'era.»

Lo sguardo di Vincent passò dal biglietto al braccio di lei, al suo viso, e poi di nuovo indietro. «Vuoi che—» Si interruppe, la maschera di sarcasmo che scivolava via abbastanza da rivelare la preoccupazione sottostante. Ci riprovò, più dolcemente: «Ti fa male?»

Ren contrasse la mano. Il Marchio rispose con un'altra pulsazione, per poi affievolirsi in un luccichio opaco e rancoroso. «È come il tatuaggio più schifoso del mondo. Lo sento anche quando non lo guardo.»

Vincent emise un suono evasivo. Non si sedette, ma appoggiò un fianco sul bordo del letto, abbastanza addentro al suo spazio personale da essere protettivo, ma non così vicino da farle venire voglia di colpirlo.

Lesse il biglietto ad alta voce: «*La ragazza si metterà in riga, o andrà in pezzi.*» Fece un sorrisetto, che però non gli raggiunse gli occhi. «Sottile come sempre.»

Ren fulminò con lo sguardo il Marchio, desiderando che smettesse di brillare, o forse solo che la riconoscesse in un modo che non fosse "presagio del collasso totale". «Sta prendendo di mira me» disse. «Non te. Non la signora Barley. Solo... me. Di nuovo.»

Vincent si strinse nelle spalle, ma lei vide lo sforzo che gli costò minimizzare. «Forse sei solo più interessante.»

Lei sbuffò. «Magari. Se c'è qualcuno qui che è un'esca da profezia, quello sei tu.»

Lui sorrise, ma lei vide i canini, appena scoperti, le punte bianche e aguzze sotto il labbro. «Io ero più il gruppo di controllo. Tu sei chiaramente la cavia migliore.»

Ren strinse la mano sana a pugno. «Perché adesso? È stato dormiente per settimane.»

Lui rifletté, poi disse: «Forse Carmine ha aumentato la dose. O forse sta rispondendo a... stimoli esterni.»

Lei alzò gli occhi al cielo. «Intendi dire che ho dormito tutto il giorno, mangiando solo Jaffa Cakes e traumi?»

Lui si strinse di nuovo nelle spalle, ma questa volta era quasi un gesto di scusa. «Potrebbe essere. O sta rispondendo a qualcosa di più grande.»

Sedettero in silenzio, la luce del braccio di lei che dipingeva il letto di aloni malaticci e sovrapposti. Ren si rese conto che stava tremando, ma non per il freddo.

Vincent allungò di nuovo la mano verso il biglietto, questa

volta girandolo, come se la risposta potesse essere sul retro. Era bianco.

Premette il pezzo di carta sul comodino con due dita, bloccandolo. «Se vuoi, posso chiamare Zara. Ha i suoi metodi per questo genere di cose.»

Ren scosse la testa. «Lasciala infestare in pace. Renderebbe solo tutto più strano.»

Lui sorrise, e questa volta era un sorriso vero. «Lo dici come se fosse una cosa negativa.»

Ren chiuse gli occhi. Il Marchio prudeva, e lei cercò di ignorarlo, ma il prurito era diventato una pressione, come una mano che le si stringeva lentamente intorno al polso. «E se non fosse più una profezia?» chiese, così piano che non era sicura di averlo detto davvero ad alta voce.

Vincent rifletté, poi disse: «Allora è qualcosa di peggio.»

Lei annuì, con gli occhi ancora chiusi, e si lasciò andare all'indietro sul divano, quel tanto che bastava per fidarsi che il mondo non l'avrebbe inghiottita nei cinque secondi successivi. «Ti spaventi mai?» chiese.

Vincent sorseggiò dalla sua tazza, e quando rispose, la sua voce era quasi gentile. «Ogni giorno. Cerco solo di non darlo a vedere.»

Ren aprì gli occhi e lo trovò che la osservava, la preoccupazione ora completamente smascherata.

«La prossima volta» disse, «portami un caffè. E... grazie per essere rimasto, lo apprezzo.»

Lui sollevò la tazza in un brindisi. «La prossima volta, porterò quello buono. Promesso.»

Sedettero in silenzio, il Marchio che pulsava quietamente, il biglietto piatto e inerte sul tavolo, entrambi che fingevano che il mondo non si fosse appena spostato sotto i loro piedi.

In cucina, il frigorifero scattò, ronzando la sua piccola profezia, e la città fuori continuò a lampeggiare, ignara, verso la fine di ogni cosa.

Zara arrivò in cucina già a metà di una diagnosi, la sua sagoma spettrale che vibrava ai bordi come un segnale Wi-Fi disturbato. Fluttuava appena sopra il pavimento piastrellato, con le braccia conserte e un'espressione di interesse clinico sul volto trasparente.

«Diamo un'occhiata, allora» disse, facendo cenno a Ren di sedersi sulla sedia più vicina alla finestra.

Ren squadrò la superficie con sospetto. Aveva visto Zara passarci attraverso la sera prima, ed era sicura al novanta per cento che avesse lasciato un'impronta quantistica del suo culo, ma si sedette comunque. Il Marchio brillava ancora, ma ora che lo shock iniziale era svanito, sembrava meno un'emergenza e più una notifica molto insistente.

Vincent incombeva dietro di lei, con la tazza di nuovo piena e la mascella serrata in quel modo che significava o che cercava rissa o che si stava a malapena trattenendo. La signora Barley entrò subito dopo, con la postura perfetta anche in pigiama, una cartellina sotto un braccio e una biro nuova già pronta all'azione.

Zara si mise a fuoco, evocando dall'etere una lente da gioielliere e una penna luminosa. Si rivolse al braccio di Ren con un brusco «Stai ferma» e iniziò una serie di passaggi con la lente, emettendo leggeri "tsk" a ogni contorsione del Marchio.

«Non è più solo un sigillo dell'editore» disse. «E non è neanche di fattura del Consiglio. Guarda qui...» tenne il braccio di Ren appena sopra il polso, sorprendentemente solida per un fantasma, e inclinò la lente in modo che gli altri potessero vedere. «È iterativo. In evoluzione. Chiunque l'abbia costruito sta eseguendo un codice attivo, non una maledizione statica.»

La pelle di Ren fu percorsa da un brivido, il Marchio che prudeva come se risentisse di essere osservato. «Quindi sta... cosa, imparando?»

«O si sta aggiornando» rispose Zara. «Potrebbe essere un feedback dalla rete, potrebbe essere un collegamento diretto a chiunque l'abbia impostato. In ogni caso, si sta riscrivendo in risposta a te.»

Vincent sembrava aver ingoiato una batteria. «Ma abbiamo distrutto la profezia, le bozze, le parole. Mi stai dicendo che qualcuno può modificarla a distanza?»

Zara porse la lente alla signora Barley, che esaminò il disegno e prese un appunto. «È un payload personalizzato, Vincent» disse Zara. «Possono intensificarlo, iterarlo o bruciarlo quando vogliono. L'unico motivo per cui non è ancora diventato critico è...» Si interruppe, inclinando la testa, «...probabilmente, tu. Stai interferendo con il processo.»

Ren tentò un'aria spavalda. «Forse finalmente sono interessante» disse, ma la mano le tremava mentre la infilava nella tasca della felpa.

Zara si sporse all'indietro — la sua versione del dare spazio — e permise alla signora Barley di completare un'ispezione ravvicinata. «Non sei ancora in pericolo» disse Zara. «Ma chiunque stia gestendo questa cosa ha un piano, e scommetterei il contenuto del mio hard disk che sta guardando.»

Il silenzio fu immediato, totale.

Fu la signora Barley a romperlo, con voce dolce e precisa. «Dobbiamo isolare il segnale. Se è in rete, possiamo tagliare la connessione. O, come minimo, falsificare il prossimo aggiornamento.»

Vincent si accasciò contro il bancone, la tazza stretta con una tensione da far sbiancare le nocche, non comprendendo appieno il gergo tecnologico. «Riuscite a farlo?»

La signora Barley annuì, ma il suo viso diceva che sarebbe costato più del sonno. «Avrò bisogno di tempo, e dell'assistenza di Zara. Non è come riparare un tetto che perde.»

Ren espirò. Non si era resa conto di aver trattenuto il respiro. Il bagliore del Marchio si affievolì, ma proiettava ancora un'ombra malaticcia sul suo grembo.

Zara si rivolse a Vincent, con un sopracciglio alzato. «Sei sicuro di essere pronto per questo? Al teatro, sei finito... be', quasi morto.»

Lui scoprì i canini in quello che avrebbe potuto essere un sorriso, ma i cui contorni erano logori. «Sono pronto per Carmine.»

La signora Barley scomparve nell'altra stanza, tornando pochi istanti dopo con un vassoio: acqua per Ren, caffè per sé, una sacca di sangue per Vincent. Li posò con la solennità di un prete all'altare. Il gesto era così ordinario, così banale, che rese l'incubo ancora più permanente.

Ren prese l'acqua e sorseggiò, cercando di non guardare il suo braccio. «Speravo in una notte normale» disse. «Sai. Guardare un po' di televisione, mangiare un panino, non essere una cifra per la fine del mondo.»

Zara sbuffò. «La normalità è sopravvalutata. Inoltre, se il Consiglio lo scoprirà mai, diventerai famosa. O archiviata.»

Ren riuscì ad abbozzare un sorriso sghembo, ma il Marchio divampò in quel momento, improvviso e violento, come se qualcuno l'avesse colpita con un cavo scoperto. Ricacciò indietro un gemito mentre il disegno sulla sua pelle si contorceva, per poi riscriversi in tre nuovi segmenti, che si diramavano verso la piega del gomito.

La luce della stanza tremolò in sintonia. Il frigorifero in cucina emise un lamento torturato.

Vincent posò la tazza, la mano che tremava appena. «Non sta solo succedendo di nuovo» disse, con voce roca. «Sta mutando.»

Fissarono tutti il Marchio, guardandolo strisciare e avvitarsi sulla pelle di Ren. Persino Zara, che una volta aveva visto il proprio corpo dissolversi, sembrava turbata.

La signora Barley annotò i cambiamenti, poi alzò lo sguardo. «Continueremo a monitorare. Nessuno dorme da solo finché non avremo capito il programma di aggiornamento.»

Ren annuì, intorpidita. Zara si avvicinò fluttuando, la mano tesa ma senza toccarla. Vincent, ancora in piedi, sembrava sul punto di mettersi a camminare avanti e indietro, ma l'appartamento era troppo piccolo anche per quel conforto.

Per molto tempo, rimasero semplicemente a guardare, quattro esseri all'intersezione tra storia, profezia e pessime decisioni, in attesa che arrivasse la prossima iterazione.

Il Marchio continuò a brillare e, fuori, la notte premeva,

silenziosa e infinita, come se il mondo stesse aspettando di vedere chi avrebbe ceduto per primo.

SEI

SEI

Il cimitero di Highgate, nell'ora dopo il tramonto, era un luogo che si compiaceva del melodramma. L'aria gocciolava un'umidità tale da far nascere interi nuovi phyla di muschio e un albero su tre aveva un aneddoto su Jack lo Squartatore. Era, secondo Vincent, l'unico posto a North London in cui la competizione per l'Entrata Più Teatrale era abbastanza accesa da far sfigurare il Consiglio dei Vampiri.

Si fece strada lungo il sentiero di ghiaia, con l'impermeabile che strascicava come un sipario, e si diresse verso il giardino delle statue al centro della parte più antica del cimitero. Il cielo era di un blu scuro malaticcio, il colore di vene vecchie, e la nebbia era calata con la puntualità di un funerale di stato. Intorno a lui, cherubini e angeli di marmo erano in lutto da ogni angolazione concepibile, e i loro occhi di pietra vacui offrivano mille comodi punti in cui evitare di guardare i vivi.

Non che ci fossero molti vivi a portata di mano, a meno di

non contare le due anime che dovevano incontrare Vincent per il 'Servizio di Contatto Notturno' del Consiglio. Vincent, naturalmente, fu il primo ad arrivare, anche se solo perché l'insonnia e il lavoro sul campo imposto dal Consiglio erano le uniche cose che riuscivano a strapparlo al tepore del suo appartamento in inverno.

Trovò la sua postazione: un plinto fatiscente, sormontato da un angelo dalle spalle curve come un salice, il viso permanentemente bloccato in uno stato di squisito rammarico. Vincent si appoggiò alla base, si accese una sigaretta e finse di consultare l'orologio, che non segnava l'ora esatta dall'epoca della Thatcher.

La signora Barley arrivò subito dopo, stringendo le labbra alla vista della sigaretta fumante di Vincent, per poi ignorarla subito in favore della lista di controllo dell'operazione. Indossava la sua tenuta da sorveglianza standard – caban blu scuro, guanti grigi, sciarpa appuntata con un discreto sigillo del Consiglio – e portava una cesta da picnic malconcia che conteneva un grosso thermos e una quantità spropositata di cancelleria. Un binocolo le pendeva dal collo e i capelli, come sempre, erano un capolavoro architettonico di forcine e lacca.

Non perse tempo a delimitare il suo territorio: una panchina di granito, convenientemente asciutta e posizionata per una vista ottimale sia del viale meridionale sia dello spiazzo in cui l'"evento' si sarebbe presumibilmente svolto.

Ren fu l'ultima ad arrivare, entrando di corsa dal cancello laterale e nascondendosi dietro una croce celtica per riprendere fiato. Le sue guance erano arrossate dal freddo, i ricci a malapena contenuti da un berretto. Stringeva al petto un quaderno a spirale e cercava, valorosamente, di sembrare una che a quell'ora sorvegliava di routine le sottoculture soprannaturali.

Vincent la salutò con un cenno della mano, cui lei rispose alzando due dita, anche se restava ambiguo se fosse un gesto di pace o un insulto.

«Non ero sicuro che saresti venuta», disse lui, mentre lei lo raggiungeva alla statua.

Ren grugnì. «Mi hanno minacciata di riassegnarmi alla Sorveglianza Nephilim di Camden se non mi fossi presentata. Non so nemmeno cosa sia un Nephilim».

Vincent indicò il volto chino dell'angelo. «Loro, ma con meno scrupoli e un gusto peggiore in fatto di scarpe».

La signora Barley, che stava già disimballando il suo arsenale di moduli e liste di controllo, si intromise. «Se abbiamo finito con le chiacchiere, suggerirei di ripassare i nostri obiettivi. Il contingente dei Modernisti ha in programma una trasmissione precisamente alle 19:51. Se si atterranno agli schemi passati, tenteranno di cooptare l'estetica locale per un nuovo ciclo di streaming di 'ronde notturne gotiche'».

Ren si avvicinò per dare un'occhiata agli appunti operativi. «È una cosa reale? La gente guarda davvero i vampiri su YouTube?»

«Non è YouTube», disse Vincent. «È una piattaforma personalizzata. Qualcosa che hanno raffazzonato per poter monetizzare 'contenuti non-morti autentici' senza incorrere negli avvocati del Consiglio specializzati in copyright».

Ren fece una smorfia. «Esiste il DMCA per i succhiasangue?»

«Esiste il DMCA per tutto», rispose la signora Barley, senza alzare lo sguardo. Passò a Ren un binocolo di riserva e un pacchetto di biscotti digestive. «Tenga il telefono silenzioso e gli occhi sui bersagli principali. Non dobbiamo intervenire, solo osservare e registrare. Intesi?»

Vincent fece il saluto militare, sapendo che l'avrebbe infastidita. Ren annuì, con la bocca già mezza piena di biscotto.

Si misero ad aspettare. La nebbia si infittì, dipingendo le statue con strati di perla e sudiciume. L'unico rumore era il leggero picchiettio di Ren che scarabocchiava sul suo taccuino e il picchiettio ancora più leggero del sarcasmo di Vincent, che offriva commenti coloriti su ogni scoiattolo, corvo o sacchetto di plastica di passaggio.

Cinque minuti prima dell'inizio dello spettacolo, arrivarono i Modernisti: una mezza dozzina di giovani vampiri in nero sapientemente sdrucito, con capelli e trucco così impeccabili da poter essere solo il risultato di narcisismo collettivo o di una sponsorizzazione da parte di un'impresa di pompe funebri. Montarono faretti ad anello e treppiedi pieghevoli tra le tombe, muovendosi con la sicurezza coreografata di chi, con ogni probabilità, si era esercitato in una sala prove.

Vincent sbuffò quando uno dei vampiri, un biondo longilineo dall'aspetto da boy band, si mise a regolare l'angolazione di un pannello riflettente. «Fare da babysitter a degli influencer con zigomi migliori dell'istinto di sopravvivenza. La traiettoria della mia carriera in poche parole».

Ren prese appunti, fermandosi per scattare una rapida foto con il telefono, che nascose subito quando uno dei Modernisti guardò nella sua direzione.

«Non capisco», sussurrò. «Se non dovrebbero esistere, perché la diretta?»

«Per la stessa ragione per cui un fungo rilascia le spore»,

rispose Vincent. «Non si tratta di sopravvivere, si tratta di essere impossibili da sradicare».

La signora Barley osservava i bersagli, con gli occhi ridotti a due fessure per la concentrazione. «Si stanno posizionando per assicurarsi che la luna piena sia nell'inquadratura. Almeno quattro dispositivi, forse un drone in attesa. Se si tratta di fascinazione, è un'esagerazione».

«Sono Modernisti», disse Vincent. «L'esagerazione è la loro normalità».

La leader dei Modernisti, Aurelia Voss, prese il centro della scena in cima a una tomba particolarmente barocca. Il suo abito era un squisito ibrido di alta moda e tenuta da funerale; l'orlo si trascinava scenograficamente sul lichene. Fece un breve discorso, che il tecnico del suono (una brunetta dall'aria scontrosa con un anello al naso) trasmise direttamente sui telefoni dei suoi fedeli spettatori.

«Sta citando Byron?», chiese Ren, strizzando gli occhi per vedere lo streaming.

Vincent si sporse. «No, è tratto dalle sue memorie. Le ha finanziate con un crowdfunding l'anno scorso. Copertina rigida, titolo in lamina e bordi colorati. Duecento pagine di sproloqui, intervallate da una selezione di ricette vegane, quattro delle quali commestibili».

I Modernisti si disposero a ventaglio, riprendendosi a turno. La finta luce diurna dei faretti ad anello tingeva ogni cosa del colore di un osso sbiancato. Di tanto in tanto, uno di loro si metteva in posa con le statue o si sdraiava contro un'urna vittoriana come per sfidare chiunque a dire "necro-chic" senza ironia.

Al perimetro, il fantasma di Zara Delacourt tremolò fino a rendersi visibile, fluttuando appena sopra la linea delle lapidi.

Affondò attraverso un agnello di marmo, poi riapparve in cima a una cripta, a braccia conserte, con l'aria di una banshee molto annoiata.

Fluttuò verso il trio di Vincent, con la voce che echeggiava quel tanto che bastava a turbare i meno disincantati. «Vi rendete conto che siete osservati da almeno altre tre squadre? Il Consiglio ha una scommessa in corso su chi cederà per primo e li farà fuori tutti».

La signora Barley si irrigidì, solo per una frazione di secondo. «Siamo qui per osservare, non per intervenire».

Zara sogghignò, un lampo di fosforo nella foschia. «Certo. Io sono qui solo per il turismo macabro. Vecchie abitudini».

Vincent le si rivolse da sopra la spalla, senza distogliere lo sguardo dai Modernisti. «Potevi almeno portare dei dolci. Stiamo morendo qui fuori».

Zara si avvicinò fluttuando, scostando i capelli spettrali. «Pensi che sia facile comprare croissant alle mandorle quando sei morta? Oramai nell'aldilà è tutto senza glutine».

Ren soffocò una risata, quasi perdendo la presa sul binocolo. «Non sei esattamente un'oratrice motivazionale, eh?»

Zara si strinse nelle spalle. «Io motivo la gente ad andarsene dalla festa prima che la situazione degeneri. Dovresti ascoltarmi».

I Modernisti, nel frattempo, erano ormai completamente immersi nella loro performance. Sullo schermo, Aurelia alzò le mani in un gesto di invocazione e la telecamera fece una panoramica per catturare il dramma del momento: una singola, perfetta lacrima che le scendeva lungo il viso, che l'assistente di produzione le asciugò tra una ripresa e l'altra.

Vincent emise un suono a metà tra il divertimento e il disgusto. «C'è più recitazione in quello streaming che in tutto Shakespeare».

«Non per molto», disse la signora Barley, regolando il binocolo. «Stanno iniziando la parte del rito».

I tre minuti successivi si svolsero con tutta la solennità di un discorso di ringraziamento ai Music Awards. I Modernisti recitarono ciascuno una riga di un copione preparato – qualcosa sul ricordare le antiche usanze e onorare il passato – poi aprirono di scatto una bottiglia di finto sangue e lo versarono su una tomba come per battezzare una barca particolarmente sfortunata.

Ren prese appunti freneticamente. «Questo è... non quello che mi aspettavo».

Vincent sorrise. «È sempre un po' una delusione quando i presunti signori delle tenebre non riescono nemmeno a vandalizzare una lapide senza un product placement».

«La fase due», mormorò la signora Barley, «è dove di solito le cose vanno storte».

E così fu. Mentre i Modernisti circondavano la tomba per l'inquadratura finale, accadde qualcosa durante la diretta. Le didascalie, che prima mostravano hashtag e battute innocue, subirono un glitch. Lo schermo tremolò, poi apparve un testo cremisi che non corrispondeva né al carattere né al marchio degli showrunner Modernisti.

Il respiro di Vincent si bloccò, un terrore freddo e familiare che gli si arrampicava lungo la spina dorsale. «Quello non è il loro copione», disse, socchiudendo gli occhi. «Quella è...»

Sul telefono dello spettatore, una nuova serie di sottotitoli scorreva sullo schermo:

IL FUTURO SI NUTRE DEL SANGUE DEI DIMEN-

TICATI. TUTTE LE STORIE SI RIPETONO. LA STORIA È SCRITTA NELLE OSSA.

Ren sentì lo stomaco attorcigliarsi. «Cos'è?»

«Carmine», disse Vincent, con la voce diventata piatta. «O meglio, la profezia di Carmine. Ma sta... trapelando».

La signora Barley, da professionista quale era, fece scattare la sua biro e cominciò a registrare l'anomalia, ma la sua mano si bloccò a metà frase. Sul suo tablet, l'app di sorveglianza fornita dal Consiglio cominciò a dare problemi. Lo schermo lampeggiò, poi mostrò lo stesso testo, ancora e ancora, ogni ripetizione un po' più frenetica, un po' più insistente.

IL FUTURO SI NUTRE. IL FUTURO SI NUTRE. IL FUTURO SI NUTRE.

Ren controllò il suo telefono, solo per scoprire che ogni app, ogni finestra, ogni possibile modo di contattare il mondo esterno era stato dirottato dallo stesso messaggio, che scorreva in un rosso sangue, impossibile da chiudere.

Vincent sputò una maledizione e gettò la sigaretta nell'erba. «Ha violato il digitale. Non riguarda più solo noi».

Zara aleggiava appena sopra il suolo, con la voce poco più che un sussurro. «Te l'avevo detto. Le feste finiscono sempre male».

Tutti guardarono, impotenti, mentre i Modernisti continuavano la loro esibizione, ignari del fatto che il vero spettacolo era già iniziato e che il pubblico era ora l'intero mondo sveglio.

La luna raggiunse il suo zenit, tingendo il cimitero di una luce malaticcia e irreale. Le statue piangevano le loro lacrime di pietra, la nebbia si aggrappava a ogni cosa e, sopra tutto, la profezia continuava a scorrere, luminosa, orribile e inarrestabile.

Vincent chiuse gli occhi, solo per un secondo, e immaginò cosa avrebbe detto Carmine.

Probabilmente: «Te l'avevo detto».

Riaprì gli occhi, raddrizzò le spalle e guardò Mrs Barley e Ren. «Dobbiamo avvertire il Concilio. Subito».

Mrs Barley se ne stava già occupando, il pollice che premeva furiosamente sul contatto d'emergenza, la mascella serrata. Ren, pallida, si limitò ad annuire, poi allungò di nuovo la mano verso il telefono, come se il prossimo messaggio potesse essere meno terrificante.

Zara li osservava con un mezzo sorriso sul suo volto quasi incorporeo. «Buona fortuna» disse, mentre già si dissolveva all'indietro nella nebbia. «Ne avrete bisogno».

Le prime notifiche cominciarono a risuonare nella città sottostante. Gli hashtag esplosero. I video divennero virali. E nel cimitero, sotto il primo, indifferente chiaro di luna, i Modernisti continuarono a filmare, convinti di aver dato inizio al futuro.

Ci erano riusciti. Solo che non era quello che voleva nessuno.

Nell'istante in cui i Modernisti conclusero il loro "segmento rituale", un'alterazione si propagò per il cimitero, che non aveva nulla a che fare con le luci o il tempo. Iniziò come un guizzo con la coda dell'occhio; quel genere di sottile distorsione che rendeva ogni angelo di pietra un'inezia più animato del dovuto e ogni croce macchiata di licheni inclinata di un grado più obliquo.

Poi gli epitaffi cominciarono a brillare.

Dapprima fu una cosa sottile: un debole scintillio a infrarossi nelle lettere incise di ogni lapide a portata di vista. Ma in pochi secondi, la luce si intensificò, irradiandosi attraverso le crepe e il muschio finché ogni tomba del cimitero non divampò di un cremisi sacrilego, come se l'intera Necropoli avesse deciso di accendere le quattro frecce.

Ren, normalmente imperturbabile, lasciò cadere il suo taccuino. L'impatto echeggiò nel silenzio, attirando gli sguardi dei Modernisti e dei loro cameraman, che si fermarono tutti all'unisono per fissare a bocca aperta il fenomeno.

Vincent osservava la scena, un lento sorriso che gli si scolpiva sul volto. «È ora dello spettacolo» disse, quasi tra sé e sé.

Come a un segnale convenuto, gli epitaffi cominciarono a liquefarsi. Le lettere incise cedettero e si sciolsero come cera lasciata su un termosifone, ammassandosi nei solchi per poi colare lungo la superficie della pietra. Per tre interi secondi, le lapidi piansero rivoli di melma nero-rossastra, che si raccolsero alle loro basi prima di ricomporsi, incredibilmente, in un nuovo testo.

Ren riuscì a leggere la prima riga ad alta voce, con la voce tremante: «NUTRITE IL FUTURO. DISSANGUATE IL PASSATO».

«Carmine» confermò Vincent, le zanne che spuntavano dal suo ghigno. «Quel bastardo non ha mai saputo quando era il caso di lasciare le cose come stavano».

Da qualche parte dietro di loro, un Modernista strillò: non un urlo di terrore mortale, ma l'urlo di un creatore di contenuti che aveva appena visto triplicare il proprio numero di iscritti. Le ring light ruotarono, i telefoni si inclinarono e in pochi secondi ogni angolazione del nuovo orrore veniva trasmessa in diretta a un pubblico già più che pronto al melodramma.

Mrs Barley, per nulla divertita, aprì con un gesto del pollice il suo kit di emergenza e nascose nel palmo una catena d'argento, che si avvolse attorno a una mano guantata come un rosario. «Ricordi, non si esponga a proiezioni virali dirette. Se deve intervenire, lo faccia offline».

Vincent inarcò un sopracciglio. «Si rende conto che gli unici a non filmare siamo noi?».

Mrs Barley gli lanciò un'occhiata che avrebbe potuto congelare il Tamigi. «Potrà scrivere le sue memorie più tardi».

All'estremità del giardino degli angeli, una lapide si spaccò con un profondo, umido crepitio, sollevando una nuvola di polvere di tomba e scarabei. Qualcosa ne uscì fuori artigliando: una mano, o quel che ne restava, con i tendini avviluppati stretti attorno all'osso, e ogni dito terminante in un'unghia che scintillava alla luce rossa.

Ren indietreggiò, scontrandosi con Vincent. «Avevi detto che non era il tuo tipo di profezia» sibilò.

«Infatti» sussurrò lui, con gli occhi fissi sulla tomba. «Questa è una trovata di Carmine. Ma sta usando il mio maledetto copione».

La cosa che sorse dalla tomba non era un Modernista. Era più antica, e più affamata, e così completamente decomposta che sembrava che qualcuno avesse cercato di tassidermizzare un omicidio. Il suo volto era una parodia dell'aristocrazia, allungato a dismisura, le labbra spaccate a rivelare zanne gialle simili a radici. Indossava i brandelli di un abito vittoriano, ora nero di terra e marciume, e mentre si liberava dalla tomba con le unghie, urlò una singola frase:

«LA STORIA È SCRITTA NEL SANGUE».

A quanto pare, quello fu il segnale per il resto del cimitero. Una a una, le tombe si squarciarono, ognuna vomitando un redivivo: una parodia pallida e rovinata dei vampiri che un tempo avevano dominato quella parte di Londra. Arrivarono in ogni stile ed epoca: edwardiani con cravatte incollate alla gola, flapper con i capelli appiccicati in un'unica treccia bagnata, mod degli anni Sessanta in abiti che ora puzzavano di ammoniaca e putrefazione. Il volto di ognuno di loro era sbagliato in un modo che faceva pulsare la vista di Ren, come se fossero stati assemblati da scarti di identikit della polizia e leggende metropolitane.

Vincent fece un passo avanti, le zanne ora completamente sguainate, la voce bassa e letale. «Mrs Barley. Prenda Ren e trovi riparo».

«Non ho intenzione di lasciarvi—»

«Non è una richiesta».

Non attese di vedere se obbedivano, perché la prima ondata di redivivi era già su di lui. Si muovevano con un ritmo a scatti, da marionette, le braccia che mulinavano e le mascelle che si aprivano e chiudevano a schiocco mentre urlavano la profezia in un perfetto unisono multilingue.

Vincent li affrontò a testa bassa, un turbinio di pugni, piedi e zanne in una violenza così cruda da rasentare l'osceno. Ogni impatto spaccava il cranio di un redivivo o spezzava un arto marcio, sollevando nuvole di polvere e schegge d'osso che si depositavano sull'erba come confetti luridi. I Modernisti filmarono tutto, i loro volti che oscillavano tra l'orrore e l'esultanza.

«Vincent!» urlò Ren, da dietro un angelo rovesciato. «Sono troppi!».

«Non ancora» le rispose lui, afferrando il redivivo più vicino per i baveri e colpendolo con una testata così forte che il suo cranio collassò. «Ma te lo farò sapere».

Altri tre gli si avvicinarono, gli artigli che graffiavano la schiena di Vincent, uno che riuscì a piantargli i denti nella spalla. Lui lo strappò via, portando con sé un pezzo della sua stessa mascella. «Lo sapevi» ansimò, «che i vittoriani li seppellivano in gabbie di ferro? Davvero avanti per i loro tempi».

Ren e Mrs Barley si rannicchiarono dietro l'angelo, entrambe a guardare con crescente panico Vincent che veniva rapidamente accerchiato. Mrs Barley, rifiutandosi di tremare, sguainò l'ombrello e ne torse il manico. La punta brillò d'argento appena esposto.

«Se ha intenzione di fare qualcosa» borbottò Ren, «adesso sarebbe un buon momento».

Mrs Barley annuì, poi uscì allo scoperto, muovendosi con una velocità che smentiva la sua età. Conficcò l'ombrello nell'orbita di un redivivo, poi lo usò come leva per far roteare la creatura contro una lapide, che prontamente andò in frantumi sotto l'impatto.

Ren, resasi conto di essere praticamente inutile nel combattimento corpo a corpo, frugò nel kit di emergenza e trovò un razzo di segnalazione nautico. Tolse la sicura col pollice e lo sparò verso il gruppo più numeroso di redivivi. Il razzo si accese a mezz'aria, dipingendo la folla di un rosso apocalittico e disperdendola abbastanza a lungo da permettere a Vincent di liberarsi.

«Bel colpo» gridò lui, schivando mentre un redivivo cercava di staccargli la testa con un pezzo di muratura.

«Xbox» ansimò Ren, «Call of Duty».

Sopra il caos, il fantasma di Zara fluttuava e si spostava in aria, urlando indicazioni:

«Sinistra, Vincent! No, l'altra tua sinistra! Ren, abbassati! Oh, lascia perdere, stai andando bene, basta che non muori».

Mrs Barley, con l'ombrello ora viscido di una melma nerastra, spinse la punta nella gola di un altro redivivo, per poi estrarla con un esperto movimento del polso. «Protocollo di resurrezione improprio» borbottò, «violazione della Sezione 17B, per non parlare del codice di abbigliamento».

Vincent, con la camicia strappata e sanguinante, stava esaurendo le forze. Strappò una gamba a una statua caduta e la usò per ridurre il redivivo più vicino a una pioggia di ghiaia umida. «Mi servirebbe un piccolo aiuto, qui!» gridò.

Zara, piombando in basso, passò la sua mano incorporea attraverso il cranio del redivivo più vicino. L'effetto fu istantaneo: la creatura si congelò, poi crollò a terra, tremando mentre i suoi circuiti interni si riavviavano su "spento". Sembrò per un attimo compiaciuta di sé, poi si accigliò. «Non funziona con tutti» gridò. «Alcuni sono protetti da firewall!».

Ren, schivando un altro redivivo, inciampò sul proprio taccuino e cadde pesantemente sull'erba. Il suo braccio — quello con il Marchio — si infiammò di un dolore improvviso e bruciante. Il tatuaggio si contorse, poi proiettò un anello di luce verso l'esterno, tranciando di netto la caviglia del redivivo che stava per atterrarle addosso. La creatura cadde di faccia nella terra, strillando per tutto il tempo.

Fissò il braccio sotto shock, poi la creatura caduta. «Ho appena...?»

Vincent ghignò, anche mentre schiacciava il cranio di un redivivo sotto lo stivale. «Sembra che ti abbiano aggiornata».

Il combattimento durò un altro minuto, forse meno, prima che l'ultimo dei redivivi collassasse in una pozza di marciume e poliestere vintage. Il bagliore rosso degli epitaffi svanì, sostituito dal nero freddo e scuro della notte.

Vincent, ansimante e sputando terra di tomba, si appoggiò a una lapide rovesciata. Aveva le nocche scorticate, la camicia strappata a rivelare una dozzina di nuove cicatrici che già si stavano rimarginando. «Beh,» disse, con la voce roca, «è stato plateale».

Ren si trascinò verso di lui, sanguinando da un braccio, il Marchio che pulsava ancora, ma più debolmente. «Stai bene?».

Lui guardò i suoi vestiti in rovina e il mucchio di cose morte ai suoi piedi. «Sono stato peggio. Una volta. Forse due».

Mrs Barley li raggiunse, l'ombrello gocciolante di icore, gli occhi freddi e professionali. Esaminò la carneficina con una calma nata da secoli passati a ripulire i disastri degli idioti e, più di recente, di Vincent. «Dobbiamo decontaminare. Il Concilio non vorrà che questa cosa diventi virale».

Ren sbatté le palpebre, poi indicò la Modernista più vicina, che stava ancora filmando, anche mentre cercava di pulire il sangue dallo schermo del suo telefono.

«Troppo tardi» disse Ren, la voce che si spezzava in una risata. «È già ovunque».

Vincent si rialzò barcollando e scrutò oltre le tombe verso il giardino degli angeli, dove i Modernisti erano impegnati a fare un giro d'onore per i loro follower. In lontananza, un drone ronzava, catturando riprese aeree delle conseguenze.

Si rivolse a Mrs Barley. «Il Concilio adorerà questa cosa».

Mrs Barley si limitò a sospirare. «Stenderò un promemoria».

Zara aleggiava sopra il gruppo, i capelli ancora crepitanti di scosse residue. «Sapete cosa è di tendenza in questo momento?» chiese. «#ZombieHighgate e #VampireApocalypse. E anche 'perché il mio braccio brilla', ma quella potresti essere solo tu, Ren».

Ren si cullò il braccio, che stava già ricominciando a prudere. «Almeno siamo famosi».

Mrs Barley, già al telefono con il Concilio, recitava il rapporto dell'incidente nel tono secco di chi aveva da tempo smesso di stupirsi di qualunque cosa. «Contenimento fallito. Obiettivi moltiplicati. Profezia manifesta. In attesa di ulteriori istruzioni».

Vincent osservò i Modernisti concludere la loro trasmissione, euforici per essere sopravvissuti. Nella città sottostante, le notifiche si stavano già accendendo, ogni social feed in fermento per le voci, i video e quel tipo di teorie che potevano essere generate solo da persone che non avevano mai visto un vero mostro in vita loro.

Si pulì il sangue dalla bocca e sorrise, appena un poco. «Non so voi, ma io credo di meritarmi da bere».

Ren ghignò, e per un momento, persino Mrs Barley sembrò sul punto di lasciarsi andare a qualcosa di simile a una risata.

Si allontanarono zoppicando insieme, lasciando che le tombe si riassestassero e la città facesse ciò che sapeva fare meglio: seppellire la verità sotto una montagna di meme.

Mentre svanivano nella nebbia, Zara si lasciò andare alla deriva dietro di loro, la sua voce che echeggiava sulle pietre in rovina. «La prossima volta, porto io i cornetti».

Nessuno ebbe da ridire.

SETTE

All'alba, la città aveva rigurgitato tutto ciò che non era riuscita a elaborare la notte precedente. Il perimetro meridionale di Highgate era soffocato dai furgoni dei notiziari, le loro parabole satellitari puntate come in un rigido semaforo, a trasmettere la copertura in diretta della scena a un pubblico con un appetito infinito per lo spettacolo e nessuna pazienza per il contesto. Il marciapiede fuori dal cancello principale brulicava di reporter, ciascuno attentamente calibrato per la massima pietà o la massima indignazione, a seconda che stessero presentando la storia come «Comunità sotto shock» o «Rituale di una setta finito male». Il nastro della polizia pendeva floscio sui cancelli, più che altro decorativo, dato che chiunque fosse abbastanza motivato da fare irruzione avrebbe trovato solo una poltiglia di fango di redivivi e qualche lapide rotta.

Vincent, Ren e la signora Barley osservavano il circo in televisione. Vincent non si era cambiato d'abito, per principio. Le macchie di sangue si erano sbiadite fino a diventare color seppia, ma il suo viso portava ancora la sabbia sottile della terra di tomba della notte precedente, e la sua nocca sinistra era fasciata con qualcosa che in origine era stato uno scontrino. Sembrava un uomo che non solo aveva perso un combattimento, ma lo aveva fatto con una telecronaca in diretta e un totale sprezzo delle probabilità.

Ren scorreva il suo telefono, il pollice che si muoveva con velocità professionale. «Siamo a un milione e quattrocentomila visualizzazioni» riferì, senza preoccuparsi di nascondere la cupa soddisfazione nella sua voce. «L'hashtag #ZombieHighgate ha un negozio di merchandising ufficiale ora. Si possono comprare le magliette in nero o "bianco cadavere".»

«Delizioso» disse Vincent, con gli occhi fissi sulla TV. «E pensare che il Consiglio ha passato la maggior parte di un secolo ad assicurarsi che Highgate fosse infestato solo da poeti tragici e qualche fascista occasionale.»

La signora Barley, immune al sarcasmo, sorseggiò la sua tazza di tè. «Cosa dicono i giornali?»

Ren aprì alcune app sul telefono e lo porse alla signora Barley, che scrutò il display con un misto di terrore e fame.

«Lo definiscono un "evento di allucinazione di massa"» riferì Ren. «Inoltre: "possibile flash mob di cosplay di una setta". La versione ufficiale della polizia è che un gruppo di "burloni dei social media" ha vandalizzato il cimitero con effetti speciali fatti in casa. Ma c'è già una petizione per far esumare tutte le tombe. Per... verifica.»

Vincent sbuffò. «È sempre l'esumazione. Mai solo "brutti sogni" e poi si volta pagina.»

Dietro il reporter in TV, un furgone con la scritta «GMB» a lettere cubitali si schiantò contro il marciapiede, quasi tirando sotto due fotografi di tabloid e una donna in trench che, a giudicare dalla sua postura, era una detective o almeno era pagata per interpretarne una sulla BBC. Le porte posteriori si aprirono, vomitando una troupe che allestì immediatamente la propria postazione a cinque metri dal nastro, puntando l'obiettivo direttamente sui cancelli del cimitero.

«Niente puzza di insabbiamento come un furgone di ITV News» borbottò Vincent.

La signora Barley trasalì alla parola «insabbiamento», come se la sola menzione potesse evocare le squadre d'assalto del Consiglio. Tese il telefono in modo che Vincent potesse vedere le clip di tendenza. Una era un video pesantemente filtrato della rissa dei redivivi, con i rossi pompati al massimo, tanto che l'intero schermo sembrava essere stato filmato attraverso una goccia di sangue. Il commento degli utenti era una guerra di accuse stratificate, alcuni sostenevano che fosse «ovviamente il pilot di una serie TV», altri dibattevano a quale ramo della tassonomia dei criptidi appartenessero le cose nel video.

Vincent osservò per un momento, poi disse: «Non stanno nemmeno azzeccando le zanne. Se hai intenzione di alterare il filmato, usa almeno una foto di riferimento.»

«Non stanno nemmeno più discutendo se sia reale o no» disse Ren. «Solo di che tipo di realtà si tratti.»

Ren, strizzando gli occhi verso lo schermo della televisione, schioccò le dita. «Quella è... è la squadra di pulizia del Consiglio?»

Vincent seguì il suo sguardo. Dietro il reporter, due figure in giubbotti ad alta visibilità, una delle quali stava già spingendo un'idropulitrice verso il viale principale. L'altro teneva una cartelletta e un secchio con la scritta «Materiale Pericoloso – Tipo III», e stava leggendo una checklist plastificata con l'intensità di un chirurgo che si prepara per un triplo bypass.

«Non è del Consiglio» corresse la signora Barley, con assoluta autorità. «Quello è un appalto esterno. Ditta privata. Il Consiglio non userebbe mai un veicolo riconoscibile.»

Vincent squadrò la squadra con blando interesse. «Dimostra quanto seriamente stiano prendendo la cosa» disse. «L'ultima volta che c'è stata una fuga di notizie così grossa, isolarono tre codici postali e inondarono le fogne di candeggina.»

«Forse lasceranno semplicemente che si esaurisca da solo» suggerì Zara, a braccia conserte. «Come il Blitz, o la gonorrea.»

Calò un silenzio, pesante e un po' acido.

Le mani della signora Barley tormentarono il bordo del suo telefono, sbiancando le nocche. «Il Consiglio sarà furibondo» disse, con la voce così bassa da superare a malapena il cippo commemorativo. «Questa è più di una violazione. Questo è un... un crollo narrativo.»

Le labbra di Vincent si arricciarono, non proprio in un sorriso. «Bene» disse. «Che ci si strozzino.»

«Pensi che proveranno a cancellare la memoria a tutti?» chiese Ren.

La signora Barley scosse la testa, con gli occhi fissi a terra. «Troppo tardi. È già virale. Dovrebbero cancellare mezza Londra, e anche in quel caso—»

«Anche in quel caso, qualcuno venderebbe la storia» concluse Vincent. «Londra ama una buona storia di fantasmi. E ora ha un cast tutto nuovo.»

Sedettero insieme, guardando ogni organo di informazione adattarsi, adeguarsi, metabolizzare l'orrore e risputarlo fuori come un servizio di cinque minuti al telegiornale del mattino. La nuova normalità, aggiornata quotidianamente.

Ren ruppe il silenzio, con voce quasi gentile. «Non ti senti mai come se fossimo solo comparse nel dramma di qualcun altro?»

«Costantemente» disse Vincent. «Ma almeno il catering è buono.»

La signora Barley si sistemò il cardigan, raddrizzando le spalle in quel suo modo, come se ogni nuovo disastro fosse un affronto personale. «Dovremo fare rapporto» disse, già provando le scuse nella sua testa. «Il Consiglio vorrà... delle deposizioni.»

Vincent sbuffò. «Possono avere la mia per iscritto. Meno rischio che stacchi la testa a morsi a qualcuno.»

La camera del Consiglio era più fredda dell'ultima volta, come se l'edificio stesso avesse deciso di contribuire al senso di imminente esecuzione. Le luci erano state abbassate a un'intensità da «funerale» e l'aria ronzava della tensione psichica di due dozzine di immortali, nessuno dei quali aveva dormito dall'inizio del ciclo di notizie.

Vincent stava ai piedi del podio, una posizione che sarebbe stata umiliante se gli fosse importato di cose come la dignità. Ren era al suo fianco, le mani ficcate in tasca, questa volta con lo sguardo fisso in un punto tra le sue scarpe e il soffitto. La signora Barley completava il triangolo, la postura così corretta che sembrava sorreggere il resto della stanza con la pura forza dell'etichetta.

A capo della camera, l'Anziano Blackthorn camminava avanti e indietro dietro la sua scrivania, le sue antiche vesti che frusciavano in un modo che avrebbe potuto essere teatrale se non fosse stato anche genuinamente minaccioso. A ogni paio di passi, si fermava per puntare un dito artigliato verso lo schermo dietro di sé, dove una proiezione a rotazione mostrava la copertura giornalistica, i momenti salienti dei social media e un montaggio in loop della carneficina notturna, accompagnato dal tipo di musica d'archi che di solito segnalava un documentario sulla natura o un tribunale per crimini di guerra.

«Questo» tuonò Blackthorn, «è il risultato della vostra grossolana negligenza.»

Batté il martelletto, abbastanza forte da ammaccare la quercia. La camera riverberò.

«I mortali adesso credono nei redivivi. Comprende la gravità dell'esposizione? Ci sono richieste di esumazione, di test del DNA, di maledette inchieste pubbliche.»

Un'altra anziana, una donna con un viso simile a un vaso incrinato e una voce da abbinare, interruppe: «Gli hanno dato un nome! "Zombie Highgate". È un meme! È questo che intendeva, Lupo?»

Vincent si strinse nelle spalle. «Gli hashtag non dipendevano da me.»

«Niente era fuori dal suo controllo» scattò Blackthorn. «Aveva il compito di sorvegliare i Modernisti, non di essere il protagonista della loro campagna virale. Invece, lei è—» gesticolò verso lo schermo, dove la forma spettrale di Zara era ora di tendenza accanto al logo stesso del Consiglio, «—diventato il meme.»

Ci fu un sibilo collettivo di disapprovazione dai banchi.

Vincent lasciò che il silenzio si allungasse, poi fece un passo avanti, raddrizzando le spalle malconce. «Forse il problema non siamo noi» disse, «ma il fatto che abbiate lasciato che la profezia trapelasse per tutta Londra.»

Il Consiglio esplose. Per un secondo, sembrò che le barriere di contenimento arcano si sarebbero infrante per il puro volume. Uno dei delegati nell'ultima fila perse l'integrità strutturale e si afflosciò sul vicino, che lo afferrò con l'efficienza rassegnata di chi aveva ripulito di molto peggio.

«Osa incolpare il Consiglio?» ruggì Blackthorn. «Quando solo lei ha fallito nel—»

«—fallito nel fare cosa?» ribatté Vincent. «Fingere che non stesse accadendo? Questa è la vostra intera dottrina. Se non potete ficcarlo in un rapporto, lo ignorate.»

Un altro anziano — Grenville, forse, anche se era difficile dirlo quando il suo naso era completamente sommerso negli archivi — si alzò in piedi e urlò: «Abbiamo mantenuto la segretezza per secoli. Siamo sopravvissuti a pogrom, inquisizioni, guerre! E lei getterebbe via tutto per... per cosa? Un titolo di giornale?»

«La segretezza è già andata in fumo» disse Vincent a bassa voce. «Siete solo gli ultimi a saperlo.»

Ren, che fino a quel momento aveva interpretato il ruolo di coro silenzioso, tossì. «Non si fermerà, sa. Nemmeno se ci farete sparire. È già là fuori. La gente vuole credere nei mostri, e ora ne ha la prova.»

Ricevette un'occhiata di un disprezzo così fulminante da una consigliera centenaria che i suoi capelli quasi si arricciarono per la forza.

Blackthorn si voltò verso la signora Barley. «E lei, la

presunta mente dell'operazione in questa collezione di fallimenti, cosa dice a sua difesa?»

La voce della signora Barley, quando arrivò, era così
composta da rasentare il distacco clinico. «Il contenimento era
impossibile dopo il primo evento virale. Sopprimerlo ora richie-
derebbe o un blackout digitale completo o una modifica di
memoria di massa senza precedenti. Entrambe le opzioni
produrrebbero le proprie anomalie, rischiando ulteriore esposizione. La mia raccomandazione è un aggiustamento narrativo
controllato.»

Blackthorn si accigliò, ma lei insistette: «Non potete cancellare questo. Ma potete curarlo. Assecondate la messinscena.
Fatela diventare una finzione, e il mondo crederà a ciò che gli
direte.»

Ci fu una lunga pausa. Il Consiglio, non abituato a vedere le
proprie opzioni ridotte ad «accettare la sconfitta» o «lanciare
una psy-op totale», parve brevemente smarrito.

Vincent lanciò un'occhiata a Ren, poi al banco dove Zara
stava ora facendo una verticale spettrale, ignorando la seduta
con il disprezzo di un professionista per la burocrazia.

Blackthorn si riprese e batté di nuovo il martelletto. «Se
insiste a fare rumore, Lupo, non avremo altra scelta che cancellarla. Completamente. Ci sono destini molto peggiori della
morte. Non ci metta alla prova.»

Vincent aprì la bocca, ma per una volta non trovò nulla che
volesse dire. Invece, annuì, un piccolo inchino fatalista.

Il Consiglio si sciolse con una raffica di proclami e il tipo di
sguardi cerimoniali che potevano far cagliare il latte. Blackthorn
indugiò mentre gli altri uscivano, con gli occhi che non lasciavano mai il volto di Vincent.

Quando la camera finalmente si svuotò, la signora Barley, Ren e Vincent si trascinarono insieme lungo il corridoio, i loro passi che echeggiavano nel silenzio sepolcrale.

Ren ruppe il silenzio, con voce flebile ma impavida. «Se non lo fermeranno loro, chi lo farà?»

Vincent camminò per qualche altro passo prima di rispondere, la mascella così serrata che avrebbe potuto essere sigillata col fil di ferro. «Non lo so» disse, con voce roca. «Ma non abbiamo ancora esaurito le opzioni.»

La signora Barley, senza rallentare il passo, prese un appunto sul suo taccuino. «C'è sempre una scappatoia» disse, quasi a se stessa.

Continuarono a camminare, i tunnel sotterranei che si chiudevano dietro di loro come la gola di un dio molto vecchio e molto affamato.

OTTO

L'appartamento di Zara, grazie alla permanenza di Ren, abbandonò ogni residua pretesa di abitabilità e puntò dritto all'estetica del letto di morte di uno storico. Non una singola superficie era libera da cianfrusaglie: libri in triplice copia, cartelle rosicchiate dai pesciolini d'argento, cartoni del cibo da asporto che sviluppavano le proprie culture simbiotiche e, al centro del caos, un malconcio tavolo di pino che aveva visto sia il boom dello spiritismo vittoriano sia lo sciopero degli affitti degli anni Settanta, a giudicare dalla gamma di cera di candela e graffiti a penna incastrati nelle sue venature.

Il crepuscolo filtrava attraverso la sporcizia delle finestre, dipingendo ogni cosa di quel tragico blu pre-elettrico. Il rumore della città arrivava attutito, come se il mondo fosse stato declassato a personaggio di supporto, e l'unico vero movimento era la lenta deriva della polvere e l'occasionale tremito della lavatrice sovraccarica.

Intorno al tavolo, Mrs Barley e Ren erano già alacremente

al lavoro, con le maniche rimboccate e le dita annerite dall'inchiostro di secoli. Lavoravano con strategie opposte: Mrs Barley, metodica e letale, raccoglieva e annotava i dossier del Concilio con la precisione di un patologo; Ren attaccava la sua pila di carte con brevi slanci alimentati dalla caffeina, con i post-it che si moltiplicavano dalla sua parte come una crescita fungina.

Vincent, nel frattempo, aveva reclamato il divano, più molle che imbottitura, ma pur sempre la cosa più vicina a un trono che l'appartamento avesse da offrire. Vi si spaparanzava con teatrale sfinimento, un bicchiere di rosso che sciabordava in una mano, l'altra che scorreva svogliatamente le ultime stampe dei livestream dei Modernisti. La bottiglia – un Rioja, in offerta – stava aperta al suo fianco, mai a più di un braccio di distanza, e con l'infittirsi del crepuscolo, anche lui si immergeva sempre più nel vino.

Zara stessa era, come sempre, la presenza più cinetica dell'appartamento, nonostante fosse l'unica a non essere tecnicamente viva. Appariva e scompariva a intermittenza, a volte passando attraverso le pile di libri, altre manifestandosi a piena intensità per scagliare una matita alla testa di Ren o per alzare gli occhi al cielo a una delle più disfattiste esternazioni di Vincent. Si muoveva con l'energia di un'adolescente alla sua sesta Red Bull e, sebbene il suo stato preferito fosse una lieve foschia spettrale, ogni volta che trovava qualcosa che la interessava, balzava nell'esistenza tridimensionale così bruscamente da far balbettare le lampadine.

Stava facendo proprio quello in quel momento, con la testa e le spalle che emergevano da una pila di fascicoli del Concilio dall'altro lato del tavolo. I suoi occhi brillavano di quella follia specifica di chi non solo aveva guardato nell'abisso, ma aveva anche preso appunti e li aveva commentati.

«Guardate qui» disse, con la voce che echeggiava più nelle orecchie che nell'aria. «Gli appunti di Carmine stesso per la profezia, prima che sua signoria laggiù venisse assunta per fare da ghostwriter: c'è sempre una riga cancellata a metà. Non censurata. Cancellata. Come se qualcuno avesse strappato un paragrafo e poi avesse finto che non fosse mai esistito.»

Mrs Barley, che aveva raggiunto quel punto di ubriacatura da scartoffie in cui persino il suo chignon pendeva, scattò sull'attenti. Sfilò un monocolo d'ordinanza del Concilio dalla tasca della giacca e lo puntò sulla pergamena, la lente cerchiata da sigilli protettivi.

«Confermato» disse, dopo un attimo di ispezione. «Le note a margine suggeriscono una rimozione intenzionale, non un incidente. E guardate qui...» picchiettò con una biro sul margine «... c'è un segno editoriale, vecchio stile. Come un visto di correzione bozze, ma non umano.»

Vincent, che si era accontentato di lasciare che gli altri facessero il lavoro pesante, finalmente si mise a sedere. «Lasciami indovinare. La calligrafia di Carmine?»

Zara sogghignò, spostando la sua forma spettrale fino a fluttuare di un paio di centimetri sopra il tavolo. «Bingo. Il bastardo ha revisionato ogni bozza. Ogni volta che ne diffondeva una, la riscriveva. A volte è solo una parola, a volte un'intera stanza. Ma c'è sempre, lo stesso segno.»

Ren, che stava cercando sia di tenere il passo sia di non svenire per lo sforzo, scarabocchiò appunti a velocità tripla. «Quindi, sta... creando versioni della sua stessa apocalisse?»

Zara annuì. «È iterativo. Come un codice. O una fanfiction,

se il tuo fandom è 'la fine del mondo'. Non è ancora potente come la bozza che ha scritto Vincent, ma sta imparando. Adattandosi. Sviluppando il suo potenziale. Sta ottimizzando più versioni contemporaneamente.»

Le labbra di Vincent si arricciarono, ma fu più un ringhio che un sorriso. «E la somma è maggiore delle parti.»

Una corrente d'aria dovette essere entrata da qualche parte, perché all'improvviso tutte le candele sul davanzale tremolarono, facendo sprofondare la stanza in una tremolante penombra. Il cambiamento di luce fece risplendere il contorno di Zara di un bagliore azzurro, proiettando un riflesso da maschera mortuaria sulle pile di ricerche. Ne approfittò appieno, raccogliendo una manciata di fogli sparsi dal tavolo e sventagliandoli con enfasi.

«La cosa veramente divertente» disse, con la voce che si alzava nel registro fragile di un'insegnante supplente all'esasperazione, «è che ogni riga cancellata ha un'ombra. Non si può vedere nell'inchiostro originale, ma se si passa allo spettrale...» fece passare la mano attraverso il foglio, lasciandolo brevemente traslucido, «...brilla. Come se ci fosse un fantasma del testo mancante.»

Mrs Barley si aggiustò gli occhiali, scrutando la pagina. «Vuoi dire che è codificato?»

«Direi più infestato» disse Zara. «Hai mai visto un documento morto? È come un fossile, o una cicatrice. E queste profezie...» gesticolò in aria, facendo tremare i documenti, «...ne sono piene. Carmine non si è limitato a scrivere la storia. Ha continuato a cercare di cancellarla. E ogni volta, è tornata più cattiva.»

Vincent vuotò il bicchiere. «È lo scrittore che non vuole morire. Letteralmente.»

Zara gli mimò una pistola con le dita, gesto che in qualche modo funzionò anche senza avere dita. «Esatto.»

Ren, con gli occhi sgranati e un po' vitrei, si picchiettò la penna sui denti. «Riesci a recuperare le parti mancanti?»

Il ghigno di Zara si allargò. «Certo che posso, tesoro, e l'ho già fatto. Ho passato la maggior parte di questa settimana nell'Archivio, incrociando ogni versione di contrabbando, ogni trascrizione del Concilio, ogni meme dei Modernisti. È tutto qui.» Indicò il disordine con un ampio gesto della mano e, per un momento, ogni pezzo di carta sul tavolo luccicò e si riorganizzò, impilandosi e rimpilandosi in schemi che solo Zara poteva vedere.

L'effetto fu così strano che persino Vincent sbatté le palpebre. «Questa... è nuova.»

«Un trucchetto da poltergeist» disse Zara, sfoggiando un sorriso. «Ma guardate... qui, e qui, e qui.» Indicò tre punti su tre documenti diversi. «Stesso segno. Stessa frase, cancellata ogni volta: 'La bozza finale sarà perfetta'.»

Ren scarabocchiò la riga, poi rabbrividì. «È così che il Concilio ha chiamato la nostra piccola escursione all'Orpheum, giusto? La 'Profezia Perfezionata'.»

Mrs Barley annuì, con la mascella serrata. «Pensavo avessimo bruciato ogni singolo frammento.»

Vincent guardò le carte, poi gli altri. «Lo abbiamo fatto. Della mia versione, almeno.»

«Ma non abbiamo distrutto gli appunti e le bozze originali» disse Zara.

Silenzio.

La lavatrice entrò in centrifuga e l'intero appartamento sembrò farsi avanti, come se si aspettasse una battuta finale che non arrivò.

Mrs Barley, rifugiandosi nel linguaggio della burocrazia, picchiettò la penna sul dossier. «Ora che abbiamo le iterazioni, possiamo ricostruire il carico completo. Forse anche anticipare il prossimo aggiornamento.»

Vincent indicò la bottiglia, che ora era più bassa di un terzo rispetto a prima. «A meno che Carmine non l'abbia già scritto. In tal caso, stiamo solo cercando di recuperare.»

Zara scrollò le spalle. «In ogni caso, abbiamo più dati di quanti ne abbia mai avuti il Concilio. E se Carmine sta ancora rilasciando aggiornamenti, forse per una volta possiamo anticiparlo.»

Ren alzò lo sguardo dai suoi appunti. «Pensi che possiamo finire la bozza prima di lui?»

Gli occhi di Zara brillarono di malizia e un po' di paura. «Penso che possiamo almeno leggere il finale prima che lo faccia il mondo.»

Vincent, che aveva passato tutta la conversazione a cercare di apparire indifferente, si irrigidì all'improvviso. Guardò il documento di fronte a sé, la debole scrittura fantasma che danzava sulla superficie, e per un momento sembrò meno un vampiro e più un uomo che aveva passato troppo tempo a inseguire un passato che si rifiutava di restare morto.

«Diceva sempre che avrebbe avuto l'ultima parola» mormorò Vincent, quasi tra sé e sé.

Zara annuì e le candele tremolarono di nuovo, lasciandoli tutti in un silenzio rischiarato da ombre bluastre.

I frammenti della profezia luccicarono sul tavolo, e la città fuori trattenne il respiro, in attesa della prossima bozza.

Il tavolo, già gravato da secoli di sventura, ora sopportava un peso ancora maggiore: Zara aveva disposto i frammenti della profezia in una spirale attenta e deliberata, ogni brandello logoro sovrapposto al successivo, inizi e fini cuciti insieme da una luce spettrale. L'effetto era meno "puzzle" e più "scena del crimine", come se la profezia avesse subito una serie di morti traumatiche e ogni pezzo fosse la sua arma del delitto.

Vincent osservò la spirale con la stanca diffidenza di un uomo che una volta aveva passato sei anni a revisionare l'arretrato degli archivi "incontenibili" del Concilio. Si versò un secondo bicchiere, il gorgoglio del vino forte nel silenzio calato dopo l'ultima rivelazione di Zara.

Ren osservava dal suo posto, le braccia strette intorno alle ginocchia, gli occhi che saettavano da un frammento all'altro. Il suo blocco note era ormai meno un taccuino e più un sistema nervoso: linee ovunque, che si incrociavano e tornavano indietro, ogni diagramma più frenetico del precedente.

Solo Mrs Barley sembrava imperterrita dallo spettacolo occulto. Inforcò i suoi occhiali dalla montatura d'argento – un cimelio del suo periodo di servizio agli editti, che si diceva fossero forgiati con gettoni di scomunica del Concilio riciclati – e si chinò, tracciando la spirale con un dito.

Zara fluttuava sopra la mischia, la sua forma spettrale condensata in una silhouette così nitida che faceva male guardarla direttamente. Indicò il tavolo, la voce che echeggiava in stereo. «Ogni bozza finisce in modo diverso. Ma guardate...» Fece passare la mano attraverso il gruppo centrale, spargendo una fine nebbia di immagine residua, «...ognuna ha il nome di Carmine. Qui, qui, qui.» Ogni punto brillò di luce azzurra mentre lo toccava.

Ren strizzò gli occhi su un frammento particolarmente logoro, dove l'inchiostro era trapassato e ritrapassato attraverso la pagina, come se stesse lottando per fuggire. «Firma la profezia? È così...»

«Nel suo stile?» propose Vincent, senza umorismo.

«Patologico» lo corresse Mrs Barley, raddrizzando la pagina con due rapide mosse. «Non sta lasciando una firma. Sta lasciando un hash. Ogni iterazione è un checksum per la successiva.»

Zara applaudì, deliziata. «Visto? Sapevo che l'avresti capito. Non è una profezia. È una cronologia delle versioni.»

Mrs Barley, ora piena di energia, iniziò a riordinare i frammenti, i suoi movimenti netti e matematici. «Se li trattiamo come codice, ogni cambiamento è una patch. Un bug fix. Le righe cancellate sono funzioni deprecate. Le nuove righe sono aggiornamenti.»

Ren osservò Mrs Barley allineare due frammenti quasi identici, poi sistemarli in modo che i loro bordi formassero una giuntura perfetta. Quando li premette insieme, il testo su entrambi tremolò, poi – impossibile – si risolse in una terza, più completa stanza.

Mrs Barley si tirò indietro, con un'espressione di rivincita sul viso. «Recursione iterativa. Ogni versione cannibalizza la precedente. Sta cercando di raggiungere... qualcosa come una singolarità narrativa.»

La presa di Vincent sul suo bicchiere si sbiancò. «Ma perché? Che senso ha riscrivere la fine del mondo più e più volte?»

Zara scese fluttuando, ora all'altezza degli occhi con il tavolo. «Perché se scrivi la bozza finale, puoi decidere quale sia il finale. Carmine sta cercando di sovrascrivere la realtà. Non con la magia...» sogghignò, selvaggia, «...ma col controllo editoriale.»

Le parole rimasero sospese nell'aria, dense come un'incantazione.

Ren rabbrividì, e solo allora notò il calore che le saliva lungo il braccio. Il Marchio dell'Editore, dormiente per giorni, pulsava debolmente: il suo bagliore blu-verde ora era sincronizzato con il ritmo della profezia sul tavolo. Ogni volta che Mrs Barley spostava un frammento, la luce nel Marchio tremolava in perfetta sincronia.

Si tirò giù la manica, ma non prima che Vincent se ne accorgesse. «Beh, questa è nuova. O forse no?»

Ren riuscì a dire: «Sta reagendo. Non so perché.»

Zara si chinò, il bordo della sua manica che si fondeva con il tavolo. «Perché ora sei parte della storia. Sei la prossima patch.»

Vincent posò il bicchiere, con molta attenzione. «Fantastico. Non solo sta mutando, ha anche un fan club.»

Mrs Barley, imperturbabile, si spinse gli occhiali sul naso. «Se Carmine è ancora vivo...»

«Decisamente non vivo» la interruppe Zara. «È un non-morto, o quasi. Metà dentro, metà fuori. Ogni volta che le sue parole diventano virali, ogni volta che qualcuno legge la nuova iterazione, diventa più forte. Più presente.»

Vincent emise una risata vuota. «Quindi, ogni idiota che trasmette in livestream il tracollo dei Modernisti lo sta riportando indietro?»

«Non indietro» disse Zara. «Non se n'è mai andato. Sta solo aspettando il momento giusto per riscriversi all'interno della storia.»

Per un lungo momento, l'unico suono fu il ronzio del frigorifero, il sfrigolio di una candela che bruciava troppo vicino alla sua etichetta, e la città fuori, improvvisamente distante.

Mrs Barley si rivolse a Ren. «Come ti senti?»

Ren fletté la mano, osservò il Marchio pulsare una, due volte, poi calmarsi. «Come se qualcosa mi stesse aggiornando. Continuo a ricevere... delle righe. Nella mia testa. Non pensieri, solo... sintassi. Che si riscrive da sola.»

Zara annuì, solenne. «Ti sta usando come ambiente di prova. Sei il tramite. Di nuovo.»

Vincent si alzò, improvviso e brusco, facendo cadere il bicchiere a terra. Rotolò sotto il divano e si svuotò sull'antico tappeto.

«No» disse. «Non avrà l'ultima parola. Non questa volta.»

Zara lo guardò, con occhi piatti e antichi. «Non puoi batterlo a scrivere, Vincent. Lui modifica dalla radice.»

Mrs Barley, sempre la voce della ragione, disse: «Allora dobbiamo spezzare la catena. Fermare il prossimo aggiornamento prima che si propaghi.»

Il sorriso di Zara era affilato come un bisturi. «Dovrete andare alla fonte.»

Ren alzò di scatto la testa. «Sai dov'è Carmine?»

Zara non rispose direttamente, ma fluttuò fino alla finestra, guardando fuori sulla città. «È ovunque la storia sia più forte. Ovunque la gente abbia fame di un finale.»

Mrs Barley raddrizzò le spalle, già intenta a pianificare. «Avremo bisogno di accedere alle cripte profonde del Concilio. Le bozze originali di Carmine devono essere conservate lì. Se potessimo riportare indietro la profezia...»

«...potremmo riuscire a sovrascrivere la sovrascrittura» concluse Vincent, capendo al volo.

E nel silenzio, il Marchio sul braccio di Ren cominciò a riscriversi, riga per riga, in perfetta sincronia con il fantasma di Carmine.

NOVE

L'Anziano Mortimer Blackthorn presiedeva, come sempre, da un trono che suggeriva «autocrazia» anche quando era vuoto. Indossava le sue vesti come se non avesse mai trovato un'utilità per la parola «informale», e le sue dita si muovevano a ragno sulla scrivania con un disprezzo costante e sincopato. Attorno a lui, altri immortali del Consiglio si scambiavano microespressioni: labbra serrate, occhiate al cielo, una leccata rapida a un canino. I delegati in ultima fila facevano del loro meglio nell'imitare delle «statue di cera color carne», ma persino loro parevano annoiati.

La signora Barley si schiarì la gola e si rivolse alla sala con l'autorità di una preside che affrontava un'ispezione ministeriale degenerata in satanismo. «Lo scopo di questa sessione d'emergenza,» disse, «è presentare le prove di una minaccia narrativa attiva e in evoluzione all'interno della popolazione dei Moderniser di Londra. Le scoperte sono... non convenzionali.»

Depositò il dossier di Zara al centro del tavolo del Consiglio. Il frontespizio recitava «EVENTO DI ITERAZIONE PROFETICA: CANDIDATO CARMINE», sotto cui Zara aveva scarabocchiato una faccina sorridente con zanne da vampiro.

«Inizi,» disse Blackthorn, con una voce accordata per la massima desolazione.

La signora Barley passò alla prima pagina del suo tablet, che mostrava tre bozze annotate della profezia, tutte datate nelle ultime due settimane. «Il Consiglio noterà che ogni incidente dei Moderniser è preceduto da una variante della Profezia Carmine: sottili cambiamenti nella sintassi, nell'ordine dei versi o nel carico metaforico. In ogni caso, le modifiche recano marginalia uniche: un segno editoriale che non corrisponde a nessuna mano nota, del Consiglio o umana.»

Gli schermi tremolarono, rivelando scansioni ingrandite delle righe cancellate. Ai margini, si ripeteva un cancelletto distintivo, come la firma di un aggiornamento software troppo zelante. Accanto a ciascuno, un primo piano forense mostrava dove l'inchiostro originale si era «dissolto» in un'immagine residua spettrale.

Vincent si sporse, incapace di resistere. «Questo è il suo modus operandi. Sta diffondendo un maledetto virus narrativo, e i Moderniser sono la piastra di Petri.»

Una consigliera con una mascella che pareva un'incudine sollevò un sopracciglio. «E le sue prove che le...» strizzò gli occhi verso il suo monitor, «...'righe cancellate' non siano un mero vezzo poetico?»

La signora Barley si indispettì. «Perché ogni cancellazione si ripresenta, con crescente aggressività, in ogni focolaio registrato.

Inoltre, l'analisi spettrale rivela l'impronta residua di Carmine stesso sulla scena: la sua 'impronta digitale 'nell'inchiostro.»

Blackthorn la interruppe. «E Lei si aspetta che il Consiglio agisca sulla parola di un poltergeist?»

Zara, che tremolava in un'alcova laterale, visibile solo ai molto annoiati e ai molto morti, fece un gesto di scherno spettrale con due dita. Nessuno al banco dei consiglieri la degnò di attenzione.

La stretta di Vincent attorno al suo fascio di appunti si serrò, lasciando intravedere una macchia di vino sul polso. «Forse se i vostri stessi archivisti del Consiglio non avessero seppellito l'ultimo evento Carmine sotto tre tonnellate di burocrazia e candeggina, non staremmo per ricevere la nostra prossima apocalisse a puntate.»

La consigliera sogghignò, scarabocchiando su un blocco note fisico come per rafforzare il concetto. «Non c'è ancora alcuna prova diretta del ritorno di Carmine, solo... qual era il termine?... chiacchiere di spettri.»

«I fantasmi non vi hanno mai mentito prima,» sbottò Vincent, «tranne le volte in cui li avete pagati per farlo.»

Ren, nel frattempo, cercava di mantenere un profilo basso, ma il Marchio sul suo avambraccio aveva iniziato a ronzare con una strana urgenza, simile al trapano di un dentista. Vi premette contro la manica, sperando che l'interesse del Consiglio per la metafisica si fosse atrofizzato insieme al loro istinto di autoconservazione.

La signora Barley, intuendo la piega che stavano prendendo gli eventi, passò dalla scienza alla politica. «Con rispetto, Anziano Blackthorn, questa non è una minaccia ipotetica. L'influenza di Carmine si sta intensificando. Se la profezia raggiungerà la piena ricorsione, ci troveremo di fronte a un evento della portata del Massacro di New Cross... forse peggio.»

Vi fu una pausa, poi un coro di tamburellare di dita sulle scrivanie da parte dei delegati: la versione del Consiglio di «non essere così maledettamente drammatici». Vincent si preparò a un monologo.

Blackthorn non deluse. «Signora Barley, Lei ha servito il Consiglio con onore per decenni. Ma questo? Questa non è una prova. Questo è il sogno febbrile di un'archivista morta, spalleggiata da un vampiro troppo zelante con un complesso del Messia e da una giovane investigatrice che non sa nemmeno scrivere il proprio cognome. Non è nostro compito inseguire i meme.»

Un basso mormorio di approvazione. Diversi delegati si erano ridotti a fare doomscrolling sui loro telefoni.

Vincent si alzò, la sedia che strusciava sulla pietra, e sfoderò il sorriso più sprezzante del suo repertorio. «Perché non ammettete che preferireste mettere una pezza e sperare che i muri non crollino finché non sarete andati in pensione? A Carmine non importa del vostro decoro. Non sta cercando di rientrare in punta di piedi. Abbiamo a malapena contenuto la Donna del Mantello e Bartholemew. Lui sta scrivendo il finale mentre noi parliamo. Non sono sicuro che comprendiate la gravità della situazione.»

La consigliera con il mento a incudine si irritò. «Lei è fuori luogo, Lupo.»

«Ho perso la pazienza.»

Blackthorn batté un colpo sulla scrivania. «Si sieda o La faremo sedere noi. Permanentemente.»

Vincent si sedette, ma non prima di aver borbottato: «Forse la prossima volta presenteremo l'apocalisse in triplice copia.»

I delegati ora ridacchiavano apertamente.

Il Marchio di Ren pulsò di nuovo, un formicolio caldo e freddo che le risalì la spalla e le scese fino alle dita. Faceva male, ma non nel modo in cui si sarebbe aspettata. Il dolore era un dato: riga dopo riga di codice sorgente spettrale che si riscriveva, poi si bloccava, poi si sovrascriveva di nuovo, tutto all'interno della sua pelle. Osò lanciare un'occhiata a Zara, che aleggiava sopra il proiettore principale del Consiglio, roteando gli occhi così forte che era un miracolo che l'immagine residua non si imprimesse sul vetro.

La signora Barley andò avanti imperterrita, la sua voce ora fragile quanto il senso di sicurezza del Consiglio. «Come minimo, raccomandiamo un audit completo di tutto il materiale relativo a Carmine conservato nei vostri archivi, un intervento attivo nei feed digitali dei Moderniser e la quarantena di qualsiasi membro del personale infetto... Consiglio incluso.»

Questo attirò l'attenzione di Blackthorn. «Sta suggerendo che il Consiglio stesso sia compromesso?»

La signora Barley sostenne il suo sguardo. «Se Carmine sta modificando dalla radice, nessuno è immune.»

Un silenzio più assoluto di qualsiasi dichiarazione di guerra.

Vincent osservò gli anziani scambiarsi quel tipo di microespressioni che avrebbero scatenato guerre civili in altri secoli più onesti. Alla fine, Blackthorn fece un cenno a uno scriba, che timbrò la pagina di fronte a lui con un tonfo umido ed echeggiante.

«Le vostre raccomandazioni sono state annotate. Tuttavia, il Consiglio non cederà l'autorità a ipotesi fantasma e dicerie dissidenti. La catena di comando rimane invariata. Continuerete la sorveglianza delle cellule dei Moderniser e, se ci sarà anche solo un sussurro di profezia fuori dal vostro controllo, lo riferirete. La mancata osservanza di ciò comporterà—»

«La cancellazione?» propose Vincent, scoprendo le zanne, ma nessuno abboccò.

«L'espulsione,» disse Blackthorn, che assaporò la parola come un rancore a lungo conservato. «Se anche solo uno di voi tenterà un'escalation senza autorizzazione, il Consiglio cancellerà non solo la sua memoria, ma il suo intero contributo alla documentazione storica.»

La risata di Zara, che iniziò come un crepitio, crebbe fino a diventare una piena cachinnata da poltergeist. «In bocca al lupo,» disse, sapendo benissimo che non l'avrebbero sentita.

Ren, che già sudava, si chiese se il Marchio stesse cercando di avvertirla o solo di divertirsi alle sue spalle.

La signora Barley chiuse il dossier, facendolo scivolare nella sua borsa con la precisa rassegnazione di chi ha perso una discussione ma non lo ammetterà, in nessuna circostanza. «Capito, Anziano Blackthorn.»

«Sessione aggiornata,» annunciò Blackthorn, ma nell'eco delle sue parole si poteva quasi sentire la finalità della scure di un boia.

Le luci si affievolirono ulteriormente mentre il Consiglio usciva, lasciando i tre a raccogliere le loro prove e la loro dignità nel vuoto. Lo scriba, uno spettro ceruleo in un abito che urlava «precario», consegnò alla signora Barley un riassunto timbrato e controfirmato, poi se ne andò senza una parola.

Vincent era già a metà strada verso l'uscita, ma la signora

Barley lo fermò con una mano sulla manica. «Non farlo. Vogliono che tu infranga il protocollo.»

Lui la guardò torvo, poi si rilassò. «Hai ragione.»

Ren li seguì, massaggiandosi il braccio e già temendo la prossima volta che avrebbe dovuto lasciare il Marchio a prendere aria.

Solo Zara indugiò, fluttuando lungo il soffitto con un sorriso che avrebbe potuto scatenare mille pestilenze. «Lascia che credano di aver vinto,» sussurrò, e il suono vibrò nella pietra. «Sono loro che si stanno cancellando da soli.»

Svanì attraverso il muro, lasciando che l'eredità del Consiglio marcisse nell'oscurità.

Gli altri la seguirono, muovendosi come un'unica entità: la signora Barley con la sua silenziosa determinazione, Vincent che si lasciava dietro una scia di sarcasmo come un cattivo profumo, e Ren, che era quasi pronta a credere che, dopotutto, la profezia riguardasse lei.

L'anticamera era in puro stile Consiglio: poco riscaldata, poco illuminata e arredata con sedute progettate per ricordare persino ai disincarnati le loro tare corporali. Un singolo tubo fluorescente ronzava come una mosca cavallina intrappolata. In fondo, uno scriba era curvo su un podio come un lepade si aggrappa allo scafo di una nave che sta per essere affondata. Indossava guanti, forse per il piacere tattile della gomma sulla carta, o forse solo per evitare il contatto con i vivi.

Vincent, Ren e la signora Barley entrarono, solo per trovare

Zara già spaparanzata in un angolo, con il volto premuto attraverso il muro per osservare il corridoio al di là. Mimò a labbra mute un conto alla rovescia mentre lo scriba afferrava il primo foglio, per poi sbattere il timbro del Consiglio con una forza che fece vibrare il tavolo e tremolare la luce fluorescente in segno di solidarietà.

Non alzò lo sguardo mentre iniziava a leggere. «Siete assegnati alla sorveglianza del Parlamento, Camera dei Comuni. Soggetto principale: Membro del Parlamento Edward Greaves. Affiliazione: non allineato, ma con precedenti contatti con i Moderniser. Scopo: monitorare per eventi virali, potenziale firma di Carmine. Durata: fino a quando l'incidente non sarà neutralizzato o soppiantato da una minaccia maggiore.»

Passò il foglio alla signora Barley, che lo accettò con la grave delicatezza di chi maneggia una bomba o un certificato di nascita.

Ren guardò Vincent. «Vogliono che sorvegliamo le Camere del Parlamento?»

Lo scriba continuò, ogni parola intrisa di risentimento. «In caso di raggiungimento della soglia dell'evento, vi rivolgerete al contatto allegato. Nessuna azione non autorizzata. Nessuna fuga di notizie. Nessun uso di strumenti psichici privi di licenza all'interno del Palazzo.»

Porgendole una seconda pagina, che la signora Barley lesse attentamente, la passò a Ren. Vincent non si prese la briga di prendere la sua copia, estraendo invece una sigaretta da dentro la giacca e accendendola nonostante i chiari cartelli di divieto. L'occhio dello scriba ebbe un tic, ma per il resto non mostrò segni di sofferenza mortale.

La signora Barley scorse le istruzioni, le labbra che si assottigliavano. «È una trappola,» disse, abbastanza piano da essere udita solo dai vivi. «Vogliono che falliamo. O che abbiamo un successo così plateale da non poter evitare un'epurazione.»

Vincent espirò, riempiendo l'aria di agenti cancerogeni approvati dal Consiglio. «È sempre una trappola. L'unica variabile è quanti testimoni vogliono per il processo farsa.»

Ren passò un dito sul suo Marchio, ora caldo come la febbre. «Pensi che Carmine punti al Parlamento?»

Gli occhi di Vincent brillarono, ma solo della promessa di un'emicrania. «Se tu stessi scrivendo una singolarità narrativa, non punteresti dritto alla sede del governo? Copertura globale istantanea. In più, brulica di gente che non ascolta mai.»

Zara si materializzò al loro fianco, il suo contorno che catturava il tremolio del fluorescente trasformandolo in una sorta di aureola. «La democrazia,» rifletté, «solo un'altra bozza con troppi editor.» Aleggiò sopra lo scriba, mimando le parole insieme a lui mentre leggeva ronzando l'ultima parte del protocollo.

La signora Barley raddrizzò le spalle. «Procediamo. Osserviamo. Documentiamo. Ogni incarico aggiunge dati.»

Infilò i fogli nella sua borsa, poi si alzò con la postura di chi è determinato a estrarre un senso dal caos, anche a costo della vita.

Lo scriba, avendo completato la sua lettura, alzò lo sguardo per la prima volta. I suoi occhi non erano tanto morti quanto dati in prestito a lungo termine. «L'uscita è da quella parte,» disse, indicando una porta con la scritta USCITA in lettere che brillavano di un rosso sospettosamente appiccicoso.

Si trascinarono fuori, e la porta si chiuse alle loro spalle con la morbida finalità idraulica di una cella frigorifera.

Il corridoio oltre conduceva al vestibolo principale del Consiglio: due piani di pietra nuda e zero storia, proprio come piaceva a loro. Ren sbatté le palpebre nel freddo improvviso, poi disse: «E se avessimo ragione? Se il prossimo aggiornamento non fosse solo un livestream, ma qualcosa di più grande?»

Vincent si ficcò le mani in tasca e camminò, a testa bassa, la voce così sommessa da essere a malapena udibile sopra l'eco. «Allora il Parlamento avrà ciò per cui ha pagato.»

La signora Barley si mosse rapida, già tracciando nella mente la mossa successiva. «Ci servono occhi sul Membro del Parlamento per South Basildon e East Thurrock. Zara, tu sei la nostra fonte interna per tutto ciò che il Consiglio non può o non vuole vedere.»

Zara, per una volta, sembrava quasi nervosa. «Non mi occupo di politica,» disse, seguendoli come un fronte meteorologico incerto.

«Nemmeno il Parlamento,» replicò Vincent, senza rallentare il passo.

Raggiunsero i portoni principali, di rovere pesante con un maniglione consumato da secoli di terrore. Vincent si fermò, la mano appoggiata sul chiavistello, e si voltò a guardare gli altri.

«Siete pronti?» chiese, ma non era una vera domanda.

La signora Barley annuì. Ren si strinse nelle spalle, un movimento così piccolo che avrebbe potuto essere scambiato per un brivido.

Zara lanciò un'ultima occhiata al corridoio, poi svanì finché non rimase solo la sua voce, lieve e sediziosa. «È tutta una narrazione, adesso,» disse. «Sperate solo di essere voi a scriverla.»

Vincent aprì i portoni, e 함께 si inoltrarono nella notte di

Londra, dove l'unica cosa più fredda del vento era la certezza che l'atto successivo fosse già in fase di stesura.

Alle loro spalle, lo scriba del Consiglio archiviò il loro destino, e in un ufficio chiuso a chiave, l'Anziano Blackthorn iniziò i suoi preparativi per il montaggio finale.

La città ronzava di voci e minacce, e sopra a tutto, la profezia attendeva, pronta a propagarsi al primo momento utile del Parlamento.

DIECI

A quanto pareva, Parliament Square era l'unico luogo di Londra in cui i piccioni erano meno numerosi dei poliziotti e il freddo non era una funzione del tempo atmosferico, ma dell'architettura. Vincent arrivò per primo, come al solito, dopo aver studiato a tavolino la logistica della linea Jubilee per assicurarsi di non trovarsi allo scoperto al sorgere del sole, e per concedersi cinque minuti da solo con il panorama. Si appoggiò a una colonna incrostata di brina che sembrava aver visto almeno tre rivoluzioni e una decapitazione televisiva, con le mani ficcate nelle tasche del cappotto e un'espressione da "appena riesumato". Il vento che soffiava dal Tamigi era abbastanza gelido da togliere lo smalto dai denti e le bandiere in cima all'Abbazia di Westminster erano a mezz'asta, anche se nessuno avrebbe saputo dire per cosa o per chi.

Ren apparve subito dopo, avvolta in un piumino che la faceva sembrare vagamente larvale, con gli occhi sgranati mentre osservava la distesa gotica del Parlamento inondata dalla prima pallida luce dell'alba. Camminava con il passo incerto di chi non aveva ancora accettato che essere svegli a quell'ora non fosse, di fatto, un crimine. Teneva il taccuino e la cartellina fornita dal Consiglio stretti al petto con la forza di una cintura di sicurezza durante un incidente. Si fermò ai piedi del giardino delle statue, guardandosi intorno con un nervosismo che suggeriva che si aspettasse cecchini o, peggio, intervistatori.

Vincent la guardò avvicinarsi e, resistendo all'impulso di richiamarla all'ordine, si limitò a un secco: «Ti sei persa o ti stai ancora orientando in base alla densità di pub?»

Ren non si degnò di rispondere. Alzò lo sguardo, scrutò i volti di pietra di una dozzina di statisti defunti e borbottò: «Pensavo fosse più grande.»

«Non contano le dimensioni» disse Vincent. «Conta il numero di richieste di rimborsi spese gonfiate per metro quadro.»

L'effetto della battuta fu in qualche modo smorzato dall'arrivo di Mrs Barley, che entrò dalla direzione di Lambeth come se avesse attraversato il ponte a passo svelto solo per fare un dispetto al concetto di trasporto pubblico. Indossava un tailleur di lana color antracite, guanti bianchi e un cappello con una tesa progettata per incutere la massima intimidazione. La cartella che portava a tracolla era rigonfia dell'armamentario necessario per la giornata e salutò gli altri con un cenno del capo che avrebbe potuto essere scambiato per affetto, se non la si fosse mai incontrata prima.

Senza dire una parola, esaminò le panchine, trovò l'unica libera da gomme da masticare umide e detriti di piccione e allestì il suo quartier generale con la precisione di un quartiermastro che si prepara a un assedio. In pochi istanti, disimballò tre cartelline (precompilate con moduli del Consiglio, in triplice copia), una serie di cordini contraffatti di Channel 4 e un thermos scozzese di tè così forte che avrebbe potuto resuscitare Cromwell. Li allineò lungo la panchina, poi fece cenno a Vincent e a Ren di avvicinarsi.

Vincent si avvicinò con noncuranza. Ren lo seguì, con il naso che già le colava per il freddo e gli occhi che lacrimavano per il vento o per l'orrore esistenziale.

«La copertura operativa è "corrispondenti politici"» annunciò Mrs Barley. «Ho preparato degli appunti informativi per ognuno di noi. Se ci interpellano, siamo accreditati presso Channel 4.»

Vincent squadrò il cordino. «Non sei riuscita a trovare Sky?»

«Sono sotto inchiesta» rispose Mrs Barley, senza scomporsi. Versò tre tazze di tè, le distribuì, poi estrasse un pacchetto di biscotti al limone dalle profondità della sua cartella.

Ren, che non aveva parlato dal suo arrivo, disse: «Dobbiamo osservare o infiltrarci?»

Mrs Barley sorseggiò il suo tè, poi lo posò. «Entrambe le cose. Greaves ha in programma un "discorso programmatico" alle dieci e un quarto. Fino ad allora, osserviamo, documentiamo e non interagiamo.»

Vincent arricciò le labbra. «Greaves è una gruccia con i denti. Anche se fosse stato morso, è noioso.»

Mrs Barley inarcò un sopracciglio. «La noia è l'ideale. La noia non ci fa richiamare al Consiglio.»

Ren sfogliò il suo fascicolo informativo. «Ha un passato di... cos'è questo... "iniziative per i giovani"? È un codice?»

«Non è un codice» disse Vincent. «Solo un diverso tipo di predatorietà.»

Ci fu un improvviso, brusco calo di temperatura e per una frazione di secondo il mondo si fece di due tonalità più blu. Zara tremolò apparendo dietro la panchina, la sua sagoma spettrale così debole da registrarsi a malapena alla luce del giorno. Sembrava preferire così: la sua presenza era meno "infestazione" e più "spionaggio aziendale". Scivolò tra le colonne, la gonna che si agitava nel vento, e osservò il gruppo con la pazienza vuota di una presentazione PowerPoint in un limbo.

Vincent non si voltò, si limitò ad alzare la tazza in un finto saluto. «Sei in ritardo.»

Zara lo ignorò. «Il responsabile di Greaves è sul posto. In abito elegante, scarpe economiche, puzza di Eton e di marciume secco. Ha già fatto tre giri.»

Mrs Barley annuì. «Lo tengo d'occhio. Vincent, resta sul portone. Ren, concentrati sulle vie di accesso. Io monitorerò i movimenti della folla da qui.»

Vincent tracannò il tè in un unico sorso che fu come una bruciatura chimica, poi si diresse verso un riparo, con le spalle curve e i passi attutiti dal vento. Ren lo guardò andare, poi si rivolse a Mrs Barley.

«È sempre così?» chiese, con la voce così bassa che superava appena il bordo della sua tazza.

Mrs Barley ripose i biscotti nella scatola e si mise la cartellina sulle ginocchia. «Solo quando il mondo sta per finire.»

Ren esitò, poi prese posto ai margini del giardino delle statue, scrutando i turisti e i pendolari mattinieri alla ricerca di qualcuno che sembrasse preferire addentare un collo piuttosto che un panino al bacon. Per un po' non accadde nulla, a parte il lento ruotare del traffico e qualche grido occasionale dall'altro lato della piazza, dove si stava già radunando una protesta. Gli striscioni erano fatti in casa, gli slogan involontariamente esilaranti: «RIVOGLIAMO IL BUON VECCHIO PARLAMENTO», «MENO TASSE PIÙ SPUNTINI» e uno dei suoi preferiti, «IMPICCATE IL DJ».

Di tanto in tanto, Zara appariva e scompariva dal campo visivo, sempre appena fuori fuoco, senza mai stare ferma abbastanza a lungo per una fotografia. Occasionalmente si chinava vicino all'orecchio di Mrs Barley e sussurrava una frase di puro veleno, che Mrs Barley annotava poi sul suo registro come se fosse il bollettino meteorologico.

Alle 09:47 precise, un'auto del governo si fece strada nella piazza, fiancheggiata da due furgoni della sicurezza e da una calca di giornalisti così fitta che avrebbe potuto essere coltivata in laboratorio. Greaves, un uomo che assomigliava esattamente alla sua caricatura da tabloid — sulla quarantina, capelli del colore della carta da stampante riciclata, un abito così lucido da poter fare segnalazioni agli aerei — scese e fece i saluti di rito. I suoi denti erano abbaglianti, i suoi occhi meno.

Vincent riapparve all'ombra dell'ingresso riservato ai membri, ai margini della calca, a braccia conserte. Era abbastanza vicino da essere visto ma non, cosa fondamentale, abbastanza vicino da attirare l'attenzione della sicurezza. Lanciò un'occhiata a Mrs Barley e mimò con le labbra: «Niente», poi svanì di nuovo nel flusso dei passanti.

Ren, incoraggiata dalla mancanza di disastri, cominciò a prendere appunti veri e propri, registrando chi si avvicinava a Greaves, chi gli stringeva la mano e chi lasciava impronte sul cofano dell'auto. Notò due Modernizzatori tra la folla, facilmente identificabili dalle ring light e dalla compulsione a posare per ogni iPhone di passaggio. Una stava già trasmettendo in diretta, sorridendo a un pubblico di migliaia di persone mentre cercava di catturare Greaves in un momento virale.

Zara si materializzò accanto a Ren, giusto il tempo di dire: «Se ha un tic rivelatore, è nella mano sinistra. Ci giocherella sempre. Significa che sta mentendo.»

Ren quasi lasciò cadere la cartellina. «Sei un fantasma, perché ti interessano i tic rivelatori?»

«Morta o no, a nessuno piace essere fregato» disse Zara, e poi svanì, lasciando solo un odore di ozono e polvere antica.

L'ora passò. La folla raddoppiò. I manifestanti, ora incoraggiati dalle telecamere, cominciarono a intonare cori, anche se l'effetto era meno "movimento popolare" e più "corsa di beneficenza andata storta". Mrs Barley osservava tutto, compilando i suoi moduli con una rapidità e una precisione che le sarebbero valse una medaglia alle Olimpiadi pre-digitali.

Mentre si avvicinavano le dieci e un quarto, la squadra di Greaves allestì un leggio temporaneo sotto i leoni di pietra, e il deputato fece una lenta e calcolata ispezione della piazza prima di salire. Non c'era alcun segno di panico, nessun segno di anomalia vampirica, solo la fredda logica di un uomo che aveva preparato ogni momento e che ora era determinato a sopravvivervi.

Vincent, in piedi all'ombra di una colonna, sussurrò nel microfono sul bavero: «È ora dello show. Ma non sbattete le palpebre.»

Mrs Barley, che stava già scrivendo, mormorò: «Occhi aperti, bocche chiuse.»

Sulla piazza calò il silenzio. Greaves cominciò a parlare, la voce chiara e studiata, ogni sillaba calibrata per le telecamere e, presumibilmente, per il ciclo di notizie che ne sarebbe seguito.

Per un momento non accadde nulla.

Ma anche in quel momento, Vincent sentì la corrente sotterranea: qualcosa di antico, qualcosa di affamato, che si muoveva sotto la superficie del mattino. Alzò lo sguardo, incrociò quello di Ren e, per una volta, non disse nulla. Non ce n'era bisogno. La storia, come sempre, stava per scriversi da sola.

Se prima Parliament Square assomigliava a un formicaio, alle dieci e dieci si era trasformata nel centro di comando di un colpo di stato non annunciato. Le isole spartitraffico erano barricate da furgoni dei notiziari, ognuno con un logo diverso e un operatore di droni con più gel per capelli che buonsenso. Cavi serpeggiavano sul selciato, convergendo in un groviglio di recinzioni temporanee e personale delle pubbliche relazioni nervoso. L'area "pubblica" traboccava di un miscuglio di agitatori pagati, turisti con giubbotti ad alta visibilità e zaini coordinati, e influencer che non si erano preoccupati di avere le credenziali, convinti che le loro ring light fossero un passaporto più che sufficiente.

Vincent osservava dall'ombra del portone, per nulla divertito né dallo spettacolo né dal dolore alle ossa che gli risaliva lungo il braccio. Esaminò la folla crescente con il distacco di uno storico di guerra, o forse di un uomo che aveva perso più di una città a causa dell'isteria di massa. Il freddo gli aveva acuito i sensi e appiattito l'umore; si accese una sigaretta con l'aria di un condannato a morte e guardò il fumo disperdersi verso le prime file della folla.

Ren si era appostata ai piedi della scalinata, la cartellina in equilibrio sul ginocchio, la biro che danzava mentre scarabocchiava le sue osservazioni. Aveva abbandonato ogni pretesa di prendere appunti con noncuranza; i suoi occhi si spostavano di continuo tra gli assistenti che si affannavano nel corridoio interno di Westminster e i Modernizzatori nella piazza, che sembravano moltiplicarsi ogni volta che alzava lo sguardo. Indossavano il solito: velluto dall'aspetto usato, sciarpe marchiate con hashtag e il tipo di zanne che si comprano in confezioni da sei nei negozi tutto a un euro. Due di loro stavano già trasmettendo in diretta, narrando i preparativi con una sicurezza che poteva derivare solo dall'essere stati ritwittati dall'account giusto.

In fondo alla piazza scoppiò una rissa di poco conto tra podcaster rivali, e l'aria si riempì di urla stridule e del suono umido del caffè che colpiva la giacca di un manifestante. Vincent sbuffò, metà per disprezzo, metà per una nostalgia che non osava analizzare.

La signora Barley, impassibile al caos, era al suo posto vicino al cordone di sicurezza, l'unica civile al di qua del cordone di velluto che sembrava più a suo agio a dirigere l'operazione che a osservarla. Seguiva i movimenti di Greaves con un binocolo compatto, le labbra che si muovevano in una litania silenziosa mentre registrava ogni deviazione dal programma prestabilito. Il thermos era sparito, sostituito da un discreto auricolare e da una seconda cartellina, quest'ultima protetta da una busta di plastica con il timbro «CONSIGLIO: LIVELLO QUATTRO».

Zara appariva di tanto in tanto tra i mulinelli della folla, ma ogni volta che lo faceva, il segnale digitale subiva un picco, facendo andare in tilt per un istante ogni telefono nel raggio di cinque metri e bloccando ogni diretta streaming su un'inquadratura del suo volto spettrale. Gli influencer lo attribuirono a un «sabotaggio governativo del Wi-Fi» e raddoppiarono gli sforzi, agitando i telefoni verso il podio come se potessero esorcizzare il fantasma fornendole un'illuminazione migliore.

Sui gradini più alti, l'evento principale cominciò a prendere forma. La squadra di Greaves srotolò uno stendardo con la Union Jack, gli angoli appesantiti da sacchi di sabbia in caso di vento o di manifestanti intraprendenti. Greaves in persona camminava avanti e indietro dietro al leggio, con gli appunti stretti in una mano e l'altra che si toccava compulsivamente i gemelli. I suoi assistenti gli ronzavano intorno come moscerini, controllando gli orologi e borbottando nei loro auricolari Bluetooth.

Ren si concentrò sugli assistenti, annotando nomi e possibili affiliazioni. Osservò una di loro sgattaiolare di lato, fermandosi per fare una telefonata dietro un tasso ornamentale. Ren scrisse «chiamata alle 10:13 — troppo lunga per un saluto veloce al fidanzato, non abbastanza per un affare» a margine del modulo, poi fece uno schizzo del volto della donna, dai lineamenti affilati e in qualche modo al contempo familiare e immediatamente dimenticabile.

La voce di Vincent crepitò nel suo auricolare, bassa e secca come un osso. «Il polsino sinistro del nostro uomo è carico. O una ferita mascherata o un'unità di comunicazione. In ogni caso, nasconde qualcosa».

«Ricevuto» sussurrò Ren, abbassandosi mentre due addetti del Consiglio passavano con un carrello pieno di biscotti gratuiti. «L'assistente vestita di verde si sta muovendo di nuovo. Sta parlando con il gruppo di Modernizzatori al Cancello Nord».

La risposta della signora Barley fu immediata, secca e definitiva: «Stanne alla larga. Stanno facendo arrivare professionisti esterni».

Ren trasalì quando un'improvvisa e calda fitta le attraversò la manica. Per un istante, il mondo si annebbiò ai margini, e tutto ciò su cui riuscì a concentrarsi fu la pulsazione nauseante del Marchio dell'Editore, ora livido per una sua febbre privata. Strinse i denti, con gli occhi che le lacrimavano, e si premette il braccio contro il fianco, le dita che affondavano nella carne appena sopra il polso. Attraverso il tessuto, sentiva il Marchio strisciare, rimodellarsi, come se stesse cercando di allungarsi e scriversi nell'aria.

Rischio un'occhiata verso Vincent, che la stava osservando con gli occhi socchiusi. Fece il più impercettibile dei cenni col capo — *Non fare scenate*, o *Non farti vedere* — ma lei non seppe dire quale dei due.

Il brusio della piazza raggiunse il culmine quando le telecamere si puntarono sul podio. Greaves fece un passo avanti, si sistemò la cravatta e diede un colpetto al microfono. Una dozzina di troupe televisive, tre stazioni radio e almeno un'unità segreta del Consiglio colsero ogni sillaba quando cominciò a parlare:

«Buongiorno. Oggi, ci riuniamo non solo come cittadini, ma come custodi del futuro...»

Vincent roteò gli occhi. «Si direbbe che, con tutta la loro storia, in Parlamento non abbiano imparato a riconoscere un colpo di stato prima che accada».

La signora Barley lo ignorò, concentrata sul discorso. Scrutò la folla, spuntando con lo sguardo ogni Modernizzatore, ogni «cittadino preoccupato» il cui volto non sarebbe corrisposto al tesserino o al passaporto. Li vide: le talpe, i complici, le deleghe viventi che il Consiglio non era riuscito a cancellare. Ognuno di loro osservava il discorso con il bagliore di un fanatico, i telefoni tenuti in alto per registrare ogni parola.

Il braccio di Ren ardeva. Faceva fatica a impedire alla mano di tremare mentre scriveva, con la penna che incideva solchi profondi e frastagliati sulla pagina. Ogni sillaba del discorso di Greaves sembrava riverberare dentro il suo Marchio, come se stesse parlando direttamente a esso — o attraverso di esso.

Sullo schermo del suo telefono, che aveva discretamente appoggiato a margine del fascicolo, la diretta dei Modernizzatori subì un'interferenza. Per una frazione di secondo, il video scattò, poi apparve in sovrimpressione un lampo di testo, appena visibile per poterlo leggere: «LA STORIA SI SCRIVE COL SANGUE. PATCH PRONTA».

A Ren si mozzò il fiato in gola. Alzò lo sguardo e, per un momento, ogni volto nella folla ebbe la stessa espressione vitrea e carica d'attesa: l'istante prima della battuta finale, o della caduta, o del primo sparo.

Greaves proseguì, con la voce che si alzava: «Non lasciamoci dividere dalla vecchia retorica della paura e del sospetto: abbracciamo il potere della memoria condivisa, della narrazione collettiva...»

Vincent borbottò nel microfono: «Ci siamo. Ha innescato il carico».

La risposta della signora Barley fu glaciale: «Se hai ragione, abbiamo trenta secondi prima che si propaghi».

Ren, ormai disperata, si premette la manica contro il braccio. Sentiva il Marchio pulsare, i bordi che si arricciavano e si distendevano, il colore che traspariva attraverso il tessuto in lampi di blu, verde e una sfumatura di rosso. Il dolore non era più tanto un dolore quanto una pressione, come se un pugno le stesse stringendo l'avambraccio dall'interno.

Il primo Modernizzatore tra la folla cominciò a intonare un coro. All'inizio era sommesso, perso nel frastuono della piazza, ma poi crebbe: una, poi tre, poi una dozzina di voci, che ripetevano la stessa, perfettamente sincronizzata frase:

«Nutri il futuro. Dissangua il passato».

Vincent lo vide accadere. Si mosse, rapido e silenzioso, facendosi largo tra il retro della folla verso il gruppo dei Modernizzatori. Non aveva bisogno di controllare se la signora Barley o Ren lo stessero seguendo; non era un gioco di squadra.

Ren cercò di alzarsi, ma le si piegarono le ginocchia. Il Marchio aveva preso il comando, la sua mano scarabocchiava da sola, incidendo righe che non riconosceva sul bordo dei suoi appunti. Represse un urlo, riuscì a barcollare nella calca e lasciò che la folla la trascinasse in avanti.

Sui gradini, la voce di Greaves fu sommersa dal coro. Egli esitò, alzò lo sguardo e, in quell'istante, i suoi occhi cambiarono: non nel colore, non nella forma, ma assunsero una concentrazione improvvisa, elettrica, come se avesse atteso che il circuito di retroazione si completasse.

Ren sentì il mondo inclinarsi di lato, il terreno sobbalzarle sotto i piedi. Il dolore raggiunse l'apice, poi si frantumò in qualcosa di più freddo: il Marchio si divise, i segmenti si riconfigurarono, e lei vide — dentro la sua testa, o forse fuori — quale sarebbe stato il verso successivo della profezia.

Il fantasma di Zara si materializzò nella mischia, il suo contorno che ardeva di un blu intenso alla luce del giorno. Allungò una mano verso Ren, la sua voce una frequenza acuta, impossibile:

«Non lasciare che ti applichi la patch. Trattieni la bozza».

Ren strinse la cartellina con entrambe le mani e si impose di non svenire.

Vincent raggiunse il gruppo dei Modernizzatori proprio mentre si verificò la prima vera anomalia. L'aria si contorse, uno schiocco carico di ozono, e ogni telefono nella piazza esplose in un fiore di luce bianca. Il suono fu assordante: un milione di feedback digitali che ululavano tutti insieme.

La signora Barley abbaiò una sola parola nel suo microfono: «Ora».

Vincent sapeva cosa intendeva. Si scagliò contro la Modernizzatrice a capo del gruppo, l'afferrò per il colletto e la sollevò di peso. Lei sibilò mostrando le zanne, ma Vincent non batté ciglio; la sbatté a terra, la immobilizzò con un ginocchio e osservò il resto della sua coorte barcollare, afferrandosi le braccia, i polsi e il collo.

Ren era nell'epicentro. Il Marchio era in fiamme, il dolore si avvolgeva lungo la sua spalla, fino alla mascella, fino ai denti. Sentì ogni sillaba della profezia incidersi nelle sue ossa. Il mondo si dissolse in un bagliore blu, e l'unica cosa che la teneva in piedi era la pressione dei corpi tutt'intorno, tutti che cantavano in coro, tutti infettati dalla stessa riga di codice.

Attraverso il frastuono, la voce di Zara la raggiunse di nuovo, ora più dolce:

«È solo una bozza. Non è la fine».

Greaves, sul podio, guardò il caos. Sorrise — una cosa terribile, predatoria — e alzò la mano sinistra. Per un momento, il mondo trattenne il respiro.

Ren, con le ultime forze rimaste, strappò la pagina dalla cartellina e l'accartocciò nel pugno. Il Marchio divampò un'ultima volta, poi divenne freddo. Crollò in ginocchio, ansimando, mentre il coro vacillava e poi si spegneva.

Nel silenzio che seguì, Greaves raccolse i suoi appunti, si allontanò dal microfono e svanì all'interno dell'edificio.

Vincent lasciò andare la Modernizzatrice, che gemette e rimase immobile. Si rialzò barcollando, cercò Ren con lo sguardo tra la folla e la trovò, pallida e tremante, ma viva.

La signora Barley li raggiunse ai margini della scalinata, stringendo la cartellina così forte che le dita erano diventate bianche.

Per molto tempo nessuno parlò.

Poi, lentamente, la folla cominciò a disperdersi. I furgoni delle notizie fecero i bagagli. Gli influencer, scossi, si allontanarono a due a due e a tre a tre, borbottando di blackout e filmati persi. L'unica prova che qualcosa fosse accaduto era l'eco debole e sbiadita del coro, e il sangue sulle nocche di Vincent.

Zara aleggiava accanto a Ren, lo sguardo gentile, quasi orgoglioso. «Hai tenuto la posizione».

Ren riuscì a fare un sorriso tremante. «Credo di aver rotto la penna».

Vincent, esausto, le prese una spalla. «Non solo la penna, ragazzina».

La signora Barley si sistemò la giacca, controllò l'orologio e disse: «Dovremo compilare un rapporto».

Vincent roteò gli occhi. «Sempre le scartoffie».

Ma per una volta, a Ren non importava. Si era guadagnata il diritto di scrivere il finale.

Rimasero insieme sui gradini del Parlamento, a osservare la città che, lentamente e inevitabilmente, si riassestava per il prossimo disastro.

Sopra di loro, il cielo era ancora grigio, ma il freddo non mordeva più così forte.

Per ora.

UNDICI

In testa all'aula del Consiglio, l'Anziano Blackthorn – che presiedeva, pontificava e, con ogni probabilità, era sul punto di andare in autocombustione – sollevò il suo bastone dalla punta d'argento e colpì il pavimento di marmo con un suono simile a un plotone d'esecuzione in stereo.

«Che il Consiglio si riunisca in ordine» tuonò, con le vocali nitide come chicchi di grandine.

Intorno a lui, gli anziani del Consiglio si disposero su due file: in prima fila i Veri Vampiri, ognuno con una diversa variante di permafrost stampata in volto; dietro, i delegati e i funzionari, tutti addestrati all'indignazione collettiva. Molti brandivano ventagli pieghevoli, che aprivano e chiudevano a scatti in raffiche di segnali semaforici che non comunicavano altro se non: «Spererei nella vostra morte, ma il Consiglio ci vieta di esprimerlo».

Blackthorn iniziò la messinscena srotolando una copia del *Times*, la cui prima pagina gridava a caratteri cubitali: APOCA-

LISSE VAMPIRICA A PARLIAMENT – I MEMBRI DEL PARLAMENTO CHIEDONO UN'INCHIESTA. Il titolo a inchiostro tremò mentre lui scuoteva il foglio per dare enfasi.

«Lo vedete questo?» chiese, sventolandolo verso gli accusati come se si aspettasse che prendessero fuoco. «Questo è ciò che i mortali leggono a colazione adesso. È opera vostra».

Fissò Vincent con uno sguardo che avrebbe potuto sabbiare il vetro. «Lupo, Lei è una piaga per questo Consiglio da secoli. Ma questo...» colpì il giornale con uno scatto secco «...è il peggio che abbia mai fatto».

Vincent osservò il titolo con tutto l'entusiasmo di un condannato a cui venisse chiesto di scegliersi la corda. «Se è turbato per le foto, Anziano, sono d'accordo: non è il mio profilo migliore. Anche se il guardaroba era geniale».

Un sibilo serpeggiò tra i banchi, una folata di disapprovazione così intensa che le fiamme delle candele si piegarono indietro. Blackthorn lo ignorò, voltando pagina con precisione chirurgica.

«E Lei, signora Barley. Lei era incaricata del contenimento. Invece, abbiamo Modernisti su ogni notiziario, droni che filmano pasti diurni, e il Parlamento stesso... *il Parlamento*... che suggerisce un'"Agenzia di Regolamentazione sui Vampiri"».

La signora Barley sostenne il suo sguardo, senza sorridere. «Le note di sorveglianza del Consiglio confermano che non si è trattato di un fallimento dell'ammaliamento, ma di un evento premeditato. Il vettore dell'infezione è stato deliberato. Non è stata una svista. È stato un attacco».

«Certo che Lei direbbe così» sogghignò Blackthorn. «Quali sono le Sue prove?»

La signora Barley tirò fuori, con una risolutezza che rasentava la violenza, un dossier dalla sua borsa. Lo posò sulla balaustra, aprendolo a una pagina contrassegnata da almeno quattro linguette di avvertimento. «Le analisi forensi dei resti mostrano tracce concentrate di profezia, tutte con la firma di Carmine. Lo schema dell'escalation è coerente con i focolai di ricorsione del...»

La Consigliera dalla mascella affilata la interruppe con un fremito sprezzante del ventaglio. «Oh, la prego. Ogni volta che qualcosa sfugge alla Sua cerchia, è la "ricorsione di Carmine". Perché non dare la colpa al tempo, o alla Brexit?»

La signora Barley non la degnò di un battito di ciglia. «Perché il tempo non può dirottare una diretta dei Modernisti e iniettare nel gobbo elettronico il copione di Carmine stesso. Né la Brexit può lasciare sigilli spettrali a tripla codifica nell'aula principale del Parlamento. Carmine può».

Vincent incrociò lo sguardo di Ren; sembrava che avesse appena visto qualcuno assassinarle il suo algoritmo preferito. Avrebbe voluto stringerle una spalla, dirle «ne siamo quasi fuori», ma sospettava che avrebbe solo attirato più attenzione.

Blackthorn batté sul podio con il suo bastone. «Basta. Non riconosciamo i miti, solo i fallimenti. Questo è stato un fallimento. Peggio, è stato un fallimento spettacolare, virale e, soprattutto, pubblico». Lasciò che la parola "pubblico" ristagnasse nell'aria come uno stronzo di cane in una vasca da bagno.

Vincent, che non perdeva mai l'occasione, se ne uscì: «Forse se il Consiglio investisse in corsi di comunicazione...»

«Silenzio!» lo fulminò Blackthorn, ma stava già scorrendo il titolo successivo, un tabloid con in copertina: PARLAMENTARE NON MORTO? GREAVES AVVISTATO CON

"OCCHI INIETTATI DI SANGUE" – VEDI PAGINA 3 PER LE FOTO SCIOCCANTI.

La signora Barley parlò prima della successiva ondata di accuse. «Se posso, Anziano... il contenimento è impossibile una volta superata la soglia virale. I media moderni sono il vettore, non la causa. La profezia si sta adattando per sfruttare il sistema».

«Siete voi il sistema» disse Blackthorn. «Dovevate essere immuni».

Ren parlò per la prima volta, con la voce che si incrinava come brina. «Non c'è immunità. Il Marchio si riscrive ogni volta che qualcuno ripete la frase. È già nei meme, negli hashtag. Persino i delegati del Consiglio lo stanno citando. La ricorsione è auto-propagante».

Per un istante, l'aula trattenne il fiato. Persino i ventagli cessarono il loro cecchinaggio orchestrale.

Blackthorn si voltò verso di lei, la voce divenuta fragile. «Lei, l'umana, presume di istruire questo Consiglio?»

Ren sostenne il suo sguardo, non con aria di sfida ma senza battere ciglio, come solo chi è veramente esausto sa fare. «No, Anziano. Sto solo dicendo che non si può risolvere una profezia virale con un comunicato stampa».

La Consigliera dal mento affilato sibilò, scoprendo dei canini che sarebbero stati più impressionanti se non fossero stati messi in ombra dall'evento principale. «Cosa propone, allora? Altri hashtag? Un podcast?»

Vincent rise, un suono fragile. «Forse potreste iniziare smettendo di minacciare di cancellarci ogni volta che c'è un problema».

Stavolta il Consiglio non sibilò. Invece, una serie di sguardi feroci conversero su di lui con una tale intensità che sentì il midollo nelle ossa cercare di cambiare nome e identità.

Blackthorn si sporse in avanti, con gli occhi da lampreda. «Un'altra fuga di notizie, Lupo, e ci assicureremo che Lei venga cancellato. Permanentemente».

Vincent tenne la posizione, sebbene la sua mano tremasse leggermente mentre si sfilava una sigaretta da dietro l'orecchio. «Capito, Anziano. Ma se adesso è Carmine a dirigere lo spettacolo, tanto vale che ci cancelliate tutti. Il mondo sta già seguendo il suo copione».

La signora Barley chiuse la sua cartella, le labbra sottili. «Attendiamo il volere del Consiglio» disse, sapendo benissimo cosa sarebbe venuto dopo.

Blackthorn si raddrizzò, martelletto in mano. «Il Consiglio considererà la vostra testimonianza. Fino ad allora, siete al vostro ultimo avvertimento. Non potete parlare con la stampa, con gli agenti del Consiglio o, idealmente, tra di voi. Se lo farete, vi disferemo in modi che saranno studiati per generazioni».

Batté il martelletto, il cui suono echeggiò come una fossa comune che veniva sigillata. Le torce crepitarono e il Consiglio sfilò via in un fruscio di sete e sogghigni.

Per un istante, il trio rimase solo nella penombra, l'unico calore nella stanza era quello che irradiava dal Marchio di Ren, che già le serpeggiava sulla manica con una lenta pulsazione fosforescente.

Vincent accese una sigaretta con mani che tremavano abbastanza da tradire quanto fosse vicino al collasso. «Beh,» disse, espirando una nuvola di fumo blu che si snodò verso il Consiglio svanito. «Suppongo che siamo fortunati che non ci abbiano semplicemente fatto fucilare. O peggio: promossi alle pubbliche relazioni».

Ren riuscì a fare una debole risata. La signora Barley raccolse le sue cose, poi si fermò, fissando Vincent con uno sguardo che era in parti uguali acciaio e qualcosa di più morbido.

«Non abbiamo finito» disse a bassa voce. «Nemmeno lontanamente».

Vincent annuì, cullando la sigaretta come se fosse una sacca di sangue sotto mentite spoglie. «No» concordò. «Siamo solo la prima bozza».

Lasciarono l'aula insieme, le loro ombre lunghe e cucite insieme dalla luce vacillante, tre punti di resistenza contro una storia determinata a cancellarli.

Il vestibolo del Consiglio, un centinaio di piedi di lastroni umidi e oscurità penitenziale, era vuoto se non per i condannati e i perennemente sottoccupati. Torce fredde crepitavano in staffe di ferro, la loro luce del verde malaticcio delle alghe di stagno e dell'invidia municipale. Persino l'aria cospirava contro il comfort; ogni folata di vento che saliva dai sotterranei puzzava di calcare bagnato e ottimismo defunto.

Ren si accasciò contro il muro sotto un candelabro arrugginito, il fiato che si condensava nel freddo del corridoio. Si arrotolò la manica per esporre il Marchio, che ora pulsava sotto la sua pelle con un battito lento e cupo.

Vincent si appoggiò accanto a lei, entrambi all'ombra di un

vasto arco a sesto acuto che faceva sembrare persino la sua corporatura malnutrita. Tirò fuori un'altra sigaretta, poi si ricordò dov'era e richiuse il pacchetto con uno scatto.

La signora Barley se ne stava a una discreta distanza, prendendo appunti in un taccuino con una penna stilografica d'argento. Persino la sua calligrafia sembrava in grado di superare un etilometro.

Vincent ruppe per primo il silenzio. «Beh, è andata bene quasi quanto la serata karaoke del Consiglio».

Nessuno rise. Ren fletté il braccio, osservando il Marchio passare dal cobalto a un verde malaticcio e di nuovo indietro. «Ha brillato durante il discorso» disse, con la voce incrinata. «Ogni volta che Greaves ripeteva la frase, era come... come se si stesse sincronizzando con lui. Con Carmine, o chiunque ci sia dietro».

Vincent studiò il Marchio, poi il viso di Ren. «Sei sicura che non sia solo ansia da prestazione? Ho sentito dire che il Parlamento fa questo effetto a un sacco di gente».

Ren riuscì a sbuffare, ma fu solo una reazione superficiale. «Non ho paura dei parlamentari. Ho paura di essere sovrascritta da un'autentica profezia ricorsiva».

La signora Barley alzò lo sguardo dai suoi appunti. «Non sei solo tu. L'intera rete è infettata. Ho controllato l'ufficio stampa del Consiglio stesso prima di entrare. Ogni sito, ogni comunicato: è nei commenti, nei sottotitoli automatici, persino nei livelli di traduzione». Chiuse la penna con uno scatto che suonò come un coltello a serramanico. «Non stanno cercando di risolverlo. Stanno cercando di insabbiarlo».

Vincent cercò di fare spallucce, ma il movimento risultò più simile a una smorfia di dolore. Tirò fuori una fiaschetta dalla giacca, la stappò e la offrì a Ren.

Lei adocchiò la fiaschetta. «È legale?»

Lui sogghignò. «È medicinale. Per quando sei stato minacciato di cancellazione totale e non puoi permetterti la terapia».

Lei bevve un sorso. Il sapore era caldo e medicamentoso, ma aiutò. «Grazie».

Vincent bevve, poi passò la fiaschetta alla signora Barley, che la ignorò con l'efficienza di chi aveva visto mille gesti simili senza mai essere stata tentata di partecipare.

Lungo il corridoio, un vampiro di passaggio – uno degli sgherri minori di Blackthorn – scivolò via portando un piatto di quelli che sembravano ossi di midollo arrostiti e qualcosa che puzzava di aglio crudo. L'odore colpì Vincent a metà frase. Barcollò, stringendosi il polso, che portava ancora l'impronta rossa e viva della bruciatura del giorno prima.

Ren notò la smorfia. «Non sei ancora guarito?»

Lui guardò la bruciatura, poi lei, forzando un sorriso che mostrava troppi denti. «Dovresti vedere l'altro».

La signora Barley interruppe, chiudendo di scatto il taccuino. «Se avete finito con lo spettacolo comico, dovremmo muoverci. Il Consiglio non si fa scrupoli a sorvegliare, neanche qui fuori».

Vincent annuì, la fame nei suoi occhi improvvisamente più pronunciata. «Non si sono mai fidati che i morti non spettegolassero». Si rivolse a Ren, con voce bassa e urgente. «Quant'è grave? Davvero».

Lei esitò, poi si tirò su completamente la manica. Il Marchio si era esteso, arrampicandosi sul suo braccio in filamenti che brillavano a ogni pulsazione. «Non lo so. Sembra che si stia surriscaldando, come se volesse rompere il contenimento. Se penso alla profezia, io...» Si interruppe, con gli occhi sgranati. «Non è solo dentro di me, Vincent. Lo sento nelle altre persone. Come un'eco. Come se fossimo tutti sulla stessa rete».

Il volto della signora Barley ebbe un tic, solo uno. «Lei è un nodo. Non il carico, ma un ripetitore».

Ren annuì. «E Carmine sta gestendo gli aggiornamenti».

Una folata d'aria fredda spazzò il corridoio e con essa apparve Zara: per metà solida, per metà statica, la luce che si piegava e distorceva intorno a lei in bande di ceruleo e ultravioletto. Fluttuava a un piede da terra, i piedi che si materializzavano e smaterializzavano attraverso il lastricato come a sfidare chiunque a dirle di non farlo.

«Beh,» disse, la voce che portava un riverbero modulato, «poteva andare peggio. Almeno non hanno tirato fuori la segreta». Si avvicinò fluttuando, esaminando il Marchio di Ren con l'avida curiosità di una biologa ricercatrice di fronte a un tumore parlante. «Questa è una novità» disse. «Mi piace la ramificazione. Molto "primi anni di internet"».

Vincent strinse i denti, le mani chiuse a pugno. «Carmine non se ne andrà solo perché il Consiglio lo archivia sotto la voce "imbarazzo"».

«Certo che no» disse Zara. «Non ha mai giocato secondo le regole del comitato. A lui piace saltare alla fine, sovrascrivere l'ultima pagina». Fece un gesto che era per metà un saluto e per metà un gesto scortese, poi osservò il trio con qualcosa di simile all'approvazione. «Voi siete gli unici che potrebbero riuscire a precederlo».

Ren alzò lo sguardo, il Marchio ancora luminoso. «Come? Ci cancelleranno se usciamo dal copione».

Zara sogghignò, fuoco blu agli angoli della bocca. «Allora non farti beccare».

La signora Barley ripose il suo taccuino, il volto una maschera impenetrabile. «Dobbiamo isolare il Marchio. Scoprire come si sta propagando. Se riusciamo a interrompere la rete, potremmo essere in grado di rallentare gli aggiornamenti di Carmine».

Vincent annuì, il movimento a malapena controllato. «E se non ci riusciamo?»

La signora Barley sorrise, la prima volta che Vincent glielo vedeva fare senza ironia. «Allora gli daremo una storia che non può riscrivere».

Un secondo di silenzio. Poi, a bassa voce, Vincent disse: «Quindi siamo da soli».

«Lo siete sempre stati» disse Zara. «È questo che vi rende pericolosi».

I quattro rimasero nel corridoio, l'aria densa dell'odore di cera di candela e di sventura imminente. Per un momento, non ci fu altro che la pulsazione del Marchio, il guizzo della luce delle torce e la consapevolezza condivisa e inespressa che il Consiglio non li avrebbe mai salvati.

DODICI

La cucina, se si fosse abbastanza caritatevoli da chiamarla così, era sopravvissuta ad almeno quattro gravi incidenti metafisici, due incendi del frigorifero e un'estate in cui Zara aveva tentato di fermentare il proprio kombucha usando nient'altro che zucchero grezzo e i detriti psichici della collezione di libri rari della British Library. Al crepuscolo era tornata al suo stato predefinito: linoleum antico, un lavello pieno di reliquie e rimpianti, e il tipo di piano di lavoro che poteva essere descritto solo come «inadatto allo scopo» da chiunque avesse un sano istinto di autoconservazione.

La luce lunare — anemica, quasi a volersi scusare e del tutto impari al compito di scacciare i residui del giorno — si riversò attraverso una tenda che un tempo era stata blu, ma che ora trasmetteva più che altro un'impressione di muffa. Delineò i granelli di polvere nell'aria, illuminò la raccolta differenziata non ancora buttata e infine, come vergognandosi della propria insistenza, cadde su Ren, che si era appostata tra il bancone e il forno in una posizione accovacciata difensiva, perfezionata da milioni di londinesi iper-caffeinati prima di lei.

Stava preparando la colazione alle otto di sera. Non una colazione metaforica, ma quella vera, onesta, che prevedeva uova, pane tostato e una retina di spicchi d'aglio che aveva trovato sepolta dietro un sacco di lenticchie nella dispensa. Le uova sfrigolavano nella padella, con i bordi che diventavano marroni come pizzo. Ren pescò uno spicchio dalla retina e lo schiacciò con il piatto del coltello, spargendo schegge e succo in ogni direzione.

Vincent sedeva sprofondato su un angolo del tavolo, osservando la scena con le palpebre a mezz'asta. Sembrava che l'avessero versato sulla sedia nel secolo precedente e nessuno si fosse ancora preoccupato di tirarlo fuori. La sua pelle aveva il pallore cereo di una settimana passata a battersi al di sopra della sua categoria di peso esistenziale, e le sue nocche — fasciate, a malapena — poggiavano su una tazza di caffè corretto con sangue che usava sia come scaldamani sia come pretesto per non parlare.

La signora Barley se ne stava sulla soglia, con una postura perfettamente perpendicolare al linoleum, non tanto presente quanto intenta a osservare a livello molecolare. Aveva tirato fuori un taccuino, la cui copertina era già segnata da freschi solchi di penna a sfera, e scriveva con la calligrafia fitta e letale di chi intendeva archiviare i fallimenti del mondo, una nota a margine alla volta.

L'odore di aglio e uova bruciate colpì per primo. Il secondo odore — un'acuta vampata chimica — giunse un istante dopo, quando un frammento vagante di aglio schiacciato rimbalzò sulla lama del coltello, sfrecciò sulla formica e rotolò direttamente sul dorso della mano di Vincent.

Lui non reagì nel modo previsto. Nessun sibilo, nessun rinculo melodrammatico, nessuna ramanzina sulla sacralità delle cucine prive di allium. Invece, il punto in cui l'aglio toccò la sua pelle sfrigolò. Sfrigolò sul serio, come se qualcuno avesse acceso un sole in miniatura sotto la sua epidermide. La pelle divenne di un rosso vivo e allarmante, poi si arricciò e si sollevò in una vescica a mezzaluna, con il succo che bolliva in superficie. Per un momento, lui la fissò, con occhi increduli. Poi, con l'orrore al rallentatore di solito riservato ai filmati delle telecamere da cruscotto, ritrasse la mano, contrasse le dita ed emise un suono a metà tra un rantolo e un ringhio.

Ren sentì il rumore e si voltò, ancora con il coltello in mano. «Merda. Scusa, non pensavo che fossi così vicino.»

Vincent cercò di far rientrare l'evento nella normalità. «Non fa niente. La colazione dev'essere pericolosa. Forma il carattere.»

Ren lo guardò tamponare la ferita con un tovagliolo, che prontamente si appiccicò alla vescica in un modo che li fece trasalire entrambi. «No, non è...» Fece un passo avanti, scrutando il punto della lesione. «Non dovrebbe fare così. Non hai mai...»

«C'è sempre una prima volta», disse lui, e staccò il tovagliolo con la stoicità di un uomo che ne aveva viste di peggiori e non avrebbe permesso che un incidente in cucina fosse la cosa a spezzarlo.

Dalla soglia, la signora Barley: «È stato un riflesso involontario, o stava tentando di sopprimerlo?»

Vincent non si prese la briga di guardarla. «Entrambi.»

Lei annuì una volta, prese una nota. «Grado della reazione?»

Lui guardò di nuovo la bruciatura. Stava già trasudando, i bordi erano irritati e bianchi. «Otto su dieci. Nove, se Le piacciono le sottigliezze del sadismo.»

Ren posò il coltello e incrociò le braccia, squadrando Vincent con lo stesso sguardo che riservava ai portatili presi in prestito che tornavano dal campo con ammaccature misteriose. «Non è stato normale.»

Vincent sfoderò un sorriso che avrebbe potuto convincere un osservatore meno coinvolto. «Niente di me lo è.»

Ma Ren non ci cascò. Prese l'aglio, lo guardò, poi guardò la bruciatura, poi Vincent. «Sta peggiorando, non è vero?»

Lui scrollò le spalle. «Dipende da cosa ne pensi del teatro a colazione.»

La tensione non era teatrale. Se non altro, aveva la qualità plumbea e soffocante di un disastro al rallentatore. La bruciatura si stava già espandendo, diramandosi a ragnatela dal punto di contatto. Vincent vi premette sopra la tazza fredda, osservò la condensa rosata formarsi sulla porcellana e decise che avrebbe preferito scottarsi piuttosto che rischiare un altro commento dal loggione.

La signora Barley voltò pagina sul suo taccuino. «La reazione all'aglio indica un'accelerazione. Le sensibilità vampiresche di solito si stabilizzano alla conversione, ma questa sembra essere una mutazione di second'ordine. Forse legata al vettore di ricorsione.»

Vincent scoprì i denti. «Grazie, Dottor House. Ho sempre desiderato essere un caso di studio.»

Ren scosse la testa, con la voce che si addolciva. «Non sei un caso di studio. Ma devi prendere questa cosa sul serio. Se sta mutando...»

Lui la interruppe. «Se sta mutando, non c'è niente da fare se non resistere finché dura. Pensi che il Consiglio aiuterà?» Guardò la signora Barley, poi di nuovo Ren. «Mi hanno già etichettato come difettoso. Non appena entrerò in fase critica, insaccheranno il tutto e spediranno quel che resta a Ricerca e Sviluppo.»

La signora Barley non lo negò. «Il contenimento da parte del Consiglio è più probabile dell'assistenza, sì. Ma una documentazione tempestiva potrebbe fornire strategie di mitigazione.»

Vincent sogghignò. «Lieto di rendermi utile.»

La cucina piombò nel silenzio, rotto solo dalla lenta morte delle uova nella padella. Ren, non volendo lasciar cadere la questione, prese il kit di primo soccorso nascosto dietro il tostapane e offrì a Vincent il tubetto di pomata per le ustioni. Lui lo prese con un cenno del capo, se lo spalmò con cura esagerata, poi si abbassò la manica per coprire la ferita.

«Colazione?» chiese Ren, con voce esitante.

«Mi è passata la fame», disse Vincent, ma non si alzò da tavola. Invece, prese la tazza fredda, stringendola come se potesse ancorarlo al presente, e fissò la notte fuori dalla finestra.

La signora Barley tappò la penna, strappò il foglio dal taccuino e lo infilò nella borsa. «Osservazione: il tasso di progressione sta aumentando. Potrebbe voler considerare delle misure palliative.»

Vincent non alzò lo sguardo. «Del tipo? Altro aglio, o qualcosa con un po' più di carattere?»

La signora Barley rispose al suo sarcasmo con assoluta neutralità. «Limiti l'esposizione ai fattori scatenanti. Documenti i cambiamenti. Ci avvisi se riscontra ulteriori deviazioni dalla linea di base.»

Lui rise, un suono vuoto. «Se arrivo a pranzo, manderò un promemoria.»

Ren cercò di salvare le uova, ma l'odore di aglio e di pelle di vampiro bruciata si erano fusi in un'unica, ineluttabile presenza. Gettò il pasticcio direttamente nel cestino, si versò un bicchiere d'acqua e scivolò sulla sedia di fronte a lui. I suoi occhi non lasciarono mai la sua mano.

La signora Barley indugiò sulla soglia, lo sguardo che guizzava tra i due. Per la prima volta, sembrava incerta su cosa documentare. «Sarò in archivio», disse, e se ne andò senza aspettare una risposta.

Il silenzio tornò, più pesante questa volta. Vincent si stuzzicò la mano, poi la bruciatura. Non disse nulla, ma Ren poteva leggere l'equazione: il mondo si stava stringendo e persino le costanti si stavano spostando sotto i suoi piedi.

«Fammi sapere se hai bisogno di aiuto», disse lei, con voce quasi impercettibile.

Vincent annuì, e per un momento, l'unico suono fu il lento ticchettio dell'orologio della cucina e il crepitio chimico del succo d'aglio che gli divorava la pelle.

Fuori, la città continuava a dormire, indifferente al fatto che uno dei suoi mostri più antichi fosse ora in una corsa contro il proprio sistema immunitario.

Era, a suo modo, la metafora perfetta per la notte che li attendeva.

L'area comune dell'appartamento di Zara (ora di Ren) aveva sempre aspirato a un tipo di incuria che pareva intenzionale. A quell'ora, aveva raggiunto qualcosa di più grandioso: una versione dell'oscurità che non era totale, ma che preferiva indugiare ai margini e insinuarsi al centro solo quando era assolutamente necessario. Le tapparelle erano chiuse per tre quarti, e la luce della città filtrava in pallide strisce di sodio. Tutto sembrava itterico, come se le ossa stesse dell'edificio si stessero decomponendo sotto il peso della fatica collettiva di Londra.

Vincent occupava ancora l'antica e sfondata poltrona vicino alla finestra, una silhouette incorniciata contro il bagliore opaco dei lampioni e il blu intermittente delle luci della polizia che si rincorrevano lungo Holloway Road. Sedeva perfettamente immobile, una mano stretta attorno al bracciolo, l'altra appoggiata sul ginocchio, con le dita che tamburellavano un ritmo in guerra con le pulsazioni del suo collo.

Gli faceva male la mascella. Non il tipo di dolore che rispondeva al whisky o alla forza di volontà, ma una pressione più profonda, stridente, come se le ossa stesse avessero iniziato a ribellarsi. Le zanne erano la cosa peggiore: chiodi di ghiaccio che premevano dall'interno, rifiutandosi di ritrarsi anche quando lui ordinava loro di risalire con tutta l'autorità di sette secoli di cattive abitudini. Premette la lingua contro il palato, sperando di lenire il dolore, ma non fece che peggiorare le cose. Il sapore era strano: amaro e metallico, un sentore di vecchie monetine e nuovo dolore.

La fame gli faceva compagnia, come sempre, ma ora non era sola. Il bisogno di sangue non era più un inconveniente gestibile; era il fantasma di un'emicrania, in agguato appena fuori dal campo visivo, in attesa di un qualsiasi cedimento del controllo.

Cercò di ignorarlo. Cercò di fingere di poter ancora andare avanti ad adrenalina, o a dispetto, o a qualsiasi altra cosa che l'avesse fatto sopravvivere negli ultimi sette secoli.

Era inutile.

Mise una mano nella borsa termica che teneva sotto la poltrona, pescò una sacca di sangue per uso medico e la sollevò verso la lampada. Il contenuto sciaguattò di un rosso opaco e intransigente. Era il tipo di sangue per uso ospedaliero che arrivava tramite canali loschi ed era destinato alle emergenze e alle occasioni speciali, non al pranzo. Ma Vincent aveva superato da un pezzo quella distinzione. Strappò la linguetta con uno scatto, si portò il beccuccio di plastica alle labbra e bevve.

Sapeva di ospedale, di aria di una sala d'attesa alle tre del mattino, dei brutti ricordi di qualcun altro versati in una sacca e lasciati a maturare. Non importava. Bevve a fondo, il sangue freddo che gli scivolava in gola, e per un momento il mondo si raddrizzò sul suo asse. La fame, prima un ruggito nella sua testa, si ridusse a un semplice lamento.

Lasciò cadere la sacca vuota sul pavimento, si pulì la bocca con il dorso della manica. Si sentì subito un po' più Vincent, un po' meno mostro. Ma solo un po'.

Sentì il leggero rumore di passi prima di percepirne l'odore: Ren, di ritorno da qualunque posto fosse andata a nascondere i detriti del suo stesso crollo. Entrò nel soggiorno con la riluttanza di chi ha aperto molte porte senza trovare nulla di buono dall'altra parte.

Si bloccò quando lo vide, la sacca di sangue gettata sul pavimento, la prova del suo fallimento spalmata sul suo mento.

«Non volevo interrompere», disse lei, la voce fragile ma ferma.

Vincent scosse la testa, cercò di fare una battuta, ma non gli venne nulla. Si accontentò di un grugnito vago e fissò il disegno che le luci della città creavano sul vetro.

Ren indugiò sulla soglia, le braccia strette al petto, il linguaggio del corpo chiuso in se stesso. «La signora Barley è ancora in archivio», disse, come se importasse. «Probabilmente sta pianificando il tuo funerale. O la tua prossima mossa di carriera.»

Vincent abbozzò un fantasma di sorriso. «Non c'è pensione in questo mestiere.»

Lei non si mosse. «Stai bene?»

Lui guardò la sacca vuota, poi la propria mano, che tremava di un tremore sottile e imbarazzante. «Definisci "bene".»

Ren fece un passo nella stanza, il silenzio tra loro che si tendeva così tanto da poter tagliare la pelle. «Stai cambiando», disse. Nessuna accusa, solo un dato di fatto.

Vincent si voltò, scoprendo i denti prima di rendersi conto di cosa stesse facendo. Il ringhio era animalesco, non il suo solito marchio di fabbrica teatrale. Riempì l'aria per un secondo, fece sobbalzare le ombre sui muri. Serrò la bocca, orrore e vergogna che lo travolsero nello stesso istante.

Distolse lo sguardo, la voce piatta. «Congratulazioni. Hai scoperto l'ovvio.»

Ren non disse nulla, lo guardò semplicemente con gli occhi di chi aveva passato tutta la vita a studiare i sistemi fino al momento del loro collasso.

Vincent si leccò le labbra, assaporando il sangue, la fame e qualcosa al di sotto — qualcosa di freddo e virale, l'eco della profezia di Carmine che si faceva strada sempre più in profondità. Si chiese se sarebbe mai riuscito a estirparla, o se semplicemente quello era ciò che era diventato.

Cercò di alzarsi, ma la stanza girò. Si aggrappò al bracciolo, le nocche bianche, la vista che si restringeva. «Se perdo il controllo», disse, forzando le parole oltre la lingua, «sai cosa fare.»

Il volto di Ren si indurì. «Non costringermi a farlo.»

Lui rise, una risata breve e sgradevole. «Non ce ne sarà bisogno. Se le cose si mettono male, me ne andrò da solo. Lascerò un biglietto.»

Lei gli si avvicinò, lenta ma decisa, e gli posò una mano sulla spalla. Il tocco era leggero, quasi cauto. «Non sei solo, Vincent.»

Voleva crederle. Davvero. Ma sapeva come andavano queste cose: l'uomo seduto sulla poltrona era già sparito, sostituito da un fantasma cucito insieme con rimpianti e tempo preso in prestito.

La città andava avanti, indifferente, le luci al sodio che inondavano ogni cosa di una speranza incolore. Ren rimase con lui, senza parlare, senza muoversi, finché il tremore nelle sue mani non si placò e il dolore alla mascella non si affievolì fino a diventare un pulsare tollerabile.

Rimasero lì, in silenzio, entrambi fingendo di avere più tempo di quanto ne avessero.

TREDICI

L'appartamento di Ren non era mai caldo, neanche con il riscaldamento centralizzato al massimo, e quella sera faceva un freddo gelido come la stretta di mano di un avvocato. La pioggia fuori aveva delle ambizioni, e si scagliava contro le finestre in grandi fiotti arteriosi che facevano esitare persino gli scarafaggi sulla soglia. Le pareti erano di quel giallo guscio d'uovo che faceva pensare solo alle mense istituzionali, e strisce di vernice pendevano dal battiscopa come pelle morta. Sulla mensola del camino, un guazzabuglio di vecchie ricevute, posta del Consiglio e tascabili malconci pendeva ad angolazioni suicide, come se si reggessero a vicenda solo per la minaccia di un imbarazzo reciproco.

Vincent stava vicino alla finestra, fingendo di guardare la strada, ma in realtà osservando il vetro. Aveva smesso di proiettare un riflesso vero e proprio secoli prima, ma ora era peggio: riusciva a vedere una vaga sagoma scura, metà sua, metà di qualcun altro, e il movimento al suo interno non era mai del tutto in sincrono con il suo.

Si era dimenticato che Ren fosse ancora nella stanza, finché non gli fu abbastanza vicina da colpirlo alla spina dorsale con la punta di una biro. Non un colpo forte, più un avvertimento. La sua voce seguì, accordata sul registro perfetto per svegliare i morti (o semplicemente per fargli desiderare quel lusso).

«Non muoverti,» disse lei. «Ho bisogno di darti una bella occhiata.»

Vincent non si voltò. «Hai intenzione di farmi il profilo per i posteri?»

Lei lo colpì di nuovo, stavolta un po' più in alto. «Puzzi di disinfettante da ospedale e di sangue altrui. Non stai più nemmeno fingendo, vero?»

«Potrei farmi una doccia,» disse Vincent, «ma credo che le tubature siano in sciopero.»

Ren gli girò intorno, rimanendo appena fuori dalla portata delle sue braccia, come se lui potesse tentare qualcosa di ferale. I suoi occhi corsero dal suo viso alle sue mani, dove la bruciatura d'aglio era sbocciata in una vescica bianca, brutta e raggrinzita.

«Mostrami,» disse.

Vincent esitò una frazione di secondo di troppo, che fu tutto l'invito di cui lei aveva bisogno. Gli afferrò il polso e gli tirò su la manica, esponendo l'anello rabbioso di pelle morta. Le sue labbra si tesero, non in segno di compassione, ma in quel modo truce da "te l'avevo detto" che solo chi è veramente esasperato sa sfoderare.

«Non è niente,» replicò Vincent, ritraendo il braccio. «È solo—»

Ren lo interruppe, lasciandogli andare la mano come se

fosse la cosa che era: tossica. «Il niente è per i mortali. Quello è... avanzato.»

Vincent allungò la mano verso la credenza, frugò tra le cianfrusaglie in cerca di un bicchiere e si versò un sorso di vino. Aveva smesso da tempo di fingere che fosse per il sapore.

«Stai esagerando,» disse, ma la sua voce suonò priva di convinzione.

Ren sfilò un malconcio libro con la copertina rigida dal divano, usandolo come uno scudo improvvisato. «Non stai solo bevendo di più,» disse. «Stai diventando di più.»

Lui rise, di una risata secca e tagliente. «Cosa, più lunatico? Più vecchio? Più affamato? È solo la mezza età, ragazzina.»

Ren avanzò, tenendo il libro tra loro come un crocifisso. «Non sei divertente, Vincent. Non lo sei mai stato veramente. E non stai ingannando nessuno.»

Svuotò il bicchiere e lo posò, il viso improvvisamente molto stanco. «Cosa vuoi che ti dica? Che il Marchio mi sta fottendo il cervello? Che quando mi guardo allo specchio, vedo qualcos'altro che mi fissa?»

Ren non rispose. Lasciò che il silenzio facesse il suo lavoro.

Vincent cedette per primo. «Bene. Sì. Sto cambiando. Forse non nel modo in cui pensava il Consiglio, ma—»

«Credi?» sputò fuori Ren, alzando la voce. «Non sei solo un pericolo per te stesso, sei un pericolo e basta. Ho visto come guardi la gente tra la folla, adesso. Fai i calcoli, ogni volta. Chi è debole. Chi non mancherebbe a nessuno. Chi sarebbe facile trascinare nel vano di una scala e prosciugare.»

Quella lo punse nel vivo, e lei lo sapeva.

Lui cercò di raccogliere un po' di sarcasmo, ma la vecchia

magia non c'era più. «Congratulazioni, sei un'ottima osservatrice.»

Ren si chinò in avanti, abbastanza vicino da permettergli di vedere le crepe nella sua compostezza. «Smettila di fingere che sia divertente,» disse. «Ho bisogno di sapere se sei pericoloso... per me.»

Lui indietreggiò come se fosse stato colpito, aprì la bocca e la richiuse. Passò un secondo intero. Poi un altro. L'aria si addensò di tutte le cose che nessuno dei due riusciva a dire, finché fu una meraviglia che la pioggia non sfondasse la finestra per puro imbarazzo.

Vincent abbassò lo sguardo sulle mani, le flesse come se vedesse le ossa sottostanti per la prima volta. «Non lo sono,» disse, ma neppure lui ci credette.

Ren lasciò cadere il libro sul tavolino con un tonfo che sollevò una piccola nuvola di granelli di polvere. «Non è abbastanza,» disse. «Perché se non puoi promettermelo, me ne devo andare. Ho gente che mi accoglierebbe. Non devo restare qui a fare da... qual è la parola?... canarino.»

Lui alzò lo sguardo, gli occhi tormentati e affamati. «Non sei un canarino,» disse.

«Allora cosa sono?» La voce di Ren tremava ora, l'adrenalina che defluiva lasciando solo nervi scoperti.

Vincent non rispose. Fissò di nuovo la finestra, osservò l'ombra che era e non era lui.

Ren fece un ultimo tentativo. «Ho bisogno di saperlo, Vincent. Ho bisogno di sapere se sono al sicuro.»

Lui la guardò, poi guardò il pavimento, poi di nuovo le sue mani. Il tremore era ormai evidente, la fame una cosa viva che gli rodeva la compostezza. Aprì la bocca per dire qualcosa, la richiuse, poi forzò le parole a uscire, una per una.

«Non lo so,» disse. «Davvero, davvero non lo so.»

Per un lungo istante, l'unico suono fu la pioggia. Batteva contro il vetro, infiltrandosi nelle giunture della notte, come determinata a erodere ogni ultima briciola di resistenza. Ren raccolse il suo taccuino, gli occhi ancora fissi sul volto di Vincent.

Quando parlò, la sua voce era poco più di un sussurro. «Se mai tu—»

Lui scosse la testa, bruscamente e con forza. «Preferirei bruciare.»

Ren annuì. «Bene. Perché lo farò io stessa, se non ne sarai capace tu.»

Se ne andò allora, non sbattendo la porta, ma chiudendola con la definitività di un verdetto. Vincent rimase vicino alla finestra, guardando la propria sagoma svanire nel buio.

Sul tavolino, il libro giaceva aperto su una pagina dove qualcuno — probabilmente la signora Barley, forse persino lui stesso — aveva sottolineato un'unica, frastagliata frase:

LA BOZZA SUCCESSIVA DIVORA SEMPRE LA PRIMA.

Vincent sorrise, un sorriso tetro e senza speranza.

La pioggia continuava a dipingere la città con nastri di ruggine e mercurio. Nell'appartamento di Zara, sembrava un servizio funebre: lento, deliberato e impossibile da ignorare. La discussione con Ren aveva bruciato tutto, lasciando l'aria tagliente come il primo respiro dopo un'epistassi. Vincent migrò dalla poltrona al divano, le cui molle lo accolsero con uno scricchiolio che avrebbe potuto essere un avvertimento o solo l'ultima parola in fatto di comfort.

Si premette le dita sulle vesciche fresche, esaminò il paesaggio lunare della propria mano. Il dolore era diminuito, ma la sua forma persisteva, ricordandogli, ogni volta che la fletteva, che ci sarebbe sempre stato qualcosa al di sotto.

Non era mai stato bravo con il silenzio, ma quella notte lo lasciò scorrere, finché gli unici suoni furono la pioggia e il lento, umido gocciolio di una perdita sotto la finestra. Alla fine, sentì un rumore di passi dietro di lui: il ritorno di lei, forse, o solo il suo stesso ricordo che lambiva i bordi della coscienza.

Ren stava sulla soglia, a braccia conserte, gli occhi arrossati. Lo guardava come si guarda il bollettino meteorologico, preparandosi al peggio e sperando nell'imprevisto statistico.

«Hai intenzione di startene lì seduto a marcire?» chiese.

Vincent scrollò le spalle, senza convinzione. «È un piano. Almeno mi evita le scartoffie.»

Ren si avvicinò, si appollaiò all'estremità opposta del divano, ma si dispose in modo da fronteggiarlo. La candela sul tavolino, un pilastro bitorzoluto con più stoppino che cera, proiettava ombre mostruose sulla parete e si impigliava nelle rughe del viso di Vincent, mappando ogni anno che lui aveva cercato di annegare nell'alcol.

Cercò di scherzare, ma la sua voce era piatta. «Suppongo che questa sia la parte in cui mi dici di fare l'uomo.»

Ren sbuffò. «Saresti un disastro. Fa' solo quello che fai sempre: sopravvivi a tutti.»

Si passò una mano tra i capelli, sussultando quando sfiorò il bordo della bruciatura. «Vuoi la verità? Non lo voglio. Non voglio essere... più vampiro. È già abbastanza brutto essere un monito vivente per il Consiglio. Non sono fatto per la fame.»

Lei non rispose subito, si limitò a studiargli il viso come se cercasse di capire se fosse rimasto qualcosa che valesse la pena salvare.

«Potresti combatterla,» disse infine, a voce bassa. «Potresti provarci davvero per una volta, invece di fare battute e aspettare che vinca.»

Vincent quasi rise, ma la risata gli si bloccò in gola. «Non vinco niente dagli anni Settanta, e si trattava di un quiz in un pub.»

Lei si chinò in avanti, abbassando la voce. «Non sei divertente, Vincent. Hai solo paura.»

Avrebbe voluto ribattere, ma non ne valeva la pena. Aveva passato la vita sul filo di parole argute, e ora erano solo un gran rumore.

Ren allungò una mano verso la sua, quella con le vesciche. Non la toccò, si limitò a tenere il palmo sospeso sopra, come se la sola vicinanza potesse essere d'aiuto. «Se esci di senno,» disse, «ci sarò io a fermarti. Ma preferirei che lo facessi da solo. Riprendi a combattere.»

Lui la guardò, la guardò davvero, e per un momento vide non solo il Marchio sul suo braccio, o il familiare guizzo di sfida, ma la stanchezza di chi aveva vissuto tutta la vita all'ombra dei mostri e solo ora stava imparando a dare un nome alla paura.

Un rumore alla porta spezzò l'istante come un filo teso. La signora Barley entrò senza bussare, la postura impostata su "tribunale militare", l'espressione calibrata per la minima empatia.

«Lieto di vedere che il patto suicida procede,» disse, prendendo posto sulla poltrona. «Abbiamo una situazione.»

Tirò fuori dalla borsa una cartella del Consiglio e la gettò sul tavolo, spargendo patatine e noccioline. La cartella era più spessa del solito e la carta all'interno era già annotata in quattro colori diversi.

Vincent grugnì. «Abbiamo mai altro?»

La signora Barley lo ignorò, fissando lo sguardo su Ren. «Le converrà preparare qualche spuntino. Questo è un lavoro da una notte.»

Ren si alzò, con movimenti deliberati, passando già in modalità sopravvivenza. Guardò Vincent, e stavolta non c'era paura, solo una stanca solidarietà.

«Forza, vecchio mio,» disse. «Vediamo se riesci ancora a tenere il passo.»

Lui si tirò su a fatica, arrotolandosi la manica sopra la bruciatura. Sapeva che la fame lo avrebbe seguito, che la bozza successiva di sé stesso era in attesa proprio dietro l'angolo. Ma per ora, aveva uno scopo, e un testimone.

QUATTORDICI

Fuori dall'appartamento di Ren, Vincent si appoggiò alla balaustra del cortile, gli occhi socchiusi contro il bagliore al sodio e la sensazione pungente di un disastro imminente. Controllò il cellulare per la quarta volta in altrettanti minuti: nessun nuovo messaggio, nessuna notifica, nessuna esecuzione da freelance in programma. L'unica anomalia era il tempo: un cielo terso e stellato, come se lo smog si fosse preso una serata libera.

Ren lo raggiunse, tirando su la zip della felpa. Il Marchio sul suo braccio era strettamente bendato, ma Vincent poteva vederlo pulsare di un debole blu a ogni battito cardiaco. La signora Barley fu l'ultima a uscire. Chiuse la porta a chiave, lasciò cadere le chiavi nella borsa e si avviò subito a passo di marcia verso la strada.

«Niente indugi, voi due.»

A chiederlo, la notte stava aspettando qualcosa. Proprio

mentre Vincent e Ren stavano per accodarsi alla signora Barley, il mondo finì, per poi riavviarsi, in un'esplosione di suoni e luci.

Un'auto sportiva – una BMW di metà anni Duemila, ritappezzata in vinile nero, con il telaio che scintillava come una passerella – si schiantò all'imboccatura del cortile. I fari pulsavano a tempo con i sub-bass, che facevano tremare ogni finestra da lì a Kilburn. La verniciatura era un wrap: decalcomanie al neon che componevano qualcosa a metà tra un codice QR e una minaccia. L'effetto era meno da «visitatore di mezzanotte» e più da «primo rave di un tecnico informatico».

Vincent stava ancora facendo l'inventario della stupidità dell'auto, quando le portiere si aprirono ad ali di farfalla e i Modernizzatori ne uscirono alla rinfusa.

Erano in tre. Il primo era il leader secondo ogni metrica: altezza, zigomi, il tipo di cappotto che sembrava avere sia un Patreon che una lista d'attesa. Aveva i capelli color platino e scolpiti, la pelle così impeccabile da far piangere il dermatologo interiore di Vincent. I suoi occhi, quando trovarono Vincent nell'oscurità, erano bordati da un eyeliner così preciso che sarebbe potuto essere stato applicato con un laser.

Il secondo Modernizzatore – più basso, più spigoloso, di un'ambiguità di genere che costava – portava un supporto per telefono stabilizzato con un gimbal. Il terzo era quasi troppo generico: capelli castani, barba di design, scarpe che costavano più del budget mensile di sangue di Vincent. Ma persino lui aveva un certo stile, qualcosa nel modo in cui si muoveva, come se ogni strada fosse la sua passerella personale.

Il trio convergette, con il leader davanti e gli altri ai fianchi come accoliti o guardie del corpo, sebbene entrambi sembrassero troppo belli per prendere a pugni qualcosa. Il telefono sul gimbal era già in diretta, il LED rosso lampeggiava, l'obiettivo puntato su Vincent e compagnia.

Il leader parlò per primo, la sua voce un baritono da influencer avvolto nel velluto: «Lupo il Senza Luce, in carne e ossa. Iconico.» Tese una mano, curata fino al punto da rasentare la parodia. «Sono Rafe. Siamo il comitato di benvenuto.»

Vincent fissò la mano, poi il viso di Rafe, poi il telefono. «State trasmettendo in streaming?»

Gimbal si strinse nelle spalle, mostrando una zanna incapsulata d'oro. «I contenuti sono moneta corrente, amico. E questo vale qualche milione di visualizzazioni.»

La signora Barley apparve al fianco di Vincent con la velocità e la precisione di una lama a scatto. «Stavamo giusto venendo da voi. L'incontro era fissato per le 12:30, in territorio neutrale. Vogliate spiegare perché siete qui, o sarò costretta a denunciare una violazione al vostro patrono.»

Le labbra di Rafe si contrassero. «Lei dev'essere la signora Barley. Abbiamo letto i suoi fascicoli.» Fece un gesto in aria, come per evocare un ologramma che solo lui poteva vedere. «Ci scusi per il cambio di programma. Eravamo solo impazienti di iniziare.»

Le mani di Ren tremavano un po', ma la sua voce, quando uscì, fu stranamente ferma. «Siete Modernizzatori. Lavorate per la vecchia rete di Carmine.»

Rafe accennò a un piccolo inchino, riuscendo in qualche modo a farlo sembrare sia ironico che sincero. «Preferiamo "Gli Aggiornati". Modernizzatore è un termine del Consiglio, e onestamente, è un po' retrò.»

Ren sbatté le palpebre, senza perdere un colpo. «Siete qui per negoziare, allora?»

«Negoziare, fare rete, creare meme... qualsiasi cosa impedisca alla profezia di divorare la città,» disse Rafe, con le mani giunte come un monaco delle pubbliche relazioni.

Vincent fece una smorfia. «Allora spegni quel telefono.»

Gimbal esitò, il pollice sospeso su un comando. «È in muto. Cioè, l'audio è spento. Solo video.»

Vincent scoprì i denti, senza preoccuparsi della sottigliezza di un sorriso. «Spegnilo tu o ti spengo io.»

Gimbal spense il dispositivo. La telecamera, per un attimo vivida di un'immagine residua, si spense nel buio.

Il Modernizzatore dai capelli castani si fece avanti, parlando a bassa voce. «Abbiamo portato dei doni.» Estrasse una busta sottovuoto dal cappotto e la lanciò a Vincent. «Gruppo o negativo, prelevato la settimana scorsa, catena del freddo garantita. Niente condizioni, niente contaminazioni.»

Vincent l'afferrò, la soppesò e, senza alzare lo sguardo, disse: «Prima tu.»

Quello dai capelli castani sogghignò, mostrando zanne più piccole e più vere di quelle di Rafe. Strappò la seconda busta, bevve e fece una smorfia. «Dicono sempre che è da "donatore singolo", ma non è mai fresco come alla fonte.»

Vincent attese un istante, poi bevve dalla sua. Il sapore era come promesso: neutro, sano, con quel tanto di adrenalina da renderlo interessante. Si pulì la bocca con il dorso della mano, poi squadrò i Modernizzatori con un misto di fastidio e riluttante curiosità. «Va bene. Avete consegnato. E adesso?»

Rafe sorrise, con denti del bianco della neve televisiva. «Adesso ci connettiamo con la vecchia guardia.» Si rivolse a Ren, scrutandola con la precisione famelica di un algoritmo. «Sei tu la nuova Marchiata, non è vero?»

Il viso di Ren divenne inespressivo. Non disse nulla, si limitò a chiudere il suo taccuino e a stringerselo al petto.

Gimbal si sporse in avanti, col telefono ancora spento. «Non sembra un granché.»

La signora Barley si schiarì la gola, abbastanza forte da zittire la strada. «Protocollo. Ogni affare va condotto al chiuso. Questa è una zona residenziale.»

Rafe allargò le braccia. «Dopo di voi.»

Vincent esitò. Poi notò uno sfarfallio nell'ombra del cortile: Zara, semi-materializzata attraverso il muro, blu e sorridente.

Incrociò il suo sguardo. «Visto che circo?»

Zara sfarfallò materializzandosi completamente, il suo vestito che passava da lutto vittoriano a un tubino in PVC in tre fotogrammi. «Oh, lo vedo,» disse, la voce che echeggiava nelle orecchie e in nessun altro luogo. «E voglio un posto in prima fila.»

Vincent si voltò, fece un cenno del capo agli altri. «Andiamo, allora. Se rompete qualcosa, pulite voi.»

I Modernizzatori li seguirono, i loro passi che riecheggiavano sui lastroni, i riflessi al neon che ondeggiavano sui vetri delle finestre. Per un attimo, Vincent tornò al 1987, quando l'unica cosa più forte della fame era il synthpop, e aveva quasi perso un occhio in una rissa da bar per un cercapersone rubato.

Ren rimase indietro, lasciando che i vampiri facessero strada. Guardò Vincent, poi l'immagine residua bluastra di Zara, e infine il cielo, che non aveva ancora deciso se unirsi alla festa o semplicemente guardare da una distanza di sicurezza.

Li seguì, con il Marchio che pulsava sotto la manica, riscrivendo già il copione della notte.

La porta dell'appartamento di Ren si aprì, e il futuro entrò, avvolto in pelle, neon e la certezza che nulla fosse mai veramente a telecamere spente.

All'interno, i Modernizzatori si sparsero per l'appartamento come un virus di design. Ogni mossa era studiata per la massima resa visiva: Rafe prese il divano malconcio di metà secolo e vi si spaparanzò, con gli arti disposti ad arte e il cappotto spiegato come ali. Gimbal si installò al bancone della cucina, montando la sua ring light su una pila di libri di cucina e regolando l'angolazione finché non gli illuminò gli zigomi in modalità "bagliore del giorno dopo". Quello dai capelli castani, che si era presentato come Milo ma rispondeva ugualmente a "bro", si appollaiò sul davanzale della finestra, con una gamba a penzoloni e l'altra piegata sotto di sé in una posa che avrebbe richiesto un intervento chirurgico a chiunque fosse meno flessibile.

L'appartamento di Ren non era costruito per questo livello di traffico, né per l'assalto estetico. L'unica luce proveniva dalla ring light e da un gruppo di candele mezze consumate, che insieme facevano sembrare la stanza una seduta spiritica organizzata dal reparto social media di Vogue. Particelle di polvere fluttuavano nell'aria, rifratte attraverso la luce, e si posavano senza protestare sui capelli immacolati degli ospiti.

Vincent stava in piedi vicino alla finestra, con le mani immerse nelle tasche del cappotto, cercando uscite che non fossero al momento bloccate da influencer non-morti. Sussultava ogni volta che la ring light lampeggiava, cosa che accadeva spesso.

La signora Barley occupava una porzione di pavimento nudo vicino alla porta, taccuino alla mano, occhiali scintillanti. Alternava sguardi torvi ai Modernizzatori e annotazioni sul loro comportamento con la rapida efficienza di un disegnatore della polizia che documenti un murale particolarmente offensivo.

Ren se ne stava in disparte, appoggiata al muro della cucina, taccuino aperto ma penna immobile. Osservava gli eventi con il cauto interesse di una produttrice di documentari sulla fauna selvatica, interrompendo il contatto visivo solo di tanto in tanto per controllare il Marchio sotto la manica.

Zara non si vedeva da nessuna parte, e poi improvvisamente era ovunque. Sfarfallò nella stanza sopra l'altezza delle teste, la sua forma spettrale tesa nell'angolo dove il muro incontrava il soffitto. L'effetto era soprannaturale, e vagamente osceno, data l'angolazione. Fece un cenno a Gimbal, che prontamente cercò di filmarla, ma il telefono ebbe un glitch e sputò scariche elettrostatiche al tentativo.

«Bella attrezzatura,» disse Zara, squadrando la ring light. «Ma non è un po' presto per il reclutamento di una setta?»

Rafe sogghignò, scoprendo denti che probabilmente erano veri ma non ne avevano l'aspetto. «Non c'è momento migliore del presente. Specialmente quando il futuro è già in tendenza.»

Vincent ringhiò – un ringhio reale, letterale, basso e quasi ferino. «Non sei venuto qui per venderci il tuo schema piramidale. Arriva al dunque.»

Rafe non abboccò all'esca. Invece, estrasse un portacipria da una tasca interna, finse di controllare il proprio riflesso, poi lo chiuse di scatto con un gesto plateale. «Vecchia scuola. Adoro. Ma hai ragione. Passiamo agli affari.»

Si alzò, planando al centro della stanza con un unico,

fluido movimento. «Ecco la proposta. Voi ci aiutate a dare forma alla narrazione. I vampiri non possono nascondersi per sempre, non con una profezia che divora la città e il Consiglio che arranca. Meglio che ce ne appropriamo. Che la trasformiamo in arte.»

Gimbal, che ora teneva il telefono all'altezza del petto, aggiunse: «Stiamo pensando a un lancio: contenuti brevi, veloci, diffusi su tutte le principali piattaforme. Dai loro una storia e controllerai il montaggio.»

Vincent emise un suono a metà tra una risata e un conato. «Quindi, volete che diventiamo una content house.»

Milo, dalla finestra: «Perché no? Siete già leggenda. Date alla gente quello che vuole.»

La signora Barley intervenne, la voce secca come una piana salina. «La dottrina del Consiglio proibisce il coinvolgimento diretto con i media umani. Siete, per definizione, in violazione.»

Rafe roteò gli occhi. «La dottrina del Consiglio proibisce anche le epidemie di ricorsione e le modifiche di massa della memoria, ma eccoci qui. Il mondo è cambiato. Le vecchie regole sono morte.»

Vincent si rivolse a Ren, con la voce venata di disprezzo. «Ci credi a questa roba?»

Ren, che era rimasta in silenzio, chiuse il taccuino di scatto. «Hanno una grande visibilità. Più del Consiglio, forse più di Carmine. Se vuoi smantellare una rete, devi essere più forte del segnale.»

Gimbal la indicò, deliziato. «Lei ci arriva. L'influenza non è solo un gioco, è la scacchiera.»

Vincent fece una smorfia, poi percorse il perimetro della stanza, aggirando il bancone della cucina. Inciampò quasi su uno spicchio d'aglio rimasto dalla mattina e imprecò a bassa voce.

Milo si sporse. «Guarda, sappiamo che non sei innamorato del brand. Ma il Consiglio ti ha messo all'angolo, Carmine sta riscrivendo il copione, e l'unico modo per vincere è costringerli a giocare secondo le tue regole.»

La signora Barley, scrivendo mentre parlava: «Siete sconsiderati. Indisciplinati. Ma non malvagi. Potenzialmente utili, nonostante le apparenze.»

Rafe si portò una mano al cuore, fintamente offeso. «Siamo qui solo per sopravvivere. Come voi.»

Zara, che ancora fluttuava sopra di loro, si intromise. «Il Consiglio li odia. Il che significa che probabilmente sono utili.»

Vincent alzò lo sguardo verso di lei, poi di nuovo su Rafe. «Pensi di poterti salvare dalla profezia a colpi di meme?»

Rafe sogghignò. «Penso che possiamo trovare una soluzione in crowdsourcing, se diventiamo abbastanza virali.»

L'espressione di Vincent si inasprì, ma Ren si fece avanti, a braccia conserte. «Supponiamo di aiutarvi. Cosa ci guadagniamo?»

Gimbal tirò fuori un telefono, sfogliò una mezza dozzina di schermate e lo girò in modo che il gruppo potesse vedere. «Noi distraiamo, voi agite. Noi ci mangiamo la narrazione, voi avete margine di manovra. Il Consiglio non vi vedrà arrivare se starà guardando noi.»

Milo aggiunse: «E potrete scrivere il vostro finale. Non è quello che ogni vampiro desidera?»

Vincent guardò il telefono, poi Ren, poi la signora Barley. «Io non mi unisco alla vostra congrega di TikTok.»

Rafe sogghignò. «L'hai già fatto. Solo facendoci entrare.»

Ci fu un silenzio, breve ma totale, rotto solo dal debole sibilo della ring light e dal ronzio della lavastoviglie.

La signora Barley chiuse di scatto il taccuino. «Valuteremo la vostra proposta. Per ora, siete ospiti, niente di più.»

Rafe annuì, tutto d'un pezzo. «Nessuna pressione. Ma il tempo stringe, e Carmine non sta rallentando.»

Zara scese, solidificandosi giusto il tempo di mandare un bacio spettrale a Gimbal. «Fate i bravi, ragazzi. Mi spiacerebbe vedervi finire in una fiammata di meme.»

I Modernizzatori si scambiarono un'occhiata, tutti e tre contemporaneamente, come fanno gli animali quando sentono odore di sangue nell'acqua. Rafe tese di nuovo la mano, questa volta a Ren. «Se vuoi unirti, basta una parola.»

Ren esitò, poi la strinse, con una presa ferma. «Vi faremo sapere.»

Rafe sostenne il suo sguardo, con gli occhi appena al di qua della sincerità. «Non vedo l'ora.»

I Modernizzatori si congedarono, i loro cappotti al neon che luccicavano nella luce del corridoio. Quando la porta si chiuse alle loro spalle, l'appartamento sembrò espirare, la tensione che si esauriva come un materassino bucato.

Vincent si lasciò cadere sulla poltrona, la testa tra le mani. «La fine dei tempi era più dignitosa.»

Zara si appollaiò sullo schienale della poltrona, le dita spettrali che passavano tra i capelli di Vincent. «Forse, ma era molto meno divertente.»

Ren andò alla finestra, osservando la BMW che sgommava via, con la musica già di nuovo a tutto volume.

La signora Barley si alzò, raddrizzò le spalle e parlò alla

stanza: «Non collaboreremo con degli anarchici. Ma li useremo. Ogni risorsa è un'opportunità.»

Vincent la guardò, poi guardò Ren. «Risorsa o no, sono pericolosi. Ma lo è anche Carmine. E anche il Consiglio.»

Ren annuì, le dita che tracciavano il Marchio sotto la manica. «Allora giocheremo su tutti i fronti. E lo faremo meglio di quanto si aspettino.»

Per un lungo momento, nessuno parlò. La città fuori pulsava, una bassa statica di potenziale disastro.

Zara ruppe il silenzio, la voce a metà tra la malizia e la profezia. «Allora facciamo la storia.»

L'appartamento era silenzioso, ma la linea di basso dell'auto dei Modernizzatori faceva ancora vibrare i vetri. Sarebbero passate ore prima che qualcuno dormisse, e giorni prima che ammettessero quanto quella proposta avesse cambiato tutto.

Ma in quel momento, nelle conseguenze illuminate di blu, Vincent quasi credette che avrebbero potuto farcela.

Quasi.

QUINDICI

Agli archivi del Consiglio, Vincent seguì la signora Barley lungo la navata centrale; il suo passo era svelto e stranamente silenzioso sulle piastrelle di vinile crepate. La luce dall'alto le colpì i capelli, rendendoli luminosi come un'aureola un istante e grigi come uno spettro quello dopo. Vincent si ritrovò a seguire il ritmo delle sue spalle, come se adeguarsi alla sua andatura potesse scacciare il brivido che gli si era insinuato tra le vertebre nell'istante in cui avevano varcato la soglia.

«Viene qui spesso?» borbottò, con un tono della massima irriverenza. «O questo è solo un posto da primo appuntamento?»

La signora Barley non rallentò il passo. «Se avesse compilato le sue richieste di persona, saprebbe che passo qui la maggior parte delle serate. C'è chi di noi lavora davvero.»

Sbucarono nell'atrio principale, uno spazio che un tempo poteva aver ospitato balli o esecuzioni, ma che ora era stato riconvertito a centro di raccolta per tutti gli archivi della città sotterranea. Il soffitto si perdeva alla vista, le travi svanivano nell'ombra e, da qualche parte nella foschia in alto, le luci fluorescenti tremolavano al ritmo della lenta e agonizzante morte della rete elettrica del pianeta.

L'unico impiegato notturno, di specie indeterminata, se ne stava spaparanzato dietro un bancone con la parte frontale in vetro, cosparso di cadaveri di evidenziatori e confezioni di noodle istantanei. Alzò lo sguardo solo quando la signora Barley batté un pugno sul piano di lavoro.

«Accesso per ricerca», disse lei, presentando le sue credenziali del Consiglio con la stessa gravità con cui si mostra un distintivo sulla scena di un crimine.

L'impiegato esaminò il documento, poi Vincent, poi di nuovo il documento. «È con Lei?»

La signora Barley annuì. «È un interinale. In prestito dall'Ufficio Legale.»

Vincent fece l'occhiolino all'impiegato, che rispose sbadigliando così ampiamente che gli scrocchiò la mascella. «Niente cibo tra gli scaffali. Se ti beccano, dovrai registrare la violazione tu stesso.»

«Non me lo sognerei neanche», disse Vincent, ma l'impiegato era già tornato a scorrere il cellulare con una velocità che suggeriva noia cronica o un pollice sovrannaturale.

La signora Barley firmò il registro con la propria penna — non prese nemmeno in considerazione, notò Vincent, di usare quella sul bancone — e porse a Vincent un laccetto da visitatore. Era appiccicoso e portava il disegno sbiadito di un pipistrello in stile cartone animato.

«Dà davvero il tocco finale al look», commentò lui, agganciandolo al bavero.

La signora Barley lo ignorò e si addentrò nel labirinto di scaffalature con la sicurezza di un fantasma vittoriano che ripercorre la strada verso il luogo del proprio omicidio. Vincent le si mise in scia, contando i modi in cui gli archivi non erano cambiati in sette secoli: l'odore di colla vecchia e di politica ancora più vecchia, la sensazione che nulla là sotto fosse mai morto davvero, ma solo riclassificato.

Attraversarono le prime due corsie in silenzio. Più si addentravano, meno affidabile diventava l'illuminazione, finché anche la vista di Vincent faticò a distinguere le scritte in piccolo. Intravide alcune etichette: BONIFICA POSTBELLICA; DIRITTI ALIMENTARI METROPOLITANI; CONSERVAZIONE PROFEZIE (CLASSIFICATO). La maggior parte dei fascicoli era chiusa dietro grate a rete o sigillata con tre giri di filo rosso, ma alcuni scaffali pendevano aperti, stracolmi di raccoglitori che si erano arresi all'entropia.

La signora Barley si fermò a un incrocio ed estrasse un foglio dalla manica. Era un modulo di richiesta, prestampato e annotato con la sua grafia da ragno. Lo consultò, poi svoltò bruscamente a sinistra, fermandosi solo per estrarre una scala a rotelle da in mezzo a due armadi stracolmi. Salì senza voltarsi indietro.

Vincent si appoggiò agli scaffali, osservando l'angusto tavolo di lettura sottostante. «Mi offrirei di farle da sicura, ma sospetto che si sentirebbe offesa.»

«Corretto», disse la signora Barley, già al quarto piolo e intenta a esaminare i ripiani superiori. Scelse un raccoglitore con una serratura arrugginita, poi un altro, poi un terzo, lasciando cadere ciascuno sulla scrivania con la definitività di una condanna a morte. Quando scese, il suo respiro era più affannato, ma il suo viso non si era mosso dalla sua impostazione predefinita: da neutrale a omicida.

Fece cenno a Vincent di sedersi, poi iniziò ad aprire i fascicoli in una sequenza precisa, quasi chirurgica. «Si serva pure», disse. «Può iniziare con gli incidenti rilevanti. Io mi occuperò dei riferimenti incrociati.»

Vincent osservò il primo raccoglitore: EVENTI MODERNISTI, 2014–OGGI. La copertina recava un timbro del Consiglio così sbiadito che avrebbe potuto essere un pezzo d'antiquariato, ma il contenuto all'interno era immacolato, ogni pagina plastificata, ogni voce indicizzata. Sfoglie le prime dodici relazioni: una festa in un magazzino di Soho diventata spettrale, una protesta a Shoreditch terminata in «dissanguamento virale», un «pop-up» gestito dai Modernisti a Camden che era degenerato in una vera e propria rivolta profetica.

Ogni rapporto seguiva lo stesso schema. Incidente, ora, luogo. Testimoni, prove, un riassunto del contenimento. Alla fine, sempre, una riga in grassetto: CONCLUSIONE: GUASTO AL GLAMOUR / ISTERIA DI MASSA. E il verdetto: *Il Consiglio raccomanda di non procedere oltre.*

Vincent si accigliò, poi voltò un'altra pagina. Le relazioni diventavano più dettagliate, più frenetiche, finché interi paragrafi non furono anneriti con il tipo di pennarello il cui odore si poteva sentire dal tavolo accanto. «Non cercano nemmeno di essere discreti», disse, facendo scorrere un dito lungo le righe censurate.

La signora Barley diede un'occhiata. «Non ne hanno bisogno. Nessuno al di fuori del Consiglio legge mai queste cose.»

Vincent passò al fascicolo successivo: ANOMALIA DI HIGHGATE, 1998–2021. Riconobbe alcuni dei nomi: ufficiali di campo che erano svaniti, luoghi che un tempo aveva sorvegliato sotto la copertura del chiaro di luna e della stupidità. Lo schema era lo stesso. Incidente occulto. Escalation. Risoluzione, sempre per «dispersione», «contenimento» o, in due casi, «incendio strategico».

Vincent espirò, un sibilo lento. «Quindi sapevano della ricorsione da anni.»

«Decenni», lo corresse la signora Barley. Ora aveva tirato fuori il telefono e stava fotografando di nascosto ogni pagina con un clic discreto e un movimento del pollice. «L'hanno archiviata erroneamente come attività di meme virali o, se era prima dei social media, come un disastro di pubbliche relazioni.»

Vincent afferrò l'ultimo fascicolo: DISORDINI PARLAMENTARI, 2007–ATTUALE. Si aspettava di trovare il solito: chiassose proteste dei Modernisti, alcuni incidenti ben pubblicizzati, forse una riga sulla «destabilizzazione digitale». Ciò che trovò, invece, fu una serie di annotazioni contrassegnate come URGENTE. La prima era del 2012, la più recente di questa settimana. Ciascuna descriveva una sequenza quasi identica: un discorso, un'anomalia, poi un'improvvisa e contagiosa epidemia di profezia tra la folla. I sintomi includevano «trasmissione subliminale», «ripetizione compulsiva di frasi» e «sovrascrittura acuta della memoria». Il contenimento era sempre «riuscito», ma le pagine successive raccontavano una storia diversa.

Vincent si sporse in avanti. La carta era sottile, fragile e puzzava di ozono stantio. Fece scorrere il dito lungo la linea temporale finché non si fermò su una voce di cinque anni prima.

SOGGETTO: MEMBRO DEL PARLAMENTO — CANCELLATO DALL'ESISTENZA.

INCIDENTE: Recitazione spontanea della Profezia di

Carmine durante una trasmissione in diretta. Testimoni: centinaia. Copie digitali: eliminate entro 48 ore. Soggetto ricordato solo dal Consiglio.

Vincent alzò lo sguardo sulla signora Barley. «Non si limitano a nasconderlo. Lasciano che si propaghi, per poi riscrivere i registri a cose fatte.»

Lei annuì, le labbra serrate in una linea così sottile che sembrava aver rinunciato anche alla finzione dell'umanità. «Procedura operativa standard. Più testimoni ci sono, più rapida è la bonifica. La memoria pubblica è solo un'altra risorsa.»

La stretta di Vincent sul bordo della pagina divenne esangue. «Ma la ricorsione sta peggiorando. Se Carmine è tornato, si sta nutrendo di questo, delle loro stesse negazioni.»

«Esattamente», disse la signora Barley a bassa voce. Allungò la mano oltre di lui, scattando qualche altra foto, poi voltò la pagina per rivelare il rapporto originale sottostante. La grafia era diversa, più vecchia. La data era il 1973.

«Il Consiglio sa di Carmine dagli anni Settanta», disse. «Forse anche da prima. Ma più la ricorsione muta, più elaborata diventa la copertura. Guardi le modifiche, vede come cambia la terminologia?»

Vincent esaminò le due pagine. Nel rapporto più vecchio, l'incidente era elencato come «Evento di Discorso Spettrale», con una nota su «potenziali proprietà virali». Quello nuovo lo chiamava semplicemente «Guasto al Glamour Parlamentare». L'intera sezione sulla profezia era scomparsa, sostituita da un paragrafo su «possibile reazione avversa a farmaci».

Chiuse il fascicolo e si appoggiò all'indietro, lasciando che la sedia scricchiolasse sotto il suo peso. «Quindi, ci siamo rincorsi la coda da soli. O quella di Carmine, a seconda della bozza.»

La signora Barley non rispose, ma nei suoi occhi c'era una torva soddisfazione. Chiuse di scatto l'ultimo raccoglitore, li impilò con la cura di un artificiere e si rimise il telefono nella giacca.

«Immagino che la prossima fase sia una cancellazione della memoria» disse Vincent. «Procedura standard, giusto?»

Mrs Barley radunò i fascicoli. «Non stanotte. Si aspettano che siamo scrupolosi, ma non fantasiosi.»

Vincent sogghignò, con i denti che brillavano nella penombra. «Allora resteranno delusi.»

La donna si infilò i fascicoli sotto il braccio, poi indicò l'uscita. «Prima lei. Dovremo duplicare le prove prima del prossimo turno. E poi distruggere il resto.»

Vincent si alzò, stiracchiandosi, e per la prima volta da quando era entrato negli archivi, provò qualcosa di simile alla speranza. Non molta, ma abbastanza per superare le ore successive.

Mentre tornavano sui loro passi, Mrs Barley si fermò al bancone per restituire i raccoglitori. L'impiegato alzò lo sguardo, registrando la sua presenza con l'interesse di chi guarda la vernice asciugarsi in time-lapse.

«Ha trovato ciò di cui aveva bisogno?» domandò lui, con tono annoiato ma non ostile.

Mrs Barley accennò un sorriso tirato. «Tutto e anche di più.»

Vincent si sfilò il cordino dal collo, posandolo sul bancone con un sospiro teatrale. «Dovreste mettere un'illuminazione migliore là dietro» disse, indicando gli scaffali con un cenno del mento.

L'impiegato fece un sorrisetto. «Ci piace la penombra. Nasconde la polvere.»

Vincent guardò Mrs Barley, che era già fuori dalla porta, poi di nuovo l'impiegato. «Saluti» disse, e la seguì nel corridoio.

Fuori, il freddo colpì più forte, ma Vincent a malapena se ne accorse. Osservò mentre Mrs Barley, con un rapido movimento del polso, caricava le foto su un drive sicuro, per poi far scivolare il telefono in tasca con una tale definitività da far capire che il dispositivo era ormai una bomba a orologeria.

«Si fida che l'IT del Consiglio non lo rintracci?» le domandò.

L'espressione di Mrs Barley non mutò. «No. Ma non sono gli unici ad avere accesso.»

Vincent rise, stavolta sinceramente. «Mi ricordi di non farla mai incazzare.»

Mrs Barley lo squadrò per un istante, poi disse: «Dovrebbe impegnarsi molto di più.»

Si diressero verso l'ascensore, che impiegò così tanto ad arrivare che Vincent poteva quasi sentire i secoli girare nei suoi ingranaggi. Mentre aspettavano, Mrs Barley lo fissò con uno sguardo che avrebbe potuto gelare un uomo di minor tempra fino al midollo.

«Prossimo passo?» chiese lei.

Vincent rifletté un momento. «Da Zara. Cioè, da Ren. Ovunque, tranne che qui.»

Mrs Barley annuì, come se avesse già previsto la risposta. L'ascensore arrivò, le porte si aprirono con uno stridio, e i due entrarono.

Mentre le porte si chiudevano, Vincent lanciò un'occhiata ai fascicoli che lei teneva in braccio, poi scorse l'ombra del proprio volto nell'acciaio ossidato.

«Ci considerano sacrificabili» disse a voce bassa.

Mrs Barley osservò il suo riflesso, ma decise di ignorarlo. «Dimostriamo loro che si sbagliano.»

L'ascensore sobbalzò, vibrò, poi iniziò la sua lenta risalita verso la superficie.

Sopra, la città attendeva, irrequieta come sempre, mentre le prove della sua storia segreta pulsavano nell'oscurità, pronte per la prossima revisione.

Mrs Barley requisì il tavolo della cucina con la disinvoltura di un'occupante di lunga data: i fascicoli del Consiglio e i quaderni legali malconci disposti a ventaglio a un'estremità, il vecchio portatile di Vincent e un sottobicchiere macchiato di vino all'altra, e una Ren piccola e per nulla divertita stretta in mezzo, con le ginocchia che quasi sfioravano il pedale del bidone. La lampada sopra la loro testa ronzava e sfarfallava, proiettando una luce malata sulle pile di carte, mentre il resto dell'appartamento manteneva la sua abituale penombra.

Il rituale di Mrs Barley iniziò con l'allineamento di quattro tazze sbeccate, ciascuna con lo stemma del Consiglio eroso a diversi stadi di insignificanza. Versò il vino, non per la cerimonia in sé, ma per tenere occupate le mani di Vincent e per impedire a quelle di Ren di tremare. La finestra della cucina vibrò nel suo telaio: difficile dire se per il vento o per l'imminente arrivo di Zara.

Vincent, con la sedia inclinata all'indietro contro il frigo, sfogliava con il pollice la prima serie di foto che Mrs Barley gli aveva inviato sul telefono. «Sai, l'era digitale ha fatto miracoli per l'archiviazione del Consiglio. Adesso possono perdere le prove in due posti contemporaneamente.»

«Tre, se conti il cimitero delle stampanti nel seminterrato» commentò Mrs Barley, senza alzare lo sguardo dalla propria pila di appunti.

Ren strinse le mani attorno alla tazza, il Marchio sul suo avambraccio che pulsava di un debole blu sotto la manica. Nelle ultime quaranta ore aveva dormito forse un'ora, e la sua voce aveva acquisito una ruvidezza da carta vetrata. «Cosa avete trovato?»

Mrs Barley dispose le prove come un mazziere in una partita di poker ad alta posta. «Lo schema è chiaro. Ogni incidente grave legato ai Modernisti, da Shoreditch a Parliament, è stato previsto e documentato anni prima che chiunque rispondesse. Protocollo del Consiglio? Archiviarlo come *isteria* e sperare che i mortali se ne dimentichino entro lunedì.»

Indicò un gruppo di date, ciascuna evidenziata con un giallo malaticcio. «Vedete? Questa è la stessa frase, riciclata attraverso sette comitati diversi. *Malfunzionamento del Glamour. Panico urbano. Insolito evento meteorologico.* Tutte analisi post-azione, tutte firmate dagli stessi due delegati. È un insabbiamento maldestro, ma su larga scala.»

Le labbra di Ren si strinsero fino a sbiancare, ma riuscì a chiedere: «Quindi hanno... cosa, semplicemente lasciato che si diffondesse?»

Vincent fece roteare il vino nel bicchiere, osservando i sedimenti formare una spirale. «La vera, unica innovazione della burocrazia: affidare il problema al tempo e sperare che la pura e semplice pigrizia completi il lavoro.»

Ren gli lanciò un'occhiataccia. «Non è divertente, Vincent. Della gente è morta. Sta morendo.»

Lui sostenne il suo sguardo, le rughe intorno alla bocca un po' più profonde. «Questa è la burocrazia, ragazzina. Meglio le scartoffie che la verità.»

La lampadina ebbe un picco di tensione, poi si spense del tutto, lasciando la stanza illuminata solo dall'arrivo di Zara: un'aureola di blu gelido, la sua figura materializzata per tre quarti nel mondo e appollaiata, per ragioni che era meglio non approfondire, sopra il frigorifero.

Sogghignò guardandoli dall'alto, con le braccia conserte, il suo sguardo che si agganciava ai documenti di Mrs Barley. «Avete trovato la roba buona» disse. «Mi ricordo di quello...» puntò un dito verso il fascicolo di Shoreditch, «...un massacro assoluto. Ci sono voluti tre mesi per togliere il sangue dal pannello di fibra.»

Mrs Barley non si degnò di rispondere, spingendo invece il fascicolo verso Vincent. «Ciò che conta è la catena di custodia. Ogni modifica, ogni censura, è deliberata. Il Consiglio non sta solo nascondendo Carmine. Lo sta aiutando.»

Il viso di Ren si contorse, le nocche sbiancarono mentre afferrava il bordo del tavolo. «Stanno lasciando morire la gente, solo perché i mortali non facciano domande?»

Zara fluttuò verso il basso, posandosi accanto a Ren in una folata di freddo da congelatore. «È ciò che il Consiglio sa fare meglio. A loro non importa della gente. A loro importa del protocollo. E» lanciò un'occhiata a Vincent, «a loro importano i cattivi. Rende la storia più ordinata.»

Vincent sbuffò, ma senza convinzione. «Congratulazioni, Lupo. Sei la cattiva della loro storia.»

Ren alzò lo sguardo, le lacrime che le spuntavano agli angoli degli occhi, ma che evaporavano prima di avere la possibilità di cadere. «È una cosa abominevole. Dovremmo... dovremmo semplicemente dare fuoco a tutto.»

Mrs Barley chiuse di scatto il suo taccuino con una forza che echeggiò sulle pareti spoglie. «Non ancora. Se rendiamo pubblica la cosa, perdiamo il controllo. Ci cancellerebbero, o peggio, ci incastrerebbero per il prossimo incidente. No, dobbiamo anticipare la ricorsione. Tagliare fuori Carmine prima che la notizia arrivi al prossimo ciclo di notiziari.»

Vincent vuotò la tazza, poi la posò con cura. «E come esattamente proponi di farlo? Il Consiglio ha occhi ovunque, e Carmine ha almeno due mosse di vantaggio.»

Mrs Barley guardò la squadra – Vincent, Ren, Zara – e per la prima volta dall'inizio della notte, la sua maschera si incrinò in qualcosa che assomigliava quasi alla speranza. «Riscriviamo la storia» disse. «Ribaltiamo il copione. Niente più fughe. Niente più nascondigli. Se il Consiglio vuole una narrazione, gliene daremo una. Ma sarà la nostra.»

Cadde il silenzio, ma era un silenzio carico di tensione, ogni sua particella fremente di intenzioni.

Zara sogghignò, il suo bagliore che virava dal blu all'ultravioletto ai bordi. «Ora sì che parli la mia lingua.»

Ren si raddrizzò, asciugandosi gli occhi con la manica. Il Marchio era ora luminoso, pulsava al ritmo del suo respiro. «Facciamolo.»

Vincent considerò i fascicoli, il vino e le proprie nocche malconce, che a quel punto avrebbero già dovuto essere guarite.

Poi scrollò le spalle, con un gesto lento e inevitabile. «Qual è la cosa peggiore che potrebbe succedere?»

Mrs Barley si alzò, raccogliendo i fascicoli in un unico, letale dossier. «Allora siamo d'accordo. Controlliamo noi la stesura.»

Non fu un urlo, ma fu abbastanza forte da far vibrare le finestre.

Rimasero seduti a lungo, loro quattro, a pianificare i passi successivi con il cupo piacere di chi non aveva più nulla da perdere e tutto da guadagnare mentendo, imbrogliando e sopravvivendo un po' più a lungo degli altri.

E poi le luci si spensero.

SEDICI

L'estinguersi della luce lasciò un silenzio così assoluto che persino le note a piè di pagina spettrali si ritirarono nel nulla, restie a rischiare di diventare parte della storia successiva. Per un istante, non fu chiaro se il gelo nella stanza fosse un fantasma, una profezia, o solo il preludio a un blackout.

Poi Ren sibilò e si piegò in due, stringendosi l'avambraccio. Il Marchio dell'Editore, prima di una sfumatura di blu da ufficio illecito, ora ardeva con un voltaggio più simile a quello di un laser chirurgico. Trapelava attraverso la stoffa della sua manica, emanando luce a sufficienza da imprimere immagini residue sul retro delle sue stesse palpebre. Il dolore era più che dolore: era editoriale, una correzione a penna rossa che le risaliva lungo i nervi fino alla base del cranio.

Vincent, con gli occhi che ancora si stavano abituando, sentì i propri denti iniziare ad allungarsi, un prurito sottocutaneo che si annunciava con lenta, ineluttabile certezza. Represse l'impulso di scoprirli — non era il momento, né la compagnia adatta

— sebbene la fame che di solito borbottava sarcasticamente in sottofondo ora ruggisse con la certezza di una scadenza. Si scostò dal muro, il bicchiere che gli tremava in mano, ed espirò dal naso come un pugile che si avvicina all'ultimo round.

Zara non si era tanto mossa quanto aveva riconfigurato il suo posto nella stanza. Un istante era a capotavola, l'istante dopo fluttuava direttamente sopra Ren, il suo bagliore in una strana sincronia con quello del Marchio. Non proiettava ombra; persino il blu del suo contorno sembrava negare la possibilità di uno spazio negativo. Chinandosi, lasciò che il suo palmo traslucido attraversasse il braccio di Ren e per un secondo il dolore si placò, per poi raddoppiare, come se il tocco del fantasma avesse dato al Marchio il permesso di esprimere il suo intero repertorio.

«È legato anche a te», mormorò Zara, con la voce gentile ma con un acuto ronzio di eccitazione, simile a quello di una zanzara. «Sei l'edizione ad accesso anticipato. Fresca di stampa.»

Ren la fulminò con lo sguardo, la mascella serrata per non urlare. «Dillo al mio sistema nervoso.»

Zara sorrise, ma non era il sorriso di un mentore; era l'inquietante orgoglio di un'artista che osserva il proprio mezzo finalmente reagire. «Ecco cosa ha fatto», disse, guardando dritto attraverso Ren verso qualcosa che viveva nel midollo. «Carmine ha inseminato ogni edizione. Marchiato ogni lettore. Non è solo una profezia: ci sta trasformando in una catena di riscritture. Chiunque possieda il Marchio è il prossimo nodo della rete.»

A Vincent non piaceva la piega che stava prendendo la faccenda, ma le alternative erano peggiori.

Lo sguardo di Zara si fece più tagliente e, per la prima volta, il suo sarcasmo mancò il bersaglio. «Chiunque abbia mai citato la profezia fa parte del copione. Più viene recitata, più la storia converge su se stessa.» La sua forma si solidificò per una frazione di secondo, il blu neon che tremolava fino a diventare di un bianco vivido e insopportabile. «Ha fame, Vincent. E ti sta già revisionando.»

La signora Barley, che nel frattempo aveva passato il tempo a disporre penne e foglietti adesivi in formazioni difensive, chiuse il taccuino con un rumore che avrebbe potuto svegliare le varie piante morte dell'appartamento. Si sistemò gli occhiali, poi squadrò il gruppo con uno sguardo che si rifiutava di ammettere il panico. «Allora ci prepariamo come se fosse già nella stanza», disse, con voce piatta e priva di sentimentalismo. «Questa non è un'epidemia. È una possessione.»

Ren si lasciò ricadere sulla sedia, il braccio ancora pulsante, il blu ora intriso di una venatura di rosso vivo. «Non voglio essere nella sua storia», disse, più piano di prima. «Preferirei scrivere il mio finale.»

La signora Barley annuì una volta. «Allora prenderemo il controllo del copione. Primo passo: contenere il Marchio, limitare l'esposizione. Secondo: sconvolgere la narrazione. Non possiamo permettere che la prossima fase si propaghi.»

Vincent finì il vino con un unico, sgraziato sorso. «E se è già nelle nostre teste?»

La signora Barley lo guardò dritto negli occhi. «Allora scriveremo meglio di lui.»

Un silenzio denso come colla calò sulla stanza. Persino Zara sembrava smarrita, i contorni netti della sua figura che si dissolvevano nella nebbia mentre fluttuava, indecisa, sopra il tavolo. La pila di manoscritti annotati cominciò a contrarsi a tempo con le pulsazioni del braccio di Ren, ogni fruscio e scricchiolio una possibile incursione dall'aldilà.

Vincent osservò il Marchio, poi la lampada, poi il riflesso della lampada nello schermo spento del televisore. «Ci sta guardando», disse, e le parole suonarono terribilmente giuste. «Ogni volta che parliamo, ogni volta che ricordiamo. È sempre un passo avanti.»

Le labbra di Zara si arricciarono, come a sfidare il fantasma di Carmine a fare di meglio. «Questo è il bello di essere morti», disse, con la voce sottile e tagliente. «Ti rende solo più difficile da revisionare.»

La signora Barley si alzò, lisciandosi la gonna con un unico, deciso movimento. «Per stanotte stacchiamo tutto», annunciò. «Niente più discussioni, niente più registrazioni scritte. Domani, porteremo la battaglia da lui.»

Ren si strinse il braccio, il Marchio nascosto ma che ancora lasciava trapelare abbastanza luce da delineare le sue vene. «Ci seguirà», disse. «Lo fa sempre.»

Gli occhi della signora Barley erano quasi gentili. «Lascia che lo faccia. Ma il campo di battaglia lo scegliamo noi.»

Vincent lasciò che le sue zanne si allungassero, solo per il gusto di farlo, e morse il bordo del bicchiere con forza sufficiente a scalfirne la superficie. «Se vuole una scena, gli daremo uno spettacolo.»

Zara fluttuò verso la finestra, la luce blu che si raccoglieva attorno ai suoi piedi. «Gli piacerà», disse. «Ha sempre avuto un debole per il dramma.»

La signora Barley sospinse Ren verso la stanza interna, con fare gentile ma inflessibile. Vincent rimase indietro, a ispezionare l'appartamento: le sue pile di carta, il suo bagliore fantasma, il debole sapore di profezia che ancora aleggiava nell'aria. Si chiese cosa significasse essere revisionati da un fantasma, e se, alla fine, una qualche versione di sé stesso sarebbe arrivata al montaggio finale.

L'oscurità persisteva, premendo ai margini. Per una volta, Vincent vi trovò conforto.

L'indomani, Carmine avrebbe alzato la posta. Ma per stanotte, l'unica cosa da fare era sopravvivere e sperare che, all'inizio della scena successiva, avrebbe ancora riconosciuto le proprie battute.

E da qualche parte, nella pila di carta viva, un nuovo paragrafo cominciò a scriversi da solo: paziente, inevitabile e pronto per la prossima revisione.

DICIASSETTE

Il *bar du jour* dei Modernisti non era, tecnicamente parlando, un bar. Il locale, una terrazza al quarto piano in cima a una vecchia dépendance del Ministero della Giustizia, era stato riadattato da qualcuno con una conoscenza pratica di ospitalità clandestina e un malsano senso dell'umorismo. L'attrazione principale era la vista: il Parlamento, il fiume e lo skyline soffocato dallo smog, il tutto da apprezzare al meglio attraverso una nebbia di bassi e vodka retroilluminata. Qualcuno aveva persino installato croci a LED lungo le ringhiere, che si alternavano tra l'ultravioletto e l'arancione sanguigno, così che la folla potesse godere dell'illusione di un afterparty permanente sulla scena della propria resurrezione.

Vincent lo odiava per principio.

Se ne stava rannicchiato ai margini della folla, metà allo scoperto, metà nascosto da un olivo in vaso, la cui base era diventata un posacenere. Aveva indossato il suo cappotto meno appariscente, una cosa color antracite con abbastanza poliestere da resistere alle macchie di sangue, e sorseggiava un bicchiere di soda per passare da «alcolista funzionale» piuttosto che da «antica, ambulante ammonizione».

Ren era accanto a lui, appollaiata su uno sgabello con le ginocchia raccolte, il cappuccio della felpa stretto attorno al viso. Sorseggiava acqua in bottiglia e smanettava sul suo telefono malconcio, eseguendo ricerche sui precedenti degli invitati della serata. Il Marchio sul suo braccio era sbiadito fino a un'acquamarina spenta, ma ogni volta che un Modernista passava a meno di tre metri, si infiammava come un anello dell'umore con un disturbo dell'attaccamento.

Mrs Barley, che non era mai sembrata più fuori posto, pattugliava il perimetro esterno con un ombrello (non pioveva) e una cartelletta (era, a tutti gli effetti, una cartelletta). Si muoveva con la parsimonia di un addetto alla sicurezza di un centro commerciale all'orario di chiusura, il suo sguardo che spazzava la folla e l'orizzonte a intervalli di cinque secondi. Se qualcuno tentava di stabilire un contatto, sfoderava quel tipo di sorriso fulminante capace di affondare un'azienda di medie dimensioni.

Zara era, come al solito, un problema che toccava agli altri risolvere. Appariva e scompariva dalla vista vicino al bordo della terrazza, metà sostanza e metà pettegolezzo, osservando la folla con il diletto carnivoro di chi una volta aveva dato fuoco a un matrimonio solo per il gusto del dramma. Di tanto in tanto, si avvicinava abbastanza da far sentire un brivido a Ren, ma per lo più si limitava a guardare e ad attendere l'inevitabile disastro.

La folla era uno studio sull'apatia artefatta, tutti lì per vedere ed essere visti, la maggior parte più interessata allo spettacolo della propria performance che all'evento vero e proprio. I Modernisti brulicavano quella notte: pallidi, pieni di accessori e in vari stadi del nutrirsi o dell'essere nutriti. Alcuni avevano portato ospiti mortali: un bel bocconcino da esibire, bambole di sangue o quel genere di turisti goth che si sarebbero scattati selfie fino a finire in una fossa poco profonda prima dell'alba.

Vincent odiava loro più di chiunque altro.

Lanciò un'occhiata di sbieco a Ren. «Ricordami ancora perché siamo nella peggior coda per un cocktail lounge del mondo.»

Lei non alzò lo sguardo dallo schermo. «Perché è qui che la ricorsione è iniziata l'ultima volta. Il Concilio dice che dovrebbe scoppiare a mezzanotte, più o meno trenta minuti, a seconda del numero di influencer.»

Vincent alzò gli occhi al cielo con una tale forza che quasi gli si staccarono dalle orbite. «Preferirei la morte termica dell'universo a un altro minuto di questa musica.»

«Non è musica» disse Ren. «È marketing. Lo si capisce dal fatto che i bassi partono solo quando qualcuno tagga il locale.»

Vincent avrebbe detto qualcosa di più cattivo, ma in quel preciso istante, l'impianto audio del bar si interruppe a metà battuta. Il suono di una sessantina di conversazioni si impennò, poi balbettò, per poi affievolirsi mentre le luci del locale si abbassavano.

Dall'altra parte della terrazza, vicino alla scala antincendio, un anello di Modernisti si era raggruppato attorno a un vecchio tavolo di pietra, probabilmente sottratto alla sala riunioni originale del Ministero e ora utilizzato come altare per le soglie d'attenzione virali. Sul tavolo c'erano drink, telefoni e un unico, antico registro rilegato in quella che sembrava pelle umana e i rimpianti di mortali inferiori.

Vincent strinse lo sguardo. «Quello è...?»

Ren annuì. «Roba del Concilio. Seconda edizione, stampata prima che iniziassero a mettere la filigrana sui margini.»

Lui fece una smorfia. «Coraggioso da parte loro portarlo a uno scontro.»

Lei si strinse nelle spalle. «Forse sono un'esca.»

L'aria cambiò. Vincent lo percepì prima ancora di vederlo. Il peso di un nuovo fronte di pressione, il sottile rialzo di umidità e disperazione. Controllò l'ora: 23:53. Ovviamente.

Mrs Barley si materializzò al suo fianco, tutta d'un pezzo. «Sono in ritardo» affermò, come se stesse commentando un treno anziché una potenziale apocalisse.

«Sono Modernisti» disse Ren. «Si presentano in orario solo se c'è una telecamera.»

«O una profezia» disse Mrs Barley, con uno sguardo al tavolo. «Quello è il vettore.»

Vincent si frugò nel cappotto, tirò fuori una Moleskine dalle orecchie agli angoli e l'aprì all'ultima pagina pulita. Non sapeva perché si prendesse il disturbo; l'ultima volta che aveva tentato di documentare una profezia dal vivo, il taccuino aveva preso fuoco. Ma l'abitudine era una consolazione, anche quando cercava di ucciderti.

La folla cominciò a raggrupparsi, con discrezione all'inizio, poi con l'energia disperata di chi sapeva di stare per essere messo in ombra. I Modernisti all'altare levarono i loro telefoni all'unisono, le loro ring light che gettavano un pallore malaticcio sui volti circostanti. Qualcuno tra la folla iniziò un canto lento, che era tanto sinistro quanto patetico.

La forma spettrale di Zara scivolò accanto a Ren. «Stai per avere il tuo spettacolo» mormorò, la sua voce che vibrava attraverso tre dimensioni contemporaneamente. «Vedi quello grosso, capelli color platino, redingote da direttore di circo? Quello è l'ospite. Si chiama Cassian, ma ha usato almeno quattro nickname diversi negli ultimi sei mesi. Il Concilio pensa che sia la prossima versione del burattino preferito di Carmine.»

Ren socchiuse gli occhi, controllò il telefono e annuì. «È nei file. Precedenti nel marketing, due periodi in riabilitazione. Presumibilmente.»

«"Presumibilmente"» ripeté Vincent, «è l'unica vera costante.»

Osservarono Cassian sollevare il registro e, con una mossa teatrale, aprirlo a metà. La folla tacque. Un unico fascio di luce bianco-bluastra proveniente dal faretto di un telefono illuminò la pagina. Cassian iniziò a leggere, ma le parole non erano in nessuna lingua che Vincent riconoscesse, almeno non all'inizio.

Iniziò nei denti. Vincent sentì la mascella contrarsi, le zanne allungarsi: non l'estensione controllata e pratica che poteva gestire a piacimento, ma un'ondata cruda e involontaria. Le sue gengive si spaccarono, il sangue si raccolse sotto la lingua. La stessa cosa stava accadendo tutt'intorno: un effetto a catena, zanna dopo zanna che fendeva la superficie, come squali in una baia scaldata dal sangue.

La profezia strisciò fuori dall'aria, serpeggiando sulle ringhiere d'acciaio, sui bicchieri, persino sulle croci a LED. Parole si incisero sulle superfici in una fine scrittura nera, come se il bar fosse diventato un palinsesto e la profezia fosse l'unica cosa che contava.

Ren si ritrasse di scatto, il suo Marchio ora abbastanza luminoso da illuminare l'interno della sua felpa. «Sta saltando» disse. «Sta usando l'hardware. Ogni telefono, ogni altoparlante, ogni diretta... è ovunque.»

Mrs Barley estrasse una penna stilografica dal nulla e iniziò a scrivere, la mano che si muoveva più velocemente di quanto dovrebbe essere possibile. «Non sta cercando i vampiri» mormorò. «Sta cercando la narrativa. I mortali sono la batteria.»

Vincent alzò lo sguardo in tempo per vedere il volto di Cassian avere un glitch, solo per un secondo, come se qualcuno avesse saltato un fotogramma nel bel mezzo della realtà. I suoi lineamenti si offuscarono, tremolarono, poi si ricomposero con un sorriso che mostrava ogni dente, fino a quelli del giudizio.

Parlò, e la voce non era la sua. Era quella di Carmine, distorta e stratificata, amplificata attraverso le laringi unite di tutti i presenti.

«La storia non è una ferita da guarire. È un banchetto per il futuro. Sanguinate il passato, e lasciate che il midollo nutra ciò che verrà.»

Una scossa attraversò la folla. I mortali crollarono per primi: occhi rivoltati, braccia rigide, ognuno di loro che cantava l'ultima frase con una sincronia perfetta e ininterrotta. I vampiri seguirono, molti collassando come colpiti da una mazzata; i pochi sfortunati ancora in piedi erano ora completamente infetti dal virus della profezia, con parole che sgorgavano dalle loro bocche come se fossero stati immersi nell'inchiostro da stampante.

Zara applaudì, deliziata. «Questa è buona! Sta migliorando con il gran finale.»

Ren si piegò in due, il Marchio che pulsava con lampi selvaggi e aritmici. «Li sta riscrivendo. Tutti quanti. Non è una profezia, è un fottuto aggiornamento del firmware.»

Vincent sputò sangue, la sua stessa voce stratificata e roca. «Come lo fermiamo?»

Mrs Barley non rispose. Invece, lanciò il suo taccuino in aria, le pagine che si aprivano a ventaglio catturando la profezia incisa mentre cadevano. La carta prese fuoco, bruciando di blu, e la cenere fluttuò verso l'alto, componendo in negativo il verso originale mentre veniva consumata.

Le croci a LED iniziarono ad andare in cortocircuito, lampeggiando tra l'ultravioletto e un arancione stroboscopico, l'effetto così intenso che persino i vampiri cominciarono a rannicchiarsi. Dall'altra parte dell'altare, una manciata di Modernisti riprese il controllo, scrollandosi di dosso l'effetto e correndo verso le scale. Uno inciampò, atterrò a faccia in giù in una fioriera, e non si rialzò.

Cassian — no, Carmine — sollevò le braccia e lasciò che il registro si chiudesse con un tonfo. L'aria tremò.

Mrs Barley si chinò verso Vincent, la voce così bassa da superare a malapena il rumore della folla. «Interrompa l'hardware. Spezzi il circuito e spezzerà il loop.»

Vincent non perse un secondo. Afferrò il telefono più vicino, lo calpestò sul tavolato e con un calcio ne spedì un secondo nel codice postale successivo. Ren, di nuovo in piedi, strappò il cavo principale dell'impianto audio e guardò gli altoparlanti schioccare e sibilare, per poi spegnersi.

Funzionò, un po'. I mortali sbatterono le palpebre, alcuni crollando a terra, altri barcollando come se si stessero svegliando da un bruttissimo sogno. Ma Carmine era ancora lì, ad abitare il corpo di Cassian con tutta la presunzione di uno stagista non pagato.

Vincent raddrizzò le spalle, digrignò i denti e disse: «Se vuole riscrivere la storia, dovrà cominciare da me».

Carmine/Cassian ghignò. «Sei già tu la revisione, Vincent. Tutto quello che succede ora è solo una nota a piè di pagina».

I Modernizzatori — quelli rimasti in piedi — cominciarono a muoversi all'unisono, con le spalle raddrizzate, gli occhi sbarrati e lattiginosi, le bocche che si muovevano in perfetta sincronia, come se avessero deciso tutti di aggiornare il proprio firmware nello stesso istante.

I mortali li seguirono, con un'infezione più lenta ma non meno definitiva. Coloro che erano stati più vicini all'altare di Cassian ora si muovevano a scatti e barcollavano, le labbra spaccate in ghigni innaturali, simili a rictus. L'incanto era crollato; ciò che restava era un serraglio di fami, ognuna disperata di essere la prima della fila.

Vincent ebbe a malapena il tempo di elaborare la nuova gerarchia di minaccia che un Modernizzatore smilzo gli si scagliò contro, digrignando i denti, le mani ricurve come artigli. Lo schivò, afferrando il ragazzo per il colletto e scagliandolo contro un tavolo; il legno si scheggiò con un suono che avrebbe fatto piangere qualsiasi falegname. Altri due lo assalirono dai fianchi, uno stringendo una bottiglia rotta, l'altro brandendo un set di unghie acriliche come bisturi.

Incasò il colpo della bottiglia — il vetro gli sfregiò la mascella, freddo e superficiale — poi si girò, piantò una gomitata nelle costole dell'assassina acrilica e la spinse contro il gruppo più vicino di mortali gementi e barcollanti.

«Signora Barley!» urlò, guardando verso l'ultimo posto in cui l'aveva vista.

Era indaffarata. L'ombrello, ora usato come un manganello, sfrecciò in aria e colpì un Modernizzatore all'attacco proprio sulla tempia. Il corpo cadde a terra, scosso da spasmi, e l'ombrello roteò nella sua presa come la scure di un boia. Con la mano libera, aveva estratto una spillatrice rossa Swingline — un classico da ufficio, di quelle che potevano sopravvivere alla maggior parte degli eventi nucleari — e la usò per spillare il bavero del cappotto di un redivivo al suo stesso petto. Quello si divincolò, ma la signora Barley si limitò a martellare il punto metallico con il tacco della mano e passò oltre, sbarazzandosi delle minacce con l'efficienza di una donna che non aveva mai lasciato una riunione incompiuta.

Vincent avrebbe continuato a guardare, ma arrivò l'ondata successiva.

Ren non fu così fortunata. Una dei mortali — una donna, con i capelli raccolti in uno chignon tirato, gli occhi piatti e vuoti come un telefono all'1% — l'afferrò per il collo e la sollevò di peso da terra, sbattendola contro la ringhiera così forte che il metallo vibrò. Ren ansimò, i piedi che raspavano sul tavolato, le mani che artigliavano il polso. Il Marchio sul suo braccio divampò, un picco verticale di luce bianca così rovente da lasciare immagini residue all'interno del cranio di Vincent.

«Lasciami!» urlò Ren, ma la voce che uscì non era la sua: era stratificata, corale, le strofe di Carmine che le si srotolavano dalla lingua nell'aria:

«La carne è memoria. Il sangue è cronaca. Lascia che ti scriva, riga per riga».

La presa della mortale si strinse. Il viso di Ren divenne di un blu profondo, poi di una sfumatura che non apparteneva a nessuno spettro cromatico umano. Vincent scattò, ignorando il redivivo che riuscì a colpirlo appena sotto la cassa toracica con la gamba di un tavolo rotto. Strappò la donna da Ren, torcendole il braccio finché qualcosa non si spezzò, e la scagliò oltre la ringhiera. Quella non urlò neanche: si schiantò al suolo tre piani più in basso con un rumore simile a carta di giornale bagnata.

Ren crollò sul tavolato, ansimando. Il Marchio ardeva ancora, pulsando al ritmo del suo cuore, ogni battito più lento del precedente.

Vincent si chinò, rischiando un'occhiata al suo viso. Era pallida, con gli occhi quasi rovesciati all'indietro, le labbra che si muovevano come se stesse recitando un copione che solo lei poteva vedere.

«Resisti» sibilò, e le premette la mano sul Marchio, cercando di proteggerlo da qualsiasi cosa la stesse bruciando viva. Il dolore fu istantaneo e totale — il calore gli risalì lungo il braccio, incendiando ogni singola terminazione nervosa, ma lui non si fermò.

Alle sue spalle, la voce di Carmine echeggiò di nuovo, non attraverso gli altoparlanti, non attraverso i mortali, ma dalla bocca di Cassian, che in qualche modo si era faticosamente rimesso in piedi. Il registro, bruciato e nero, gli si aggrappava alle mani, le dita fuse alla copertina dal sangue e dall'inchiostro sciolto.

«Pensa di poter spezzare il ciclo?» sputò Carmine. «Lei era il ciclo. Il Sanguebardo. La revisione. Ogni storia ha bisogno di un sacrificio».

Vincent guardò Ren, poi la signora Barley, che ora stava tenendo a bada tre Modernizzatori contemporaneamente, con l'ombrello che era una macchia indistinta. Sapeva cosa stava per succedere, ma lo fece comunque.

Lasciò che le zanne spuntassero, in tutta la loro lunghezza, e si morse il polso, aprendosi una vena con perizia consumata. Premette la ferita sulla bocca di Ren e le forzò le labbra, ignorando i suoi tentativi di resistere. Il sangue si riversò dentro, caldo e carico di adrenalina, e per un momento Vincent pensò che sarebbe soffocata. Ma poi la gola di lei ebbe una convulsione, e deglutì.

L'effetto fu immediato. Il Marchio assorbì il sangue, prima sibilando, poi brillando di un rosso profondo, infernale. Gli occhi di Ren si spalancarono di scatto, le pupille dilatate, e lei emise un sussulto che terminò in un urlo.

La voce di Carmine, che cavalcava l'aria, vacillò.

«Vede?» abbaiò Vincent, con la voce roca. «Possiamo cambiare il finale. Anche se dobbiamo barare».

Sollevò Ren, con il sangue che ancora gli gocciolava dal polso. Lei tossì, sputò, poi si asciugò la bocca con il dorso della mano, fissando Vincent con un misto di orrore e gratitudine.

«Non farlo mai più» gracchiò lei.

Vincent ghignò, anche se i muscoli del viso urlavano in protesta. «Offerta una tantum. La prossima volta, te la cavi da sola».

L'aria tremolò. Il corpo di Cassian — no, l'eco di Carmine — avanzò, trascinando il registro come un arto ferito. Le parole sulla copertina si contorcevano, riconfigurandosi, poi si spaccarono lungo il dorso. Una lama, sottile e nera come un negativo, emerse dalla fessura, il filo seghettato di lettere.

Vincent si mise in posizione. «Allora si faccia avanti. Vuole una guerra di revisione? E allora guerra sia».

Carmine acconsentì, fendendo l'aria con la lama di parole in un arco orizzontale. Vincent si abbassò, ma la punta gli prese la spalla, aprendo una ferita da cui sgorgò sia sangue sia qualcosa di più scuro: scrittura liquida, che si raccoglieva sulle assi e corrodeva il tavolato come acido.

Vincent ruggì, sferrando un pugno al viso di Carmine. L'impatto fu solido, ma Carmine non sanguinò; invece, i suoi lineamenti tremolarono, ogni colpo rimpiazzando una riga con un'altra, come se il pugno avesse forzato un'anomalia nella bozza sottostante.

Dietro di loro, la folla era degenerata in pura violenza. La signora Barley era passata a usare la spillatrice a tempo pieno, con gli occhi spiritati ma concentrati, muovendosi tra i redivivi come un tornado burocratico. Zara appariva e scompariva, a volte facendo inciampare un aggressore, a volte attraversando un muro per gridare istruzioni a Ren.

«Ora, Ren!» chiamò, la voce divisa in tre armoniche. «Interferisci con il Marchio!»

Ren, in ginocchio, premette entrambe le mani sul braccio. Il Marchio, selvaggio e rosso, pulsò più forte. Serrò la mascella, poi cominciò a recitare, non le battute di Carmine, ma le sue. Frammenti da ogni rapporto, ogni fallita nota del Consiglio, ogni briciolo di burocrazia che le era stata ficcata in testa dall'inizio di quell'incubo.

«Osservazione» disse. «Il soggetto mostra un'ostilità ricorsiva. Risposta: disturbo mirato. Archiviare il presente, annotare il passato. Revisionare il futuro».

Mentre parlava, il Marchio cambiò: i segmenti si incrinarono, si rimescolarono, diventando meno una catena e più una grafia. Ogni parola che pronunciava indeboliva la presa di

Carmine; i versi della profezia nell'aria vacillarono, perdendo forma, frantumandosi in note a piè di pagina e marginalia.

Carmine ululò, avanzando su Vincent con la lama di parole sollevata. Vincent afferrò la lama con entrambe le mani, ignorando il modo in cui gli mordeva i palmi, e la strappò via. Con un ultimo slancio, diede una testata a Carmine dritto sul naso, poi sbatté il registro sull'altare, bloccandolo.

«Signora Barley!» urlò. «La penna!»

Lei gli lanciò la stilografica con precisione letale. Vincent la prese al volo e la conficcò nella fessura del registro. Il libro si contorse, stridette, poi esplose in un fiotto d'inchiostro che coprì Vincent dalla testa ai piedi.

Carmine — no, Cassian — si afflosciò, con gli occhi che si rovesciarono all'indietro. La lama si dissolse, parole nere che si levarono nella notte e si dispersero nella brezza.

Per un lungo istante, non accadde nulla.

Vincent barcollò, cadde su un ginocchio. Non sentiva più le mani. I suoi vestiti erano fradici, appiccicosi, le pagine della profezia ora incollate alla sua pelle. Si guardò intorno. La signora Barley era accasciata contro la ringhiera, l'ombrello spezzato, ansimando. Zara aleggiava sulla carneficina, la sua sagoma che tremolava con il bagliore residuo dell'energia spesa.

Ren strisciò al fianco di Vincent, il suo Marchio ora di un blu tenue e cupo. «Ce l'hai fatta» sussurrò, con la voce tremante.

Vincent ghignò, insanguinato e macchiato d'inchiostro. «Non è che avessimo molta scelta, no?»

Tra le macerie, alcuni mortali cominciarono a muoversi, gemendo e massaggiandosi la testa come se si stessero svegliando dalla madre di tutte le sbornie. I Modernizzatori sopravvissuti erano rannicchiati in posizione fetale, alcuni singhiozzavano, altri si limitavano a fissare le stelle, le bocche che si muovevano in silenziose frasi incompiute.

Vincent aiutò Ren ad alzarsi. Insieme, zoppicarono sul ponte, schivando corpi e mobili in frantumi, e trovarono la signora Barley. Era viva, ma il suo tailleur era rovinato: sangue, inchiostro e almeno un'impronta digitale che non le apparteneva.

«Stai bene?» chiese Ren.

La signora Barley annuì. «Mai stata meglio. Credo di essermi lussata un polso».

Vincent scrutò il campo di battaglia. «Pensi che sia finita? Carmine se n'è andato?»

Zara fluttuò accanto a loro, il viso insolitamente grave. «Lui non se ne va mai. Viene solo riscritto. Questa era solo una bozza».

Vincent guardò le sue mani, ancora sanguinanti, ancora grondanti d'inchiostro. «Allora sarà meglio che temperiamo le matite».

Ren rabbrividì, ma il suo Marchio ora era stabile. Lanciò un'occhiata a Vincent, poi alla signora Barley, poi a Zara. «Se tornerà, saremo pronti».

La signora Barley riuscì a sorridere, poi tirò fuori una sigaretta da qualche parte nella giacca rovinata. «Lo metteremo a verbale» disse, e se l'accese con una mano tremante.

Vincent fissò la città, le luci blu che si radunavano sulla strada sottostante, il modo in cui il fumo della sigaretta della signora Barley si attorcigliava nell'oscurità e scompariva.

Pensò a Carmine, alla profezia, alla prossima mossa in quel gioco infinito.

E per una volta, non si sentì una vittima. Si sentì un sopravvissuto.

Si ricomposero, si medicarono le ferite e si prepararono a scrivere il prossimo capitolo, quante bozze fossero necessarie.

Sopra di loro, la notte vibrava di nuove parole, in attesa di essere scritte.

E in lontananza, finalmente, le prime sirene cominciarono a ululare.

DICIOTTO

Nella camera del Consiglio, file di panche a gradoni si ergevano in archi concentrici, ogni sedile occupato da una figura il cui abito o la cui veste pareva confezionata non solo per il corpo, ma per l'anima di chi la indossava: ricchi broccati, severi cashmere, il luccichio occasionale di un anello con sigillo così antico che avrebbe potuto assistere alla Peste Nera in tempo reale. Pannelli di legno scuro si estendevano lungo le pareti, ognuno inciso con i nomi di Patti falliti e Paci dimenticate; le parti più alte svanivano in un crepuscolo artificiale, dove lampadari a candela covavano come predatori in cerchio.

Vincent stava al centro della sala con la signora Barley e Ren ai fianchi, ognuno di loro ingabbiato dietro una balaustra che non pareva avere altra funzione se non quella di ricordare agli accusati quanto fossero terribilmente, irrimediabilmente soli. Persino l'aria sembrava diversa: filtrata da qualche processo arcano che le strappava via ogni conforto per sostituirlo con una sorta di ronzio di basso livello che faceva formicolare i denti.

A capo della camera, seduto su una sedia che faceva impallidire ogni trono che Vincent avesse visto al di fuori del Vaticano, presiedeva l'Anziano Mortimer Blackthorn. Blackthorn non parlava tanto quanto detonava sillabe. Diede inizio alla seduta con il botto, letteralmente, quando il suo martelletto colpì il podio di marmo lasciandovi un'ammaccatura visibile.

«Che sia messo a verbale» intonò Blackthorn, «che i cosiddetti Tre Marchiati hanno fallito sotto ogni aspetto nel contenere l'epidemia della ricorsione. Che il verbale inoltre attesti che, nel corso della loro incompetenza, hanno reso sospettose le autorità umane della città, compromesso il Patto e...» Abbassò gli occhi su un tablet, scorrendo con la velocità sprezzante di chi cancella dello spam, «...permesso ai social media di trasformare un disastro confidenziale in una barzelletta internazionale.»

Un'ondata di risate derisorie si levò dalle panche del Consiglio. Vincent incrociò lo sguardo dell'Anziano Cosgrove, un rimasuglio dal volto di lupo della pubblica amministrazione vittoriana, la cui espressione diceva tutto quello che c'era da dire su nuovi ricchi e razze inferiori. Cosgrove si chinò verso il suo vicino e sussurrò abbastanza forte da farsi sentire in tutta la camera: «A questo punto, persino i tabloid sono più discreti.»

Ren si mosse inquieta, il Marchio che pulsava attraverso la manica con un bagliore sottile e traditore. Vincent la guardò, cercando di segnalarle di tenere la testa bassa, ma lei era impegnata a combattere la duplice battaglia della stanchezza e del terrore. La sua pelle aveva la trasparenza della carta di riso dozzinale; la mascella era talmente serrata che sembrava potesse spezzarsi.

Blackthorn continuò: «Ora siamo oggetto di aperto scherno. I mortali stanno pubblicando i vostri volti, i vostri nomi» i suoi occhi si conficcarono in Vincent, che ricambiò lo sguardo con un'insolenza affinata nel corso dei secoli, «accanto a immagini dei redivivi e del cosiddetto "Massacro dei Modernizzatori". Hashtag: IVampiriEsistono. Hashtag: BeveteResponsabilmente. Hashtag: LupoLFurente, di tendenza in quattro paesi.» Il martelletto colpì di nuovo. «Spiegatevi.»

Vincent, dal canto suo, aveva rinunciato alle spiegazioni da qualche parte tra la prima e la seconda guerra mondiale. Aprì la bocca, ma la signora Barley lo interruppe con l'efficienza letale di un treno proiettile. «Consiglieri» disse, la voce impostata più per fendere che per farsi sentire. «Abbiamo preparato un rapporto completo sull'incidente, corredato di documentazione probatoria: testimonianze oculari, analisi forensi elettroniche e prove fisiche della mutazione del Marchio. Se la camera ci permette...»

Cosgrove gemette. «Un altro dossier? C'è una sola frase che non ha plagiato da quello precedente?»

La signora Barley produsse una busta di manila spessa d'inchiostro e ostinazione, porgendola all'usciere (che, notò Vincent, indossava guanti come se la busta potesse morderlo). «L'Appendice B contiene *nuove* prove fotografiche della manifestazione spettrale nell'appartamento di Zara Delacourt. L'Appendice D include un video in time-lapse della progressione del Marchio. In sintesi, crediamo che la ricorsione di Carmine si sia evoluta oltre la semplice trasmissione memetica. Ora lui...»

Blackthorn la interruppe con un palmo alzato. «Intende dire che il fantasma si sta facendo strada tra i Marchiati divorandoli, e lei ha permesso a un membro della sua stessa squadra» fece un cenno col mento verso Ren, «di diventare un vettore di questo contagio?»

Il volto della signora Barley non si mosse. «Abbiamo seguito il protocollo del Consiglio. Osservazione, contenimento e, quando possibile, quarantena delle parti infette. Il fallimento non è stato nei nostri metodi, ma nella sottovalutazione della capacità di Carmine di automodificazione narrativa.»

Una risatina dalle panche, questa volta dalla fila più a destra, dove sedevano i Consiglieri più giovani, simili ad avvocati ben pasciuti a un tribunale disciplinare. Uno, il cui accento suggeriva tre generazioni di scuole svizzere e una quarta di endogamia alpina, disse: «È lo stesso Carmine che fu cancellato da un'azione del Consiglio nel 1983? Quello che, mi era stato assicurato, non avrebbe mai più potuto attraversare il Velo?»

Le mani della signora Barley si contrassero ai suoi fianchi, la più piccola scheggia di rabbia che incrinava la sua compostezza. «La cancellazione di Carmine fu incompleta. O, più precisamente, non fu affatto una cancellazione. Fu archiviato.»

Vincent ammirò il modo in cui lo disse, come se essere archiviati fosse un destino peggiore che essere fucilati, sepolti e riesumati per un'inchiesta governativa.

«Le sue prove sono circostanziali» sogghignò Cosgrove. «Foto spettrali, taccuini corrotti, sentito dire da mortali e quella...» fece un vago gesto verso Ren, «quella Marchiata a malapena senziente che, a detta di tutti, ha trascorso metà dell'operazione priva di sensi. Non c'è un solo testimone credibile.»

«È proprio qui» disse Vincent, la sua voce che squarciò le risate. «Se volete una dichiarazione, chiedetela a lei.»

Le sopracciglia di Blackthorn si alzarono, per poi ripiombare giù. «Molto bene. *Signorina Ren*, come risponde all'accusa di essere compromessa?»

La voce di Ren, quando arrivò, era debole ma abbastanza affilata da ferire. «L'unica cosa compromessa qui è il senso di urgenza del Consiglio. Carmine non è solo nel Marchio, lo sta usando come un cristallo di semina. Più cercate di cancellarlo, più forte diventa.»

Alcuni Consiglieri si sporsero in avanti a quelle parole, come se si fossero improvvisamente resi conto di trovarsi nella stessa stanza del prossimo grande disastro.

La signora Barley colse l'attimo. «Richiediamo risorse immediate: personale, archivi, accesso illimitato alla rete. Se dobbiamo recidere la ricorsione, dobbiamo interrompere la narrazione alla fonte.»

Blackthorn li scrutò come si potrebbe scrutare un venditore di borsette contraffatte. «La sua richiesta è respinta. Il Consiglio non spenderà ulteriori risorse in un'operazione guidata da comprovati incompetenti. Il disastro spetta a voi risolverlo. E così le conseguenze.»

Diede un colpo di martelletto per sottolineare.

Il resto del Consiglio parve assaporare il momento. Cosgrove applaudì addirittura, due volte. Un altro Consigliere, il cui volto sembrava scolpito nella ghisa e in antichi rancori, sorrise. «Propongo di disconoscere formalmente ogni conoscenza delle azioni della squadra Lupo, passate, presenti o future.»

«Appoggio» disse lo svizzero.

Blackthorn scrutò la sala. «Tutti a favore...»

Un'ondata di "sì" si infranse nella camera. La minoranza che si oppose lo fece in silenzio.

Vincent alzò la mano, attese che Blackthorn lo notasse. «Solo per chiarire» disse, «se e quando Carmine divorerà l'intera storia di Londra, a chi toccherà scrivere il necrologio del Consiglio?»

Gli occhi di Blackthorn si strinsero, ma non disse nulla.

«Voglio solo assicurarmi che le carte siano in ordine» concluse Vincent, «prima che veniamo tutti sostituiti da senzienti profili LinkedIn.»

Le labbra della signora Barley si contrassero: la cosa più vicina a un sorriso a cui si fosse mai avvicinata.

Il verdetto del Consiglio fu tanto definitivo quanto privo di originalità: «Metterete fine a questa storia, Lupo, o sarà la vostra fine.»

Il martelletto si abbatté e le luci nella camera tremolarono, per poi divampare con tutta la delicatezza dell'ultima richiesta di un plotone d'esecuzione.

Vincent, Ren e la signora Barley furono scortati fuori attraverso il corridoio inferiore, passando accanto alle vetrate colorate della camera e all'infinita galleria dei martiri e dei disastri del Consiglio. Le porte si chiusero dietro di loro con il suono di una promessa mantenuta per l'ultima volta.

Rimasero nell'anticamera per un lungo minuto di silenzio.

La signora Barley fu la prima a romperlo. «Siamo, come dicono i mortali, assolutamente fottuti.»

Vincent sogghignò, mostrando appena quel tanto di zanna da spaventare una statua. «Se ti devono licenziare, tanto vale dare fuoco all'edificio mentre te ne vai.»

Ren, le cui gambe sembravano sul punto di cedere, mormorò: «E adesso?»

La signora Barley controllò l'orologio, poi il suo taccuino, poi Vincent. «Adesso? Ci diamo alla macchia. Scopriamo la prossima mossa di Carmine prima che la faccia lui. E documentiamo tutto, perché l'unica cosa più pericolosa di una profezia è ciò che accade quando non rimane nessuno a registrarla.»

Vincent offrì il braccio a Ren. Lei lo prese, la sua presa sorprendentemente forte. Insieme, uscirono dall'edificio del Consiglio e si addentrarono nella città che, per la prima volta in un millennio, sembrava aver sinceramente esaurito le scuse.

Dietro di loro, nel buio, le luci della camera tremolarono un'ultima volta, come se l'edificio stesso fosse appena stato messo in mora.

La cucina dell'appartamento di Vincent non era tecnicamente un aldilà, ma ne faceva una discreta imitazione: luce sgradevole, freddo persistente, un senso pervasivo di questioni in sospeso. Il luogo era impregnato di tedio da vecchio linoleum e dell'odore di disinfettante che non riusciva mai a mascherare del tutto le macchie, le perdite e le emorragie emotive del secolo precedente. La tavola era apparecchiata per tre ma allestita per la guerra: tazze di caffè a metà, un kit di pronto soccorso malconcio da cui fuoriuscivano nastro adesivo e senso di colpa, e il portatile comune aperto su un foglio di calcolo intitolato "Contenimenti Attivi: Edizione FUBAR".

Ren se ne stava curva a capotavola, la pelle pallida nella luce anemica della lampada. Il sangue sulla sua manica si era scurito fino a diventare del marrone di un sugo scadente, ma la ferita sottostante trasudava ancora un brutto viola lungo i bordi. Vincent, che aveva acquisito una competenza meditativa nel triage, le premette un tovagliolo sul taglio ignorando il suo sibilo di dolore.

«Ho detto che sto bene» scattò Ren, anche se la sua voce tremava e non incrociava del tutto il suo sguardo.

Vincent sbuffò. «Stai bene quanto il Modernizzatore che ha cercato di mangiarsi una palla da discoteca. Il tuo polso è una barzelletta.»

Lei cercò di strappare la mano, ma lui la tenne ferma, tamponando metodicamente. La stanza era abbastanza silenziosa da sentire il ticchettio del compressore del frigorifero: un orologio che scandiva il conto alla rovescia verso qualcosa di sgradevole.

All'estremità opposta, la signora Barley aveva allestito un posto di comando, riempiendo l'aria con la percussione aritmica della sua stilografica. Prendeva appunti ai margini di una stampa così pesantemente annotata che non era chiaro se il testo originale fosse sopravvissuto. Quando parlò, fu con la finalità assoluta di un giudice che pronuncia l'ultima sentenza prima della pensione.

«Il Consiglio ci ha abbandonati a noi stessi» disse, senza alzare lo sguardo. «La loro speranza, per quel che vale, è che moriamo in fretta e ci portiamo via il problema.»

Vincent gettò il tovagliolo insanguinato in direzione del cestino, mancandolo di molto, e osservò Ren che si cullava il braccio. «Quindi, tutto come al solito» disse, ma l'amarezza era reale.

La penna della signora Barley si fermò. «Non proprio. Ci stanno usando come esca. Se la rete di Carmine ha una debolezza, è che non può resistere alla tentazione di finire la storia. Noi siamo, al momento, l'unico finale plausibile.»

Un rumore dall'alto, un ronzio basso e statico, segnalò l'arrivo di Zara. Si materializzò vicino al soffitto, con le braccia conserte come un gatto domestico particolarmente giudicante. «Se volete il mio consiglio...» cominciò.

«Nessuno lo vuole» dissero Vincent e la signora Barley quasi all'unisono.

Lei sogghignò, lasciando che il suo contorno si sfocasse ai bordi. «Allora sarò breve. Carmine non è solo nella ricorsione. Lui *è* la ricorsione. Sappiamo che ogni volta che qualcuno lo segnala, lo documenta o anche solo ci pensa, non fa che alimentare quella dannata cosa. Il Consiglio vuole che uccidiamo la narrazione, ma loro non sanno come operare senza averne una.»

Ren alzò lo sguardo, gli occhi neri alla luce della lampada. «Cosa facciamo? Lo ignoriamo e speriamo che si annoi?»

Zara rise, un suono che fece tremolare la lampadina. «Stai pensando come una bibliotecaria. No, la spezzi. La rendi così contraddittoria, così autolesionista, che nemmeno Carmine può uscirne editando il testo.»

Vincent sentì la tensione salire dalla signora Barley come vapore. «È una teoria bellissima» disse. «Ma Carmine ci ha già superati in astuzia a ogni mossa. Il Marchio si sta diffondendo, i Modernizzatori sono di nuovo online e il Consiglio sta solo aspettando che si scriva da solo il necrologio.»

La signora Barley chiuse il suo taccuino con un suono simile a una tagliola. «Allora lo anticipiamo. Andiamo fuori copione.»

La voce di Ren, flebile ma insistente: «Abbiamo ancora il Marchio. Non può completare la ricorsione se non può chiudere il cerchio. Giusto?»

Zara fluttuò più in basso, di un blu spettrale e sogghignante.

«Non si tratta di chiudere il cerchio. Si tratta di chi scriverà la prossima riga. E quella sei tu, tesoro. Lo sei sempre stata.»

Per un momento, nessuno parlò. Vincent andò al lavandino, si riempì un bicchiere e lo bevve d'un fiato. Fissò fuori dalla finestra, osservando i lampioni dipingere il vicolo con l'emivita di ambizioni fallite.

Si voltò, appoggiò entrambe le mani sul bancone e fronteggiò la squadra.

«Basta appostamenti. Basta moduli. Lo faremo alle nostre condizioni. Spezzeremo il cerchio, anche se dovremo rompercelo sul collo.»

La signora Barley annuì, nessuna traccia di dubbio nei suoi occhi. «D'accordo.»

Ren riuscì a fare un sorriso, tremante ma risoluto. «Scriviamo qualcosa che non può prevedere.»

Zara applaudì, in modo silenzioso e insincero. «In bocca al lupo, ragazzi. O in bocca al Marchio.»

Vincent espirò, sentendo il freddo depositarsi nelle ossa. «Per prima cosa» disse, guardando la ferita di Ren, poi il muro dove, appena visibile alla luce della lampada, una nuova riga della scrittura di Carmine si arrampicava dal battiscopa.

Sorrise. «Vediamo come piace a Carmine essere editato da una volgare scrittrice di paranormal romance.»

L'appartamento, per un lungo momento, trattenne il respiro. E poi, con un clic e un fremito, la città fuori li chiamò, pronta per una nuova bozza, scritta con il loro sangue, sudore e un discutibilissimo senso del lavoro di squadra.

DICIANNOVE

Il quartier generale dei Modernisti era stato allestito con tutta la delicatezza di un bambino neurodivergente a una svendita di brillantini. Il cosiddetto «appartamento loft» (secondo l'annuncio; in verità, un ex magazzino di tappeti riconvertito con più violazioni delle norme edilizie che modifiche al contratto di locazione) era uno spettacolo delirante di gusto, denaro e solipsismo senza vergogna. I muri di mattoni a vista, già un cliché nel 2007, erano stati sabbiati e nuovamente esposti finché la loro unica funzione residua non fu quella di fare da sfondo a un tripudio di insegne al neon vampiresche. Ring light professionali stavano sull'attenti come stormtrooper, ognuna ottimizzata per la carnagione di un influencer diverso, mentre telecamere montate al soffitto scandivano lo spazio con lente curve algoritmiche. Persino i mobili – i divani oblunghi, il bancone da cucina di un bianco chirurgico, i pouf che sembravano enormi protesi mammarie al silicone – erano stati scelti non tanto per la loro utilità, quanto per come sarebbero apparsi sullo schermo di un telefono.

Vincent voleva radere al suolo il posto. In mancanza di ciò, si sarebbe accontentato di dare fuoco all'espositore del «Detox Purificante Tipo O-MioDio», che troneggiava su un tavolino accanto a un vaso di fiori geneticamente irriconoscibili.

Fece un passo all'interno e fu quasi accecato dalla confluenza del bagliore delle ring light e dei LED rosa aggressivi. Digrignò i denti, un atto riflesso, e guardò le ring light rispondere scattando in modalità «evidenzia-zanne». Qualcuno le aveva programmate per accentuare i canini.

Ren entrò dietro di lui, con il cappuccio alzato e le mani affondate nelle tasche. Scrutò l'open space con la cauta soggezione di chi era entrata nel quartier generale di una setta e sperava ancora in una conversazione ragionevole. Il Marchio sul suo braccio pulsò una volta, di un blu fioco attraverso la manica, quasi a riecheggiare il suo senso di delusione.

La signora Barley chiudeva la fila, con la cartellina già in mano e il cappotto abbottonato per proteggersi dall'assalto visivo. Non batté ciglio di fronte alla raffica di luci pastello o ai tre distinti impianti audio che suonavano in guerra tra loro. Individuò la superficie piana più vicina, la liberò da due confezioni integre di frullati di sangue «Bite Me, Babe» e allestì la sua postazione di comando mobile con l'economia di chi era sopravvissuta a otto anni negli appalti del Consiglio e nel borgo londinese di Hackney.

I padroni di casa arrivarono come un completo abbinato, uno più improbabile dell'altro.

Aurelia Voss planò attraverso l'open space, con i tacchi silenziosi sul cemento lucidato, ogni suo centimetro calcolato per la massima risonanza ottica. Aveva i capelli biondo platino, occhi color lampone blu calorie zero e zigomi che parevano importati da un paese con meno leggi sui diritti umani. Il suo tailleur era di un bianco perfetto e immacolato, non macchiato neanche dal ricordo di chi l'aveva indossato prima. Tese una mano a Vincent, ma il gesto era meno un saluto che un modo per «vedere se l'avrebbe rifiutata di fronte a un pubblico».

Seguiva Cass Roe, che si destreggiava con tre telefoni su bastoni da selfie, ognuno dei quali già in streaming per un pubblico diverso. Aveva il fascino nervoso e scattante di un presentatore di quiz televisivi al terzo giorno di digiuno a base di succhi, e portava con sé un power bank portatile delle dimensioni di un panetto da un chilo di C-4. «Lupo il Senza Luce è qui!» annunciò, sorridendo direttamente al suo telefono. «Che sia messo agli atti, gente: è arrivato il pezzo da novanta. Spaccate quel pulsante Mi Piace se volete che mostri le zanne.»

A distanza li seguiva Nyx Calder, che indossava le cuffie da DJ come una corona di spine e teneva un paio di occhiali da sole a specchio appollaiati sul naso, nonostante la stanza fosse ormai più luminosa della media delle sale operatorie. Fece un saluto con due dita, poi si accasciò su un pouf con la rassegnazione di chi si aspettava di morirci.

Vincent scrutò la stanza, gli occhi che si restringevano di nuovo sull'espositore del «Tipo O-MioDio». «Ma voi ce l'avete un interruttore per spegnervi?»

Aurelia sfoderò un sorriso che, per una frazione di secondo, parve quasi sincero. «Solo se al mattino c'è un brand deal migliore.»

«Dillo al tuo amico qui» disse Vincent, indicando Cass, che aveva già ripreso il suo monologo.

Cass lo ignorò, inclinando il telefono per una lenta panoramica a 360 gradi del loft. «Il meglio del Consiglio, proprio qui! Sono venuti a portare un po' di dramma esistenziale al movimento dei Modernisti. Cliccate su Segui se volete vedere chi tira il primo pugno.» Girò la telecamera verso la signora Barley, che non si degnò di rispondere alla provocazione con uno sguardo.

Le zanne di Vincent prudettero. «Spegni quella cosa» disse, senza nemmeno alzare la voce. «Prima che ti rivolti come un calzino e venda i momenti salienti ai tuoi rivali su TikTok.»

Cass ci pensò su, per un attimo. «Potrei farlo, sì.» Mise in tasca uno dei telefoni, ma tenne acceso quello principale, ora in in streaming modalità «furtiva». «Ma poi il Consiglio modificherebbe comunque il filmato.»

Vincent allungò la mano verso il telefono, serrandola sul polso di Cass con una presa che suggeriva che uno dei due avrebbe lasciato l'incontro con meno sangue di quando l'aveva iniziato.

Aurelia si intromise, con voce placida. «Siamo già in tendenza, Vincent. Se vuole che smettiamo, dica per favore.»

Vincent digrignò i denti, ma la signora Barley lo batté sul tempo. «Basta così» disse, con il tono di una «preside all'ultima settimana di scuola». Batté la cartellina contro il tavolo, abbastanza forte da squarciare il ronzio ambientale dell'impianto audio del loft.

La stanza, per una frazione di secondo, divenne davvero silenziosa.

La signora Barley guardò i tre Modernisti, con occhi freddi e impassibili. «Sarò breve. La ricorsione di Carmine sta accelerando. La sua prossima fase è imminente. Se volete evitare di essere cancellati dall'esistenza, collaborerete con noi per tutta la durata di questa crisi.»

Gli occhi di Aurelia si spalancarono, non per la sorpresa, ma per qualcosa di più calcolatore. «Sono un sacco di chiacchiere da Consiglio per una che tecnicamente è in disgrazia.»

Ren si rianimò, appoggiandosi al muro. «Non siamo del Consiglio. Non più. Siamo gli unici a sapere cosa sta per succedere.»

Cass aveva già avviato un nuovo streaming, stavolta puntato su Ren. «Avanti, allora. Dillo al mondo. È vero che hai dovuto bere il sangue di Lupo per sopravvivere?»

Ren lo fulminò con lo sguardo, ma Vincent alzò gli occhi al cielo. «Era una procedura medica, non una dannata esclusiva per OnlyFans.»

Nyx sbuffò dal suo pouf. «Tutto è un'esclusiva per Only-Fans, se la inquadri nel modo giusto.»

La signora Barley fece un respiro profondo e corroborante. «Abbiamo una proposta» disse, con gli occhi puntati su Aurelia. «Voi avete i numeri, noi le informazioni. Se uniamo le nostre risorse, potremmo avere una possibilità di interrompere la catena di Carmine prima che passi alla prossima iterazione.»

Cass sogghignò. «Vuoi una collaborazione? Ti ascoltiamo.»

Aurelia incrociò le braccia, studiando la signora Barley con l'immobilità di un predatore. «Perché dovremmo aiutare il Consiglio che ha passato l'ultimo decennio a cercare di cancellarci?»

Vincent intervenne, con voce piatta. «Perché Carmine non fa distinzioni. Se vince, siete tutti carne da canone. Riscriverà ognuno di voi: Consiglio, Modernisti, influencer, persino i vostri sponsor.»

Nyx si strinse nelle spalle. «Insomma, non è il modo peggiore di andarsene. Almeno non è noioso come essere un drone diurno per l'ufficio legale del Consiglio.»

Ren fece un passo avanti, il Marchio sul braccio appena visibile attraverso la manica. «Non capite. Se vinciamo, ottenete rispetto. Non solo like o clickbait. Vera voce in capitolo su ciò che verrà dopo.»

Cass sollevò le sopracciglia, sinceramente incuriosito. «E se perdete?»

La signora Barley non batté ciglio. «Non lo saprete mai. Perché non sarete lì per postarlo.»

Ci fu un momento – una pausa reale, non curata – in cui persino Aurelia parve incerta.

Vincent lo colse al volo. «Sentite» disse, con la voce roca e sfinita. «Non siamo venuti qui per farvi sentire in colpa. Volete diventare delle leggende? Bene. Ma questa è l'ultima profezia che qualcuno ricorderà. Ci state, o no?»

Aurelia strinse le labbra, le dita che tamburellavano contro il tavolo illuminato al neon. «Lei è un osso duro, Lupo. Ma ha ragione. Nessuno sopravvive a una riscrittura, a meno che non sia lui a tenere in mano la penna.»

Tese di nuovo la mano, stavolta verso la signora Barley.

La signora Barley la prese, con la stretta di un cavo d'acciaio.

Cass esultò. «Diavolo, sì! È ora di diventare virali per davvero.»

Nyx, ancora in orizzontale, si limitò a dire: «Forte. Qualcuno mi svegli quando arriva Carmine.»

Vincent espirò, la tensione nelle sue spalle si allentò di mezzo centimetro. Guardò il poster del «Tipo O-MioDio» un'ultima volta e considerò, per un istante, se sarebbe stato catartico dargli fuoco.

Ren lo toccò con il gomito, a bassa voce. «Tutto bene?»

Vincent sogghignò. «Mai stato meglio.»

Dall'altra parte della stanza, Cass aveva già aggiornato la chat di gruppo. La città stava guardando e, per la prima volta, Vincent sperò che forse fosse una cosa buona.

Ma mentre i Modernisti serravano i ranghi e la signora Barley cominciava a delineare il piano sulla cartellina, Vincent sentì il vecchio terrore, quello che diceva che nulla di così facile era mai finito bene.

Le insegne al neon tremolarono, le ring light ronzarono e, da qualche parte nel caos, un nuovo verso di profezia cominciò a scriversi da solo: in hashtag, nel sangue, nella pulsazione dietro i suoi occhi.

VENTI

L'appartamento di Vincent era diventato l'anticamera del disastro più angosciante del mondo. Vincent sedeva allo scheggiato bancone della colazione, le mani avvolte intorno a una tazza di caffè del giorno prima, riscaldato fino a diventare attivamente malevolo.

Ren camminava per l'appartamento, compiendo giri di cinque passi tra la finestra e la porta della cucina, le sue scarpe da ginnastica logore che stridevano in contrappunto al rantolo elettrico e mortale della lampada del salotto. Il Marchio sul suo avambraccio pulsava di un blu malato e anemico, il contorno appena visibile attraverso il cotone del suo maglione. Continuava a guardare il telefono come se si aspettasse un aggiornamento sulle loro probabilità di sopravvivenza, ma gli unici messaggi erano della signora Barley, che le inviava una cronaca in diretta dall'altra parte della stanza.

Zara stessa fluttuava nella penombra, la sua forma sempre meno legata al mondo a ogni minuto che passava. Aleggiava a una buona trentina di centimetri da terra, le scarpe che lasciavano una scia di immagini residue, i capelli a ventaglio intorno alla testa come l'aureola più anedonica del mondo. Ogni volta che la lampada tremolava, Zara sembrava perdere un grado di opacità, finché non sembrò che le sue ossa potessero semplicemente crollare in un cumulo di polvere bianco-bluastra.

Osservò il gruppo con un distacco clinico che Vincent riconobbe come nostalgia preventiva: la nostalgia per una realtà che stava per essere sovrascritta, o per il sé che si sarebbero lasciati alle spalle.

«Bene,» disse, con la voce che si spezzava ai margini. «Siete tutti pronti per il piatto forte della casa?»

Vincent sorseggiò il caffè. «È servito con patatine?»

Ren, che si stava mangiucchiando il labbro fino a ridurlo in brandelli, smise di camminare. «Dicci solo se questa cosa ci ucciderà.»

Gli occhi di Zara brillarono, fosforescenti e crudeli. «Probabilmente non tutti in una volta.»

La signora Barley, penna alla mano, non alzò lo sguardo. «Proceda, prego.»

Zara sollevò entrambe le mani e, con un gesto che sarebbe stato perfetto al culmine di una seduta spiritica vittoriana, raccolse le ombre della stanza verso di sé come un sacco con la coulisse. Il paralume sopra di loro vibrò, poi si fermò, la sua luce risucchiata in una singolarità sopra i palmi aperti di Zara. Le ombre si raccolsero, vorticarono e poi — a un segnale silenzioso — esplosero di nuovo, spazzando l'appartamento e scrostando la superficie di tutto ciò che toccavano.

Le parole cominciarono a staccarsi dalla carta da parati in lunghe strisce glutinose. Le lettere ribollirono dalla vernice, si arricciarono su se stesse, poi caddero sul pavimento con il suono di foglie bagnate. Sul bancone, la scritta di una borsa della Tesco si invertì, così che «Ogni piccolo gesto aiuta» suonò come un'accusa invece che come uno slogan. Persino le etichette sugli evidenziatori della signora Barley cominciarono a colare, formando piccoli delta arcobaleno di linguaggio irrisolto.

Vincent sentì i denti iniziare a prudergli.

La voce di Zara scese a un registro che fece tintinnare i bicchieri. «Ecco la situazione: Carmine non è nel mondo. È nella bozza del mondo. La parte sottostante, la versione che hanno cercato di cancellare. Per raggiungerlo, dobbiamo scivolare attraverso il margine. E questo significa trovare la cucitura.»

Ren deglutì, la mano premuta sul Marchio come se questo potesse scappare dal suo braccio e iniziare una nuova vita in un posto più caldo. «Intendi come... una piega nell'universo?»

«Più come una modifica venuta male,» disse Zara. «Non c'è una rottura netta. Solo uno strappo, e la speranza di non impigliarsi durante il passaggio.»

La signora Barley scarabocchiò furiosamente, borbottando: «Il soggetto spiega l'incursione metafisica come funzione di cancellazione incompleta. Ipotesi: Carmine occupa gli spazi interstiziali tra le iterazioni.»

Vincent spinse da parte la sua tazza. «Ho sempre odiato le biblioteche.»

Zara sogghignò, anche se sembrava che le fosse costato uno sforzo. «Buone notizie, allora. Questa non ha nessuno dei tuoi libri e non credo che si facciano troppi problemi per il rumore.»

La lampada scoppiò, inondando la stanza di frammenti. La luce dalle mani di Zara era ora l'unica illuminazione: due vortici gemelli di fuoco freddo, che si avvitavano e si incontravano di fronte a lei come due fili che intrecciano una nuova corda. Mentre si concentrava, le strisce di parole-carne sulla carta da parati si ritirarono, rivelando un vuoto crescente, i cui bordi pulsavano della fosforescenza malaticcia di uno stick luminoso ripescato dal Tamigi.

Il Marchio di Ren si infiammò, inviando viticci di luce lungo il polso e nel palmo della sua mano. Lo fissò, poi fissò il muro, il viso pallido e deciso. L'aria tra lei e la fenditura sembrava viscosa, come in quell'incubo in cui devi correre ma le gambe si muovono nello sciroppo.

La signora Barley finì la sua nota, chiuse il blocco di scatto e si rivolse al vuoto con lo stesso tono che usava per gli ausiliari del traffico e i funzionari di banca. «Descriva i parametri del passaggio, signorina Delacourt. L'effetto è continuo, o dobbiamo attraversare in sequenza?»

«Andate quando siete pronti,» disse Zara, che a quel punto era solo un volto, capelli e mani. «Terrò il portale aperto più a lungo che posso. Ma farà male.»

Vincent si alzò, si scrollò di dosso i vetri e raddrizzò le spalle. «C'è una prima volta per tutto,» borbottò.

Ren fece un passo avanti, ma il Marchio fece il resto: la sua mano, guidata da una qualche memoria muscolare editoriale, si allungò nella ferita nel muro. Nel momento in cui le sue dita toccarono l'altro lato, il suo corpo ebbe uno scossone come se fosse stato folgorato. Il Marchio passò dal blu al bianco, poi a un bianco puro e accecante, disegnando il contorno delle sue ossa attraverso la pelle come una radiografia durante un blackout.

Non urlò. Invece, si rivolse agli altri e disse: «È come... essere letti da dietro i propri occhi.»

Vincent le prese l'altra mano, sorreggendola. La signora

Barley, che non avrebbe mai ceduto il controllo di un esperimento, entrò per ultima, taccuino in una mano e un evidenziatore nell'altra, già intenta ad annotare l'esperienza.

La fenditura si allargò e, per un momento, il mondo dall'altra parte trapelò: scaffali infiniti, che si innalzavano nell'oscurità, libri, raccoglitori e registri cuciti insieme con fil di ferro e tendini, i loro dorsi che si contraevano come se fossero ansiosi di nuovi contenuti. L'aria era densa del suono di pagine che si voltavano, ma ogni pagina si girava da sola, come se avesse paura di soffermarsi troppo a lungo su un singolo istante.

Vincent scrutò nella fenditura e sentì qualcosa di vecchio e sgradito agitarsi nel suo petto.

«Odio davvero le biblioteche,» ripeté, e insieme attraversarono il varco, le parole del loro mondo che si staccavano e volteggiavano dietro di loro come falene.

Alle loro spalle, la voce di Zara echeggiò: «Ricordate... non guardate indietro. Se lo fate, la modifica non vi lascerà mai più.»

La fenditura si richiuse, inghiottendo la luce e il suono, e per un momento, l'appartamento di Vincent tornò alla sua vecchia e spettrale immobilità.

Solo il pavimento, ora coperto da una fine poltiglia di lettere e punteggiatura, suggeriva che fosse mai successo qualcosa.

Il mondo dall'altra parte della fenditura era una biblioteca, se le biblioteche potessero essere costruite interamente di angoscia esistenziale e del tipo di ambizioni architettoniche che di solito si traducono in accuse penali o in un documentario di Channel 4.

Gli scaffali torreggiavano, svanivano in una nebbia nera in alto, solo per riapparire centinaia di metri dopo, collegando voragini con traballanti passerelle a chiocciola fatte di staffe di ferro piegate e logoro nastro bibliografico. Le scaffalature si curvavano e si ramificavano in schemi frattali, ogni linea di ripiani in recessione incisa con errata corrige, macchie di sangue e le note a margine intraducibili di un centinaio di scribi perduti. Da qualche parte, in alto, una goccia d'inchiostro cadeva — lenta come la morte, grassa come una goccia di pioggia — e si spiaccicava sul pavimento ai piedi di Vincent, dove immediatamente cominciò a sfrigolare ed espandersi, dissolvendo un groviglio di note a piè pagina sciolte che sgusciavano sulle lastre di pietra come pesciolini d'argento.

Ren inciampò mentre atterrava, rischiando di finire a faccia in giù su un tappeto di schede catalografiche scartate. Il Marchio sul suo braccio pulsava, ogni battito che si irradiava in tutto il suo corpo come un secondo, meno affidabile, sistema circolatorio. Strinse i denti e sbatté le palpebre finché le immagini residue non svanirono. La sensazione di essere osservata — dai libri, dalle note a piè pagina, dai registratori invisibili in agguato nell'ombra — era opprimente.

La signora Barley arrivò per ultima, taccuino sempre pronto. Ispezionò le scaffalature con disprezzo professionale, già in cerca di uscite, punti di sbarramento o, in mancanza di ciò, della scrivania sicura più vicina da cui monitorare e giudicare.

I Modernizzatori arrivarono in gruppo, guidati da Aurelia e affiancati da Cass e Nyx, che portavano ciascuno due telefoni e tre batterie portatili separate. Le ring light, che nel mondo dei vivi sembravano leggermente ridicole, ora ardevano di un calore bianco-bluastro che proiettava più ombre che luce. Di tanto in tanto, un'ombra si staccava dalle altre e si arrampicava su una libreria, dove si nascondeva nell'indice fingendo di non avere paura.

Zara si materializzò al centro del gruppo, meno un corpo ora che un'aureola di spazio negativo. «Benvenuti all'Archivio tra le Pagine,» annunciò, e la sua voce echeggiò tra gli scaffali con la forza di una profezia pronunciata tramite un altoparlante economico da supermercato. «Popolazione: al momento noi, e qualunque cosa Carmine abbia radunato.»

Vincent contrasse la mascella. Le sue zanne dolevano, come se reagissero a una fame profonda e senza fonte tra gli scaffali. L'impulso di fare a pezzi qualcosa — un libro, una persona, se stesso — era forte, e per una volta non si fidava del proprio istinto. Guardò lo scaffale più vicino, dove un singolo volume con il suo nome sul dorso pulsava debolmente a tempo con il Marchio sul braccio di Ren.

Zara scivolò avanti, fermandosi solo per avvertire: «Non leggete ad alta voce. Ogni cosa qui vuole essere scritta di nuovo.»

Cass puntò immediatamente il telefono verso gli scaffali. «Cosa succede se andiamo in diretta streaming?»

La signora Barley abbaiò: «Creerà una vostra copia così accurata che nemmeno vostra madre noterebbe la differenza.» Lanciò un'occhiataccia al telefono come se fosse personalmente responsabile del declino della civiltà occidentale.

Aurelia, per nulla turbata, si scattò un selfie con lo scaffale più vicino, labbra a becco pronte, e lo intitolò «#AtmosfereDall-

Aldilà.» Lo scaffale rispose emettendo un ringhio basso e di disapprovazione.

Ren rabbrividì e si strinse nella felpa, ma il Marchio era ora così luminoso da illuminare l'interno della sua manica. «Da che parte?» chiese, la voce poco più di un suggerimento.

Zara, che ormai aveva sviluppato la presenza di un sistema meteorologico, li condusse più in profondità tra le scaffalature. Ogni corridoio si torceva, poi tornava indietro, poi si divideva in tre o cinque o undici realtà alternative, solo perché i sentieri si ricongiungessero pochi secondi dopo. Occasionalmente, uno scaffale crollava per poi riassemblarsi dall'altra parte del corridoio, ma solo quando nessuno lo stava guardando direttamente.

Mentre si muovevano, le scaffalature presero vita. I libri allungarono le copertine, sbattendo le pagine come ali. Alcuni si librarono nell'aria, cavalcandola in lente e predatorie spirali. Un dizionario delle dimensioni di un labrador strisciò per terra, inseguendo le note a piè pagina e divorando quelle che si allontanavano troppo dal branco.

Vincent osservò tutto in silenzio, il suo consueto sarcasmo che si scontrava con i limiti del linguaggio. Persino per lui, l'Archivio era un po' troppo.

Il passo di Ren vacillò quando il Marchio la strattonò a sinistra, giù per una scala fatta interamente di moduli disciplinari strappati e tenuti insieme da nastro rosso da burocrazia comunale. In fondo, l'aria cambiò: più fredda, più densa, come l'interno di un caveau o il breve silenzio dopo un allarme bomba.

Si radunarono su un pianerottolo che si affacciava sul resto dell'Archivio. Si estendeva per chilometri. Forse per sempre. La geometria combatteva contro se stessa, ogni angolo un numero impossibile, ogni corridoio più lungo dell'edificio in cui si trovava.

Zara si fermò alla balaustra, tremolò in una mezza dozzina di contorni diversi, poi si immobilizzò. «È vicino,» disse. «È sempre stato vicino. Non se n'è mai andato davvero.»

Ci fu un rumore — come una pagina che veniva strappata, ma abbastanza forte da far vibrare i denti. L'estremità lontana del corridoio si aprì. Ne uscì Carmine.

Indossava un abito vecchio di tre secoli, ma era invecchiato alla perfezione. I suoi occhi, quando incrociarono quelli di Vincent, erano gli stessi: intelligenti, affamati, debolmente divertiti dall'inettitudine di tutti gli altri. Aveva l'aria di un uomo che non era mai stato sorpreso da nulla, tranne forse dalla propria capacità di autodistruzione.

«Benvenuti,» disse Carmine, e fu come ricevere uno sfratto per la propria anima. «Avete fatto un bel pasticcio là fuori. Ho pensato di mettere un po' d'ordine qui dentro.»

Vincent fece un passo avanti, con la signora Barley e Ren ai suoi fianchi. I Modernizzatori si raggrupparono dietro, le loro ring light che tremolavano.

Carmine chinò la testa. «Hai portato degli amici. E il Marchio. Molto bene. Ho sempre detto che avevi bisogno di un pubblico, Lupo.»

Vincent sogghignò, anche se la pelle intorno alla bocca si mosse a malapena. «Non vorrei che ti perdessi la tua serata di chiusura.»

Gli occhi di Carmine si incresparono ai lati. «Oh, non c'è nessuna chiusura. Solo la prossima edizione.»

Guardò Ren, poi la signora Barley, poi i Modernizzatori. «Pensate di potermi sovrascrivere? Prego, provateci.»

Le scaffalature cominciarono a stringersi, i ripiani che scivolavano su binari invisibili, formando un anello intorno allo scontro. I libri si sporsero, ansiosi di vedere il risultato. Persino le note a piè pagina smisero di muoversi, raggruppate ai margini.

Zara fluttuò sopra di loro, la voce ora un sussurro che echeggiava da ogni superficie. «È legato alla narrazione. Se riuscite a spezzare la sua storia, potete porvi fine. Ma dovete volerlo davvero.»

La signora Barley estrasse la penna, la fece scattare due volte. «Pronta?»

Il Marchio di Ren era così luminoso da proiettare ombre sul suo volto. «Pronta.»

Vincent scoprì le zanne. Per una volta, la sensazione fu piacevole.

Il sorriso di Carmine non vacillò, ma l'ombra dietro di lui si allungò, diventando più grande, più scura, fino a riempire l'intero corridoio.

«Dopo di te, Vincent,» disse Carmine. «Insisto.»

Vincent entrò nell'arena, l'Archivio che ronzava in attesa.

«Allora, revisioniamo,» disse. E la battaglia ebbe inizio.

VENTUNO

L'Archivio rispose alla violenza con la violenza. Alle parole di Vincent, l'aria si spaccò con uno schiocco secco e gli scaffali più vicini collassarono verso l'interno, i dorsi che si flettevano come a voler difendere i segreti custoditi al loro interno. Polvere e schede bibliografiche tritate zampillarono nel corridoio e, da qualche parte nella penombra sopra le loro teste, un vasto stormo di pagine sciolte si liberò dai propri volumi, vorticando e roteando in banchi dalla geometria malsana. Il corridoio degli scaffali dove si trovava Carmine rabbrividì come colpito da un treno di avvocati.

Vincent si preparò alla prima carica, aspettandosi un attacco da parte di Carmine — vecchie abitudini, dure a morire — ma l'apparizione si limitò a sorridere e a fare un cenno, e la vera minaccia venne dall'Archivio stesso. Il pavimento si inclinò, e gli scaffali su entrambi i lati si riconfigurarono secondo un nuovo angolo d'attacco. Sentì i tacchi della signora Barley raspare in cerca di aderenza mentre il suolo si trasformava in una pendenza di trenta gradi.

«La prossima volta mi avverta prima, per favore» ringhiò lei, aggrappandosi alla balaustra con tutta la sua forza.

«Consideri questa l'esercitazione di evacuazione» replicò secco Vincent. «Mi segua, o resti per il seguito.»

Si lanciò in avanti, il piede che gli scivolava su un cumulo di appiccicose errate. Il sentiero davanti a lui non era più un sentiero: un attimo era un corridoio, l'attimo dopo una rampa a spirale, e poi uno scivolo da luna park fiancheggiato da libri che azzannavano le caviglie come cani affamati. A ogni metro, le scaffalature esplodevano lateralmente, espellendo tomi e raccoglitori in una grandinata di carta e burocrazia.

Da qualche parte sulla sinistra, Vincent sentì le urla dei Modernizzatori; Cass e Nyx sfrecciarono oltre, schivando una raffica di calendari da tavolo affilati come lame di coltello. Aurelia li seguì, radiosa e furibonda, scacciando via uno stormo in picchiata di Pratiche Contabili Proibite.

La carica a capofitto di Vincent rallentò quando si rese conto che Ren non era dietro di lui. Si girò di scatto, giusto in tempo per vederla inciampare, stringendosi il braccio. Il Marchio aveva cambiato colore, non più blu ma di un bianco sulfureo, e a ogni pulsazione perdeva rivoli di luce. Lei alzò lo sguardo, il volto inespressivo, e fece un passo lontano da lui... no, non lontano. Verso l'epicentro.

«Ren!» abbaiò Vincent.

Lei sbatté le palpebre, le palpebre percorse da immagini residue, ed emise un suono a metà tra un colpo di tosse e un singhiozzo. «Mi sta... mi sta chiamando. Come un allarme antincendio nella testa.»

La signora Barley la raggiunse per prima, le mani ferme, ma le gambe di Ren cedettero e lei cadde, un ginocchio che si piegava. Il Marchio divampò. Un anello di incunaboli si strappò dallo scaffale sovrastante, le circondò il capo e poi si serrò, formando una corona di pagine fittamente stampate.

Vincent si tuffò, incurante, e l'afferrò per il polso proprio mentre un fiume d'inchiostro prorompeva dai battiscopa, turbinando attorno alle sue caviglie. Il liquido era vivo: non metaforicamente, ma letteralmente, con parole che si contorcevano al suo interno come lamprede. Lambirono le scarpe di Ren, poi si levarono verso l'alto, avvolgendole gli stinchi in una frase che si torceva.

Vincent puntò i piedi, strattonandola via con un ringhio. «Oggi no» disse, le zanne semi-estratte per lo sforzo. Il Marchio gli si oppose, fuoco bianco che le risaliva lungo il braccio, ma lui lo estinse con la pura forza bruta e una vita intera passata a rifiutarsi di essere la cavia di chiunque.

La signora Barley, pragmatica fino all'ultimo, aprì di scatto il suo taccuino e cominciò a dettare al fiume d'inchiostro. «Il soggetto mostra un'aggressiva tensione narrativa. Si suggerisce un'immediata de-escalation tramite reindirizzamento...»

L'inchiostro, insultato dal tentativo di psicanalisi, si ritrasse e sputò uno spruzzo nero sulla sua gonna, poi si ritirò sotto gli scaffali, sibilando.

Vincent si rialzò barcollando, con Ren abbandonata tra le braccia, che sbatteva le palpebre. La sua pelle era calda al tatto — insolito, per lei — ma almeno i suoi occhi lo seguivano.

«Riprenditi» le disse lui. «Non sei una tessera della biblioteca.»

Lei riuscì a fare un debole sorriso. «Mi sta usando come segnalibro. Questa è nuova.»

In alto, il cielo — o ciò che ne suggeriva l'idea — tremò. Pioverò pagine, ognuna delle quali urlava. All'inizio, Vincent pensò che fosse solo il vento, ma mentre la carta si faceva a brandelli contro le scaffalature, le voci divennero distinte: frammenti di dialoghi, frasi smozzicate, note a piè di pagina urlate e l'eco di mille promemoria dimenticati. Era uno sciame di storie abbandonate, le cui parole gareggiavano per avere la possibilità di sovrascrivere ciò che sarebbe venuto dopo.

«Possiamo darci una mossa?» gridò Cass dal corridoio accanto. «La batteria del telefono è al sei per cento e il mio powerbank di riserva ha appena cercato di uccidermi.»

Aurelia, imperturbabile, si sbarazzò di un quartetto di registri contabili volanti con un rovescio. «Ci sta facendo perdere tempo. Carmine vuole che il Marchio finisca la riscrittura prima che possiamo fermarlo.»

Nyx, che li seguiva, gridò: «Attenzione!» e un gruppo di figure spettrali si materializzò all'incrocio.

I revenant erano peggio di quanto Vincent ricordasse. Nel mondo di carne e mutui, un revenant era una cosa ottusa e predatoria: difficile da uccidere, ma alla fine uccidibile, la sua mente un mosaico di rimpianti e veleno per topi. Qui, nell'Archivio, erano burocrati da incubo, costruiti con i detriti di bozze fallite: arti cuciti insieme da colonne di testo, volti composti da un collage di precedenti legali e condanne, occhi che erano pozzi profondi di struggimento in corsivo. Risplendevano di un alone malaticcio, come se fossero radioattivi dopo secoli di esposizione ai fallimenti altrui.

Il revenant in testa, un composto di statuti obsoleti e verbali parlamentari triturati, si scagliò contro la signora Barley. Aprì la bocca e ne fuoriuscì un fiotto di frasi censurate: «Comma. Paragrafo. Clausola. Lei non è il destinatario previsto. Restituire al mittente. Restituire al mittente...»

La signora Barley schivò il fendente con la disinvoltura di una pendolare esperta della metropolitana di Londra, poi conficcò la sua penna stilografica nell'occhio del revenant. L'inchiostro schizzò fuori in un pennacchio e la creatura barcollò, la voce che si modulava in un sibilo statico. Lei ritrasse la penna con gesto elegante e tracciò una linea sul petto del revenant, dove questa sfrigolò e cominciò a disfarsi, le parole del suo corpo che si staccavano e fluttuavano verso l'alto come pessime recensioni di Amazon.

«Niente male» disse Vincent. «Lo faccia altre duecento volte e saremo a casa in tempo per il tè.»

La signora Barley non lo degnò di una risposta, già intenta a cercare tra gli scaffali qualsiasi altra cosa potesse essere usata come arma.

Il revenant successivo fu più veloce: un amalgama di rapporti di polizia e thread di social media, con le mani seghettate di fili di cucitrice. Si diresse verso Ren, che era riuscita ad appoggiarsi a uno scaffale, ma Vincent lo bloccò, le zanne ora completamente estratte. Parò la mano-cucitrice con l'avambraccio, ignorando il dolore, e sferrò un calcio al ginocchio del revenant. L'articolazione si spezzò e la cosa si piegò, ma invece di cadere si rigenerò: pagine e filo chiusero la ferita in tempo reale.

Non sarebbe mai rimasto a corto di materiale, si rese conto Vincent.

Gridò: «Zara! Se vuole riscrivere le probabilità... è il momento!»

Una voce, ovunque e da nessuna parte, rispose: «Hai sempre avuto un debole per il melodramma, Lupo.» La sagoma di Zara apparve con un glitch in cima al corridoio, la sua corona blu che sprizzava scintille. Allargò le mani e una folata di freddo spettrale si abbatté sulle scaffalature, congelando ogni pagina a mezz'aria. Le storie che piovevano si fermarono. L'aria si riempì del tremito del ghiaccio e della possibilità.

Zara, ora più energia che forma, sogghignò alla squadra. «Avete due minuti. Fateli fruttare.»

Vincent non attese discussioni. «Giù per la rampa» ordinò. «Lui vuole il Marchio, ma non rischierà di distruggerlo. È la nostra leva.»

La signora Barley sollevò Ren senza tante cerimonie, caricandosela su una spalla come una pianta da appartamento indisciplinata. Insieme, il trio scivolò giù per la rampa, schivando un'ultima raffica di note a piè di pagina mentre l'Archivio riorganizzava il corridoio alle loro spalle. I revenant, momentaneamente disorientati dalla perdita di gravità narrativa, li inseguirono barcollando, ma le pareti di scaffali si richiusero con un fragore di tuono, tagliando loro la strada.

Più avanti, il corridoio si apriva su una cripta. Non c'era altra parola per definirla: pareti, soffitto, pavimento, tutto fuso in un'unica curva continua di scaffalature, ogni centimetro rivestito della produzione di Carmine. Al centro, illuminata dalla luce morente del Marchio, si ergeva una singola scrivania, sulla quale riposava un manoscritto: la bozza originale, rilegata in catena e cera, da cui fuoriusciva una nebbia blu pallido che odorava solo di finali.

Vincent rallentò, cauto. «Quello è il pulsante d'arresto» disse. «O il detonatore. O entrambi.»

Ren, appoggiata alla porta, ansimò: «Se lo tocchiamo, finisce tutto? O ricomincia da capo?»

Gli occhi della signora Barley brillarono, la prospettiva di una soluzione che rianimava ogni linea del suo viso. «Non lo toccheremo. Lo annoteremo.»

Vincent sogghignò. «Vuole fare l'editing a Carmine?»

Lei raddrizzò le spalle. «No. Voglio ucciderlo a colpi di note a piè di pagina.»

Per un secondo, persino Vincent dovette rispettare il piano. Le porse la sua penna.

La signora Barley si avvicinò alla scrivania. Ogni passo era un rischio; l'aria si fece più pesante, le parole sulle pareti che si rizzavano come per intervenire. Ma lei andò avanti e si sedette alla scrivania. Il Marchio sul braccio di Ren prese a pulsare a tempo con il voltare delle pagine, più debolmente ora, ma ancora inesorabile.

Vincent montò la guardia, lo sguardo che saettava tra l'ingresso e gli scaffali, aspettandosi quasi che Carmine si materializzasse e rovesciasse la scrivania. Avrebbe quasi preferito quello alla suspense.

Alle loro spalle, il resto dei Modernizzatori ruzzolò nella cripta, malconci ma vivi. Cass iniziò immediatamente una diretta streaming, Nyx si rannicchiò dietro una poltrona da lettura e Aurelia — la stratega di sempre — esaminò la scena in cerca di un'angolazione migliore.

Alla scrivania, la signora Barley si fermò. «Pronti?» chiese, senza voltarsi.

Vincent lanciò un'occhiata a Ren. Lei annuì, a labbra strette. «Proceda.»

La signora Barley stappò la penna e, con la studiata grazia di un boia, iniziò ad annotare il manoscritto. Ogni nota a piè di pagina ardeva sulla carta, divampando di blu per poi svanire in cenere. Il testo si ribellò — righe di profezie strisciarono verso il margine, tentando di sovrascrivere i suoi commenti — ma lei fu implacabile, incidendo una citazione dopo l'altra finché il manoscritto stesso non iniziò a fumigare.

Un urlo echeggiò nell'Archivio. Gli scaffali si contorsero, espellendo libri in ogni direzione. La scrivania tremò, le catene sferragliarono contro il legno e l'aria divenne così gelida da spaccare i denti.

All'ingresso, i redivivi si radunarono, bloccati da un muro di nuove annotazioni. Battevano contro la barriera invisibile, ululando, ma ogni volta che la signora Barley aggiungeva una nuova nota a piè di pagina, uno di loro evaporava in una fine nebbia di infelicità non referenziata.

Vincent osservava, affascinato e inorridito, mentre la voce di Carmine emergeva dalla pila, tesa e disperata: «Non si può uccidere una storia. Non finché qualcuno la ricorda.»

La signora Barley premette la penna sull'ultima pagina. «Ma la si può revisionare,» disse. «E Lei non è più l'autore.»

Con un ultimo tratto, firmò col proprio nome.

L'Archivio ebbe una convulsione. La luce nella cripta virò al bianco, poi al nero, poi a un colore impossibile che gli occhi di Vincent si rifiutarono di elaborare. La scrivania esplose, il manoscritto incenerito in una nova di fuoco blu. Il Marchio sul braccio di Ren si spezzò: un taglio netto, senza sangue e definitivo.

Per un istante, non vi fu alcun suono.

Poi, lentamente, l'Archivio cominciò a riempirsi del quieto fruscio delle pagine che si assestavano.

Vincent espirò, liberando un fiato che non si era reso conto di aver trattenuto.

La signora Barley si voltò, con la penna ancora fumante, e accennò un sorriso debole ed esausto. «È fatta,» disse.

Ren si accasciò, tra il riso e il pianto. Il Marchio sulla sua pelle era sparito, rimpiazzato da un'unica, elegante cicatrice: una nota a piè di pagina, niente di più.

Vincent cercò le parole, ma trovò solo quelle di sempre. «La prossima volta,» disse, «diamo fuoco alla biblioteca.»

Cass, che stava già caricando gli ultimi istanti, annuì. «Sì, ma prima... possiamo andarcene? Credo che il mio telefono sia infestato.»

L'Archivio, ormai benigno, aprì un varco.

E insieme, malconci ma interi, lo seguirono verso l'uscita, lasciandosi alle spalle solo gli echi, e le ceneri, di una storia che aveva finalmente esaurito le sue versioni.

Riuscirono quasi a raggiungere l'uscita prima che l'Archivio si ribellasse, un'ultima volta, alla chiusura.

Vincent fu il primo a sentirlo: un fruscio sismico, come se un intero stadio di blocchi per appunti venisse sfogliato all'unisono. Poi arrivò il gelo, così pungente da far dolere i denti e rallentare il cuore. Il corridoio alle loro spalle si gonfiò, geometrie impossibili che sporgevano dalle pareti, la curva di uno scaffale che si allungava per accogliere una figura molto più grande di qualsiasi essere umano, o persino della somma di tutti gli umani che avevano mai provato a documentare il soprannaturale.

Carmine arrivò alla maniera di un virus che aveva rinunciato alla sottigliezza. Le pareti si tesero e poi si spaccarono, vomitando un amalgama di carne e note a piè di pagina. Il corpo era alto quasi quanto Vincent, ma avvolto in una corona di parole che bruciavano e si ricombinavano; la pelle tremolava tra il pallore e la carta di giornale, ogni gruppo muscolare annotato in un latino non più parlato dai mortali. Il volto di Carmine era un glitch roteante: a volte il naso aquilino e le labbra fameliche che Vincent ricordava, più spesso un groviglio di titoli, paragrafi e qualche jpeg degno di un meme, inserito per effetto narrativo.

Sorrise, e i suoi denti erano segni di interpunzione, tutti affilati.

«Non così in fretta,» disse Carmine, e la sua voce colpì come un sistema di altoparlanti installato in un bunker di cemento: abbastanza forte da far vibrare l'aria, sovrapposta a diverse voci secondarie, ciascuna in disaccordo con la precedente.

Vincent si arrestò di colpo, mettendo il proprio corpo di traverso per proteggere Ren e la signora Barley dal punto d'impatto. Il Marchio sul braccio di Ren, appena cicatrizzato e non più funzionante, sfrigolò debolmente nel gelo, ma lei tenne duro, osservando Carmine con lo stesso rapito orrore che si potrebbe riservare al crollo di uno stadio pericolante.

La signora Barley serrò la mascella e chiuse il suo taccuino, come se non volesse fornire a Carmine altro materiale di partenza.

Carmine tese una mano e il corridoio rispose: le pagine si strapparono dallo scaffale più vicino, volando in formazione serrata come uno stormo di corvi. Volteggiarono, poi si tuffarono, i bordi anteriori che si arricciavano in lame abbastanza affilate da spaccare un capello o, più al punto, un osso.

Vincent si lasciò colpire dalla prima pagina, incassando il colpo sull'avambraccio. Il taglio era superficiale, ma sanguinava inchiostro, non sangue: un promemoria che l'Archivio stava dettando le proprie regole. Si preparò per la raffica successiva, spostandosi in modo che la signora Barley potesse trascinare Ren in un luogo relativamente sicuro dietro una libreria etichettata "Dispute Interminabili: Volume 12".

I Modernizzatori, meno attrezzati per la violenza fisica, si abbassarono e si sparpagliarono. Cass fu il primo a riprendersi, puntando il telefono contro la raffica di colpi nella speranza che la torcia e la sua playlist di Spotify tenessero a bada gli orrori. Aurelia, con gli occhi accesi, afferrò una delle lame volanti di risguardo dall'aria e la scagliò indietro, tracciando una linea netta sulla guancia di Carmine. La ferita si rimarginò sotto i suoi occhi, richiudendosi con uno strisciare di rimpianto in corsivo.

Carmine rise. «Vedete? Voi revisionate, io riscrivo. È così che finisce, Lupo.»

Vincent sputò una boccata d'inchiostro sul tappeto. «Sei sempre stato un pigro plagiatore.»

Scrutò il campo di battaglia, no, il campo di revisione. L'Archivio ora si piegava attorno alla gravità di Carmine, ogni scaffale che si girava verso di lui, il pavimento che ondulava sotto i piedi con un impulso di narrativa pura e non filtrata. Vincent non aveva bisogno di essere un profeta per sapere che l'unico modo per avanzare era passarci attraverso.

Indicò il pericolo più vicino: una valanga di verbali del Consiglio, che rotolavano come una frana. «Ren, a sinistra. Signora Barley, disturbi lo scaffale a ore sei. Cass, se hai intenzione di filmare, cerca di non morire durante l'unboxing.»

Alla signora Barley non servirono altre istruzioni. Colpì la base della pila con un calcio, facendo crollare la colonna di libri sulla traiettoria di un secondo stormo di pagine taglienti. Cass si tuffò sotto il caos, rotolò su una spalla e si rialzò con un ghigno, la batteria del suo telefono miracolosamente illesa.

Ren, pallida ma in movimento, svoltò a sinistra, solo per fermarsi con una sbandata quando il pavimento si liquefece in un fiume di caratteri neri. Rischiò di finire sommersa prima che Vincent l'afferrasse per il colletto, trascinandola su una zattera di riviste rilegate. Il fiume d'inchiostro si ingrossò, le parole che si attorcigliavano e si contorcevano, ma lui la tenne sopra il livello dell'acqua, ginocchia bloccate, denti scoperti.

Carmine osservava, divertito. «Dovresti lasciarla andare. Sarebbe un ottimo prologo.»

«Vaffanculo,» replicò Vincent, puntando i piedi.

Poi Carmine attaccò sul serio.

L'aria esplose di pagine, righe e commenti sparsi. Alcuni erano affilati come lance, altri come reti che cercavano di legare le braccia di Vincent ai suoi fianchi. Respinse il primo attacco, ma il secondo gli afferrò il polso e sentì il bruciore dell'annotazione. Non era solo dolore; era la voce di Carmine nella sua testa, che riscriveva i suoi pensieri, inondando la sua memoria di storie alternative.

Vincent la combatté nell'unico modo che conosceva: rifiutandosi di partecipare.

«Più forte, Carmine,» lo provocò, «magari questa volta avrai davvero qualcosa da dire.»

Quello bastò. Carmine fece un passo avanti, la sua forma che si gonfiava fino a riempire il corridoio, le parole sul suo petto che ora ardevano di una malizia fosforescente. «Pensa che si tratti di una storia? Si tratta di sopravvivenza, Vincent. Niente storia, niente memoria. Niente memoria, niente sé. Non sono tornato per guardarla trasformarmi in un mito.»

Si lanciò all'attacco, l'Archivio che si piegava attorno a lui in un urlo di scaffalature torturate. Vincent affrontò l'attacco a testa bassa, lasciando che le zanne spuntassero del tutto. Lottò con Carmine, ed era come fare a botte con un cavo scoperto di narrativa e veleno. Ogni pugno atterrava con una citazione. Ogni calcio era accompagnato da una critica.

«Prendi sempre la via più facile,» ringhiò Vincent, affondando gli artigli nell'avambraccio di Carmine.

Il braccio di Carmine si dissolse in scrittura, per poi riformarsi come un pitone di note a margine. «E lei fa sempre il martire. Magari provi qualcosa di nuovo, per una volta.»

La lotta si riversò lungo il corridoio, fracassando mobili e muri di testo. Le pagine sciamarono su Vincent, cercando di inchiodargli gli arti, di avvolgergli la gola, di accecargli gli occhi. Lui le morse — letteralmente, in alcuni casi — i denti che affondavano nella polpa di cellulosa e nella storia e nel sapore di vecchio inchiostro.

La signora Barley, non contenta di fare da spettatrice, usò la propria arma: strappò pagine dallo scaffale più vicino, ci scarabocchiò sopra nuove righe, poi le scagliò contro Carmine. Ognuna colpì come una bomba di verità, bruciando un buco nel suo guscio. Per ogni ferita, Carmine rappezzava con una nuova storia, ma le revisioni della signora Barley lo rallentavano, lo costringevano a ricalcolare.

Ren, aggrappata al pavimento, osservava con un misto di stupore e terrore. Il Marchio, morto solo un attimo prima, ora pulsava di una nuova energia: un relè, che rispediva contro Carmine il suo stesso potere. Premette la mano sul braccio, strinse i denti e si concentrò sul compito più importante del mondo: rimanere in vita abbastanza a lungo da permettere a Vincent di vincere.

Carmine ruggì, un suono disumano e meccanico, e l'intero Archivio vibrò. Gli scaffali crollarono, per poi ricostruirsi in ordine inverso, i libri che si rimescolavano da soli. Un buco nero di gravità narrativa si aprì all'estremità della corsia, risucchiando verso di sé tutto ciò che non era inchiodato.

Vincent sentì la forza che lo trascinava. Era come essere fatti a pezzi pagina per pagina. Si aggrappò a Carmine, rifiutandosi di essere smosso.

«Vuole il finale?» ansimò. «Bene. Glielo scriveremo noi.»

Strattonò Carmine e, usando le ultime forze, lo scagliò sul palco. Rotolarono, un groviglio di arti e storie e punti della trama irrisolti, entrambi troppo deboli per sferrare il colpo di grazia.

Vincent guardò Ren e la signora Barley, poi Aurelia e i suoi influencer, e sorrise.

«Fatelo diventare famoso su Instagram.»

VENTIDUE

Carmine barcollò, sospeso tra il corporeo e il teorico, sfarfallando come un segnale Wi-Fi instabile, il suo volto a volte quello del vecchio e scaltro arcisapiente, a volte una macchia vuota dove non era stato ancora scritto nulla.

Vincent vide la breccia e, per quanto malconcio, fece ciò che avrebbe fatto qualsiasi predatore alfa con un discreto senso del tempismo: lasciò che gli influencer andassero avanti per primi.

Aurelia Voss salì sul podio con una falcata da passerella, i capelli platino che catturavano il riflesso di ogni ring light in rovina mentre radunava la sua squadra dietro di sé. Cass era al suo fianco, tutto adrenalina iperventilata, e teneva il telefono con entrambe le mani come se il dispositivo stesso fosse diventato un'icona religiosa. Dietro di loro, Nyx fece partire una colonna sonora dal proprio telefono: ogni bass drop era sincronizzato al ritmo del cuore morente dell'Archivio.

I Modernisti non erano tanto una falange quanto un flashmob: un insieme di angolazioni, energia e presenza immediata e militarizzata. Si mossero come un corpo unico, ciascuno estraendo un ring light dalla tasca di una felpa, dalla manica di un crop top o, nel caso di Nyx, dall'interno di un flight case malconcio e coperto di adesivi. Le luci si levarono, bianco-azzurre, di una luminosità infernale, alcune con filtri "sbiancan-ti", altre sintonizzate su una tonalità così aspra che avrebbe potuto estrarre a cielo aperto l'anima dalla mascotte di un'azienda di medie dimensioni.

Telefoni sguainati, fotocamere alzate, avanzarono in un'ondata di performance e spontaneità pianificata. «Che lo spettacolo abbia inizio» sibilò Aurelia, e non fu chiaro se si stesse rivolgendo alla sua squadra o ai milioni di spettatori dall'altra parte del suo account di streaming.

Vincent ebbe il raro piacere di vedere Carmine — vecchia nemesi, burattinaio nell'ombra, re della nota a piè di pagina confidenziale — apparire sinceramente sbigottito. L'improvvisa e totale pressione dell'attenzione lo colpì come una droga. O, più precisamente, come la prima boccata malriuscita di qualcosa di nuovo e non testato: il corpo di Carmine ebbe uno spasmo, i paragrafi della sua pseudo-carne si allungarono per poi scattare indietro sotto l'assalto dell'attenzione curata. Laddove i ring light lo colpivano direttamente, la pelle di testo si coprì di vesciche e si sfaldò, rivelando chiazze di vuoto sottostanti: spazio puro, non scritto, famelico e freddo.

Cass esultò: «Prendetegli il lato migliore!» e il cerchio dei Modernisti si strinse, ogni fotocamera che seguiva e tracciava la sagoma di Carmine. Per la prima volta da quando il mondo aveva imparato a temerlo, Carmine cercò di nascondersi: curvò il corpo, si voltò, alzò un braccio come se lo sguardo collettivo potesse ustionarlo.

Vincent si concesse un sorriso, uno vero, brutto, carico di tutti gli anni di aggressività passiva che aveva accumulato per quel momento. «Tenetegli le luci addosso!» urlò. «Affogatelo nel suo stesso clamore!»

Aurelia schioccò le dita e l'intera squadra passò alla piena "modalità interazione". Con i telefoni tenuti sopra la testa, iniziarono a trasmettere: alcuni su TikTok, altri su Instagram, una manciata su una qualsiasi piattaforma effimera che Cass aveva progettato per la massima disgregazione narrativa. I feed inondarono l'Archivio, facendo rimbalzare l'immagine di Carmine sulle pareti a cupola, ogni nuova angolazione introduceva un filtro diverso: uno gli faceva scintillare i denti come in una pubblicità di dentifricio, un altro gli dava occhi di un rosso demoniaco, un terzo invertiva completamente la sua gamma cromatica, trasformandolo in un negativo di se stesso.

L'Archivio reagì con puro disgusto. File di scaffalature tremarono, facendo colare rivoli di inchiostro sciolto dai bordi. I dorsi di antichi registri si fletterono, si piegarono e poi si squarciarono, come se l'attenzione stessa fosse contagiosa, un prione che infettava la sostanza stessa del luogo. Note a piè di pagina, strappate dai margini, si contorcevano sul pavimento come insetti morenti.

Carmine urlò: non il grido tonante, da aria funesta, di un cattivo classico, ma lo strillo acuto e umano di qualcuno che provava un dolore reale e abietto. Il suo corpo sussultò, ogni frase sulla sua pelle vibrava sul posto, per poi esplodere in una pioggia di clausole grezze e spezzate. Tentò di evocare di nuovo lo scudo narrativo, le mani che tessevano sigilli nell'aria, ma i

Modernisti continuarono a seguirlo, con i ring light regolati, le fotocamere vicine, il commento che scorreva in un chiacchiericcio costante e beffardo.

«A chi sta meglio?» disse Nyx impassibile al suo stream, zoomando sulla spalla di Carmine che si disfaceva.

«Seguiteci per altro caos» aggiunse Cass, passando dalla modalità selfie alla carneficina in diretta, il viso illuminato dalla gioia sacrilega di un bambino lasciato libero in una fabbrica di fuochi d'artificio.

Aurelia, mai da meno, alzò entrambe le braccia e ruotò su se stessa, offrendo ai suoi follower un tour a trecentosessanta gradi della sofferenza. «Se vi siete appena collegati» intonò, «siamo in diretta dall'Archivio, e questo è ciò che succede quando si scherza col Collettivo dei Modernisti.» La sua voce aveva il timbro duro e cristallino di chi aveva assolutamente pianificato quel momento. «Schiacciate quel tasto 'mi piace' se volete vedere cosa succederà dopo.»

Vincent quasi provò pena per Carmine. Quasi.

Carmine indietreggiò a fatica, lasciandosi dietro una scia viscida di inchiostro e testo in rovina. Le chiazze di vuoto sul suo corpo si allargarono: dove un tempo le storie ne avevano riempito ogni centimetro, ora le lacune si spalancavano, inghiottendo persino la scrittura circostante. Il suo viso sfarfallò tra varie identità, scorrendo attraverso ogni versione di sé che fosse mai esistita, ma nessuna durò più di un paio di fotogrammi.

I Modernisti si fecero sotto. I ring light, ora branditi come mazze, colpirono le braccia e le spalle di Carmine, bruciando via l'ultima resistenza. «Dite 'cheese'» lo schernì Cass, e la parola "cheese" apparve davvero, in Comic Sans, sulla fronte di

Carmine per una frazione di secondo prima di dissolversi in un attacco di statica digitale.

L'Archivio si ribellò. Manoscritti volarono dalle pareti, bersagliando la folla con una grandine di effimeri ostili e urlanti. Una raffica di memorie legali colpì Aurelia al petto, ma lei le scacciò con un noncurante colpo di polso. Cass si abbassò mentre un codice rilegato gli sfrecciò sopra la testa, poi afferrò il successivo e lo usò come scudo improvvisato. Nyx, multitasking da campione, mixava dal vivo un beat su un'app del telefono mentre schivava simultaneamente foglietti di citazioni a forma di shuriken.

Vincent girava lungo il perimetro, in cerca di una breccia. Mrs Barley si era ritirata, trascinando Ren con sé, entrambe malconce e schizzate di sangue e fluidi meno gradevoli. Il Marchio di Ren splendeva come una stella appena coniata, pulsando sempre più velocemente man mano che lo spettacolo raggiungeva il suo apice. Gli occhi di Mrs Barley seguivano la battaglia con il freddo distacco di una burocrate, ma Vincent notò il tic rivelatore all'angolo della sua bocca: si stava godendo ogni secondo.

Carmine cercò di riprendersi. Sollevò le braccia e, per una frazione di secondo, i vuoti sul suo corpo si allinearono, formando una lente di puro nulla che inghiottì la successiva raffica di luce. Ma i Modernisti aumentarono semplicemente l'esposizione, con i telefoni impostati su "scottatura solare" e i ring light su "distacco della retina". Trasmisero il crollo da ogni angolazione, e la folla dall'altra parte delle telecamere — centinaia di migliaia, ora, forse milioni — alimentò lo spettacolo con i propri commenti, emoji e ripubblicazioni festose.

La narrativa di Carmine si incrinò. La pelle del suo corpo si squarciò, non lungo le cuciture delle frasi o delle storie, ma in fessure sfilacciate e organiche. Da ogni squarcio, un turbine di trame abbandonate urlò, solo per essere catturato dai ring light e incenerito nel calore virale. La voce di Carmine si divise in una dozzina di versioni: quella autocelebrativa, quella supplichevole, quella freddamente razionale, quella puramente disperata. Urlavano tutte insieme, in un circolo vizioso di narrazioni fallite.

Vincent colse quel momento, e solo quel momento, per salire sul podio.

Guardò Carmine, ora un reticolo fumante di storie e vuoto, e disse: «Ultime parole per i suoi fan?»

Carmine tentò di rispondere, ma tutto ciò che ne uscì fu un rumore, come la peggior connessione modem del mondo, o l'rantolo finale e morente di un vecchio cane bastonato.

«Come pensavo» disse Vincent.

Si rivolse ai Modernisti. «Finitelo.»

Aurelia puntò il suo telefono e gli altri la seguirono. Circondarono Carmine, ogni telecamera trasmetteva, ogni sezione dei commenti era un maremoto. La luce, ormai una forza fisica, schiacciò Carmine contro il podio, sciogliendo il resto della sua storia in una pozza di inchiostro e vuoto urlante.

L'Archivio fu scosso da una convulsione. I pavimenti tremarono, gli scaffali crollarono, i fiumi d'inchiostro ribollirono, per poi evaporare in una foschia di pura e irrecuperabile perdita di dati. Il ricordo di Carmine, un tempo indelebile, ora faticava persino a persistere come meme. Nyx, sempre il DJ, mise in loop gli ultimi istanti sullo stream, remixando le ultime parole di Carmine in un ritornello balbettante e irriconoscibile.

Vincent lanciò un'occhiata a Mrs Barley, poi a Ren, poi al pandemonio assoluto che lo circondava.

Sorrise.

Era quasi finita.

I Modernisti, a un ordine secco di Aurelia, serrarono le fila. Circondarono Carmine con precisione militare, sebbene fosse la precisione di una squadra di venditori durante il Black Friday, non di un esercito. Ogni ring light era ora un faro di ricerca, ogni telefono una voce armata. I Modernisti marciarono, pestarono i piedi e presero posizione, formando un perimetro perfetto attorno al podio martoriato dove Carmine si rannicchiava.

Aurelia alzò le braccia e, con l'autorità naturale di chi una volta aveva superato in astuzia tre agenzie rivali prima di colazione, iniziò a guidare la folla. «Potenziate il segnale!» gridò, la voce che echeggiava nell'Archivio. «Se volete vederlo crollare, cliccate quel tasto 'mi piace'! Fate la storia con noi!»

La schiera dei Modernisti iniziò un canto lento e ritualizzato, qualcosa a metà tra un coro da stadio e un inno sacrificale. Cominciò piano, ma a ogni strofa, i loro numeri crescevano: ogni eco rimbalzava come dieci, ogni dieci diventava cento, e presto l'intero Archivio tremò al suono. I telefoni vibravano per le notifiche in arrivo. L'aria era un feed dal vivo di hashtag, slogan e inviti all'azione, tutti incanalati direttamente contro il nucleo urlante di Carmine.

Cass era un turbine di attività, passando da un dispositivo all'altro, tutti che trasmettevano livestream separati. «Siamo in tendenza globale!» strillò, la voce incrinata dalla gioia pura e incontenibile. «Primi a Londra, Parigi e New York, terzi al mondo!» I numeri salivano più velocemente di quanto le pareti dell'Archivio potessero elaborare; da qualche parte sopra di loro, la struttura stessa cominciò a deformarsi, allungandosi per accogliere il pubblico in crescita.

Nyx, impassibile e perfettamente sintonizzato, mise su una base corale dal proprio telefono. Ogni beat atterrava in sincrono con il canto, ogni drop echeggiava il ritmo di un milione di pollici che scorrevano. Tra una strofa e l'altra, inserirono clip del volto contorto di Carmine, riprodotte in loop e con l'autotune, finché le urla del vecchio non divennero un meme in tempo reale.

A terra, la magia virale era letterale: più persone guardavano, meno Carmine riusciva a difendersi. Ogni hashtag pubblicato — #CarmineChallenge, #CouncilFail, #RewriteTheNight — inchiodava un altro pezzo di lui al podio. Le pagine dell'Archivio, non più legate ai loro scaffali, scendevano in una nevicata di testimonianze ostili. Ogni pagina registrava una nuova umiliazione, una fresca contraddizione, una citazione errata così devastante da colpire fisicamente Carmine, aprendo nuove ferite di scrittura grezza e contorta.

Carmine cercò di contrattaccare, ma ogni volta che apriva la bocca, parlava una versione diversa di sé, nessuna d'accordo con la precedente:

«Non capite—»

«Non era questo il piano—»

«La storia appartiene ai vincitori—»

«È uno scherzo, una bufala, tutto quanto—»

Le voci contraddittorie si stratificarono, si sovrapposero e, nell'amplificazione virale del momento, si annullarono a vicenda. Era il suono di un uomo reso obsoleto dalla sua stessa storia, condannato a narrare la propria irrilevanza mentre il pubblico cantava per averne ancora.

Vincent, tenendosi un braccio malconcio stretto contro il fianco, si voltò verso Ren, che si trovava appena dietro Mrs Barley nel cerchio esterno. Il Marchio sul suo braccio era passato dal blu al bianco incandescente, lasciando fuoriuscire sottili rivoli di vapore che sfrigolavano e scoppiettavano nell'aria. Il suo volto era una maschera di dolore, ma i suoi occhi — sempre la cosa più viva nella stanza — erano fissi su Carmine con la lucidità di una fanatica.

Disse: «Non sta solo sanguinando attenzione: ne è affamato».

Mrs Barley, che si era procurata una nuova serie di adesivi anti-memetici e se li era appiccicati su braccia e collo, diede un'occhiata a Carmine e annuì. «Sta esaurendo la scrittura. Se ti è rimasto qualcosa, questo è il momento.»

Vincent fece un cenno a Ren di andare.

Lei non esitò. Si premette l'avambraccio Marchiato al petto, vi avvolse l'altra mano e tirò. Il dolore fu così immediato da accecarla, ma continuò a tirare, finché la superficie della sua pelle non si aprì come carta bagnata e il Marchio le venne via in mano: non un tatuaggio, ma una spirale di testo vivente e urlante, più luminosa di un bengala al fosforo.

Lo guardò — la sua stessa storia, tutto il dolore e la rabbia e il rumore che Carmine aveva scritto in lei — e poi fece la cosa più logica, più da Ren che si potesse immaginare: attraversò il cerchio dei Modernisti, schivò un fendente della mano rovinata di Carmine e gli schiaffeggiò il Marchio direttamente sul petto.

Bruciò come un ferro rovente, sfrigolò contro la pelle-vuoto, poi divampò. L'intero corpo di Carmine si irrigidì, i suoi occhi si rovesciarono all'indietro mentre il feedback ricorsivo di profezia ed esposizione lo colpiva tutto in una volta. La folla virale lo vide, lo amò e colse l'occasione per memarlo all'inverosimile.

Cass, senza mai perdere un colpo, gridò: «Mettete mi piace e condividete per scacciare l'oscurità! Finiamo questo bastardo!»

I commenti inondarono lo schermo: «Miglior ARG di sempre», «La CGI è PAZZESCA», «Vincent Lupo è un figo da paura». Ogni commento atterrò come un pugno. Nyx lasciò partire il beat e l'intero Archivio vibrò della gioia condivisa e vertiginosa di un milione di estranei che guardavano un cattivo avere ciò che meritava.

Ren barcollò all'indietro, ma Mrs Barley la afferrò per le spalle, sorreggendola.

Era il turno di Mrs Barley.

Avanzò verso il podio — ora un disastro, con l'inchiostro che si raccoglieva alla base, e Carmine che si contorceva e si spegneva al centro — e piantò la punta del suo ombrello nella pietra con la piena autorità burocratica di ogni notaio del Consiglio che fosse mai vissuto e morto per le scartoffie. Scattò il puntale, estraendo una punta d'argento, e la premette nel podio con la certezza della scure di un boia.

L'effetto fu immediato. Il terreno si spaccò, fessure si propagarono dalla punta dell'ombrello. Ogni frattura si illuminò, poi eruttò, una fontana di luce bianca che sgorgava attraverso il pavimento dell'Archivio come l'affioramento di un sole sepolto. I manoscritti presero fuoco, le fiamme blu e pulite, cancellando ogni traccia del vangelo di Carmine con la stessa definitività di un disco rigido formattato secondo gli standard del Ministero della Difesa.

Le ultime parole di Carmine non furono un urlo, e nemmeno una maledizione. Furono una semplice, disperata supplica, espressa da ogni versione contemporaneamente:

«La storia... deve restare nascosta...»

Ma non lo fece.

Si riversò fuori da lui: ogni segreto, ogni atrocità, ogni bugia, mezza bugia e omissione attentamente architettata. Fluttuò nella luce, dove i telefoni dei Modernisti la catturarono, la tagliarono, la montarono e la resero virale prima che Carmine avesse il tempo di modificare una sola parola. L'ultimo brandello del suo potere, il motore narrativo che lo aveva tenuto in vita per secoli, fu strappato via e consumato dalla folla.

Ebbe una convulsione, un fremito, poi, per una frazione di secondo, si ricompose nell'uomo che era stato un tempo: stanco, vecchio e solo. Guardò Vincent, e Vincent ricambiò lo sguardo, e per un momento nessuno dei due disse nulla.

Poi Carmine andò in frantumi. Si spezzò in un milione di frammenti, ognuno una storia negata, una voce smentita, un meme sopravvissuto a se stesso. I pezzi si dissolsero, assorbiti dal Marchio che ancora bruciava nel suo cuore.

Ren guardò il Marchio — il suo Marchio — divorare l'ultima parte della storia di Carmine, per poi spegnersi come una candela consumata. E con esso, il dolore nel suo braccio cessò.

I Modernisti, raggiunta la viralità, scoppiarono in festeggiamenti: selfie, abbracci, feste da ballo improvvisate. Nyx trasmise in livestream gli ultimi momenti, poi interruppe il feed e lasciò che la musica tacesse per la prima volta dopo ore. Cass fece un giro d'onore, poi crollò in un mucchio di cenere e risatine.

Aurelia, sempre attenta all'immagine, tirò a sé Vincent e Mrs Barley per una foto di gruppo, immortalando i sopravvissuti sullo sfondo di un Archivio in rovina, ma che si stava raffreddando. «La storia» disse, «appartiene a chi la scrive. O, quantomeno, a quelli che sanno come usare un buon filtro.»

Vincent si guardò intorno: Ren, esausta ma viva. Mrs Barley, che stava già ricaricando il suo ombrello con nuovi moduli burocratici. I Modernisti, vittoriosi a modo loro, del tutto unico. E, ovunque, il silenzio di una storia che era finalmente, veramente, finita.

VENTITRÉ

Tornati all'appartamento di Vincent, la realtà tornò a imporsi con un misto di mobilio logoro, un cattivo deodorante per ambienti e il brontolio costante del frigorifero che tentava di non morire di incuria. Lo shock della normalità fu così improvviso che il primo pensiero di Vincent, dopo il capitombolo, fu di aver avuto un'allucinazione. Fatta eccezione per il sangue, il suo, e il ricordo di quello di Carmine. E per l'inchiostro, che era ancora ovunque, nonostante tre passate su tutto il corpo con le salviettine per bambini meno allergeniche sul mercato.

Ren si afflosciò sul divano, quasi slogando una spalla alla signora Barley nel farlo. Sembrava che avesse appena finito un triathlon durante una grandinata: la felpa ridotta a brandelli, la pelle un misto di pallore e lividi, gli occhi enormi e persi nel vuoto. Teneva il braccio sinistro tra le mani, con il Marchio ormai ridotto a un segno cauterizzato, di un rosso rabbioso e debolmente luminoso sotto le luci dell'appartamento. Le dita della mano destra le tremavano, come se stessero ancora conducendo il ciclo di feedback di una profezia andata a male.

Vincent non si fidava delle proprie gambe, perciò si sedette sulla poltrona vicino alla finestra. Si piegò in due, i gomiti sulle ginocchia, e con un conato silenzioso vomitò in un fazzoletto. Ciò che espulse era per metà sangue e per metà l'inchiostro nero e vischioso di una stampante in fin di vita da qualche parte nel profondo del Servizio Sanitario Nazionale. Sputò, si pulì le labbra e, per la prima volta dalla pubertà, si chiese se forse un po' meno fame non sarebbe stata una benedizione.

Il compressore del frigo scattò, sovrastando le scosse di assestamento del silenzio. La signora Barley, dopo essersi controllata il polso (due volte), chiuse quel che restava del suo ombrello e lo appoggiò con delicatezza contro il radiatore. La punta d'argento si era piegata a formare una S al contrario, e il tessuto era, in alcuni punti, più assente che presente. Contemplò l'arma per un istante, forse come un ricordo del servizio reso o come candidata a un corretto riciclaggio, poi rivolse l'attenzione agli altri.

«Rapporto» disse la signora Barley, con la voce spogliata di tutto tranne che della memoria muscolare.

Ren sollevò la testa, sbatté le palpebre e mormorò: «Tutti presenti. Tutti a posto. Tutti più o meno ancora qui».

Vincent lanciò un'occhiata a Zara, che fluttuava sopra il tappeto, un fantasma persino per i bassi standard della Londra post-Carmine. Faticava a mantenere la forma: metà del suo viso svaniva e riappariva, il resto un abbozzo impressionista di un sorriso. Se le restava un briciolo di forza, lo spendeva nello sforzo di non far passare la mano attraverso i mobili.

I quattro sedettero in un cerchio di quiete post-battaglia,

come se l'appartamento stesso avesse bisogno di un minuto per elaborare ciò che vi era appena stato estruso dentro.

Vincent ruppe la quiete. «Quanto tempo abbiamo?» Non era sicuro se intendesse prima che il mondo si riavviasse, o prima di esaurire le sue seconde possibilità.

La signora Barley picchiettò sull'orologio, poi consultò il cellulare, infine il blocco note legale tutto rovinato. «Il tempo al momento è stabile» disse. «Ma solo a livello locale. A livello globale...» Si accigliò, come se il tempo globale fosse un affronto personale.

Ren si portò una mano all'orecchio, si staccò una scaglia di sangue secco e chiese: «Questo significa che abbiamo vinto?».

La signora Barley rifletté. «Siamo riusciti a impedire la ricorsione narrativa. Carmine è...» esitò, e Vincent notò la smorfia, come se stesse ammettendo un omicidio di cui avrebbe dovuto pentirsi. «...estinto. In modo permanente. Zara se n'è occupata».

Zara vacillò, lo sforzo di essere vista le costava caro. «Ho fatto quello che gli editor sanno fare meglio» biascicò, la voce che si affievoliva come una batteria scarica. «Tagliato per chiarezza».

Ren tentò di sorridere, ma il muscolo sembrava aver dimenticato come si facesse. «Allora sei una fottuta eroina».

Zara svanì per un istante, per poi riapparire. «Eroe fa rima con epitaffio. O qualcosa del genere. Datemi un minuto, la prossima volta sarò più spiritosa».

Vincent, sentendo le proprie viscere tentare di scegliere tra lo stato solido e quello liquido, si appoggiò allo schienale. Il movimento gli provocò una fitta di dolore lungo il fianco destro: la bruciatura d'aglio si era incrostata, ma un raggio di sole dalla finestra riuscì a raggiungergli la guancia, e quella zona sfrigolò all'istante, lasciando un segno fumante.

Si scostò di scatto, sibilando.

Ren se ne accorse, gli occhi che scattavano verso di lui. «Sei ancora...?»

Lui annuì, il movimento gli provocò le vertigini. «A quanto pare, le vecchie abitudini sono dure a morire. O non muoiono affatto».

Il Marchio sul braccio di Ren emise un debole bagliore, poi si spense. Lei lo guardò, passando un dito lungo la cicatrice.

«Ti fa male?» le chiese Vincent, più che altro per il perverso bisogno di distogliere l'attenzione da sé.

«Non quanto dovrebbe» rispose Ren. Lo guardò di nuovo, più da vicino stavolta, e le rughe attorno alla bocca le si tesero. «Non ti riprenderai da questa cosa, vero?»

Lui non rispose. Si limitò a guardarsi le mani: macchiate, callose, più estranee che sue. Le flesse una volta, osservando i tendini scattare, e pensò a tutte le cose che Carmine aveva tentato di scrivere dentro di lui. Forse un giorno avrebbe imparato a eliminarle, ma in quel momento, gli sembrava che ogni sua parte fosse ancora in lotta con il resto.

La signora Barley, che aveva recuperato il suo taccuino, cominciò a scrivere. Riempì la pagina con una scrittura fitta e sinuosa – osservazioni, conclusioni, punti d'azione – la penna che si muoveva con una grazia fluida, quasi vendicativa. Era la burocrazia della ripresa, un modo per dare un senso alla follia numerandola, mettendola in nota e rendendola innocua attraverso la ripetizione.

Vincent la osservò, e provò qualcosa di simile all'invidia.

Sul divano, Ren chiuse gli occhi, le spalle scosse da un

fremito mentre espirava. La mano le poggiava sulla cicatrice del Marchio, ma non cercò di coprirla. Non c'era più bisogno di nascondersi: il segreto era svelato e, per una volta, il mondo non era finito.

Zara si afflosciò di lato, un piede che le passava dritto attraverso il tavolino da caffè. «Te l'avevo detto» sussurrò. «I bravi editor sanguinano».

Vincent sorrise, suo malgrado. Il suono era umido, ma sincero.

Attese che il mondo si resettasse, che la notizia si diffondesse, che la prossima idiozia travolgesse la città.

Ma per ora, si concesse solo di riposare.

VENTIQUATTRO

La Camera del Concilio della Corte dei Pallidi Affari aveva superato rivoluzioni, scismi, un breve ma memorabile colpo di stato da parte dei Vampiri per la Giustizia Ambientale e almeno sei pandemie, alcune virali, altre ideologiche. Ma nella storia della sua volta di vetro colorato e del suo calcare butterato come la luna, nulla aveva mai incrinato la sua compostezza come un livestream dei Modernisti.

Al centro della camera, una dozzina di schermi di cristallo pendevano sospesi sopra l'antica fossa del dibattito, ognuno sintonizzato su un angolo diverso dell'urlo collettivo di Internet. La battaglia dell'Archivio si ripeteva in un loop infinito: spezzettata, trasformata in meme e corredata di hashtag in una vita digitale che faceva sembrare i verbali ufficiali del Concilio una lettera d'addio scritta in font Courier. Sul feed principale, un fermo immagine di Carmine a metà del suo collasso – il volto che oscillava tra quello di un cattivo e un modello per meme – aveva già accumulato quattro milioni di like, duecentomila reazioni «scream» e un commento continuo che spaziava da «i vampiri esistono, LO SAPEVO» a «la CGI sta diventando pazzesca ultimamente lol».

L'Anziano Mortimer Blackthorn era appollaiato al vertice della fossa del dibattito, con le vesti rigide di amido e di quel tipo di dignità che si poteva acquistare solo sopravvivendo a quattro secoli di rivali. I suoi colleghi si dispiegavano ai suoi fianchi, formando un muro di volti esangui e impassibili, sufficiente a turbare chiunque, tranne coloro che erano abituati al rituale di umiliazione delle ambizioni altrui. Gli occhi di Blackthorn, infossati nel cranio, passavano da uno schermo all'altro come se cercasse una versione degli eventi che lo rendesse il vincitore.

Vincent, fasciato dal sopracciglio alla caviglia, osservava i lavori da una panca di pietra due gradini sotto l'Anziano. Le linee di vista nella Camera erano strettamente gerarchiche: ogni posto più in basso costringeva a guardare i propri superiori e, in quella particolare disposizione, Vincent era schiacciato tra i Modernisti e il resto di ciò che la signora Barley aveva soprannominato «la reunion di ex allievi condannati». Ren era seduta alla sua destra, pallida ma viva, la mano ancora avvolta in una fascia e gli occhi che seguivano ogni guizzo degli schermi. Alla sua sinistra, la signora Barley stringeva la borsetta, il volto atteggiato in un modo che le aveva permesso di superare tre precedenti cambi di regime.

I Modernisti stavano in blocco, come se la pura vicinanza potesse impedire loro di essere polverizzati dallo sguardo combinato del Concilio. Aurelia Voss sembrava la meno turbata, i capelli di platino così perfettamente laccati che la fredda illuminazione della camera sembrava imperlarsi e scivolarvi sopra.

Cass, al suo fianco, era troppo occupato a mandare messaggi per quello che doveva essere il giro della vittoria più virale del mondo per accorgersi di essersi strappato un pezzo della felpa nella mischia finale dell'Archivio. Nyx, come sempre, aleggiava tra il sonno e la trascendenza, gli occhi nascosti dietro occhiali a specchio ma le orecchie sintonizzate su ogni subarmonica della camera.

Sugli schermi, il meme di Carmine raggiunse un nuovo picco: qualcuno aveva usato un deepfake per modificare le sue ultime parole in:-«Se siete d'accordo che i gatti sono carini. Non dimenticate di mettere like e iscrivervi». Il Concilio, di norma, non rideva, ma il grugnito proveniente dalle panche più basse fu inconfondibile.

L'Anziano Blackthorn zittì la sala con un mignolo alzato, lo stesso gesto che un tempo mandava interi tribunali in sottomissione catatonica.-«Siamo riuniti» intonò «per affrontare le conseguenze di quello che è stato definito l'Evento di Ricorsione di Carmine». Gli schermi dietro di lui sottotitolarono automaticamente la frase come «#carminefail», il che quasi incrinò la faccia da poker della signora Barley.

«Che sia messo a verbale» continuò Blackthorn «che l'intervento... dei Modernisti, sebbene in violazione di una dozzina di regolamenti vigenti, ha impedito il collasso narrativo totale e la perdita della realtà consensuale dei mortali».

Aurelia sorrise raggiante, inchinandosi con entrambe le mani come se avesse appena centrato l'obiettivo di vendita in una puntata particolarmente difficile di *The Apprentice*.-«È stato un lavoro di squadra» disse, rivolgendo il sorriso a Vincent e Ren come se si aspettasse che si unissero alla foto di gruppo.

Il sopracciglio sinistro di Vincent si sollevò oltre la benda e mormorò:-«È la prima volta che qualcuno mi definisce un uomo di squadra». Ren sorrise, un movimento a malapena controllato.

Cass si intromise:-«Abbiamo già avviato le procedure di contenimento dei danni. Entro stasera, l'argomento di tendenza si sposterà sui dibattiti cospirazionisti e c'è già un sondaggio su quale ministro del governo sia in realtà una spia che lavora per i nordcoreani». Sembrava così orgoglioso di ciò che diversi membri del concilio dovettero controllare i loro appunti per trovare la corretta reazione facciale.

Nyx, per non essere da meno, aggiunse:-«Abbiamo programmato una scena post-credits per domani sera. Anticipa la storia, o la storia anticiperà te».

La signora Barley trascrisse tutto alla lettera sul suo blocco note, poi si chinò verso Vincent.-«Ti rendi conto» mormorò «che se i Modernisti ottengono un encomio dal Concilio, ogni vampiro da quattro soldi con un segnale Wi-Fi penserà di essere una risorsa strategica».

Vincent scrollò le spalle.-«Puoi sempre minacciare di bannare i loro account».

La signora Barley sbuffò e, per un momento, i due furono uniti dalla magra consolazione di sapere che nessun disastro era così grave da non poter essere peggiorato da un comitato.

-

All'estremità opposta della tribuna, la più anziana membro vivente del consiglio – una donna così secca che avrebbe potuto essere scolpita dall'emicrania – si sporse in avanti.-«Se la Camera è d'accordo» gracchiò «potremmo considerare una dichiarazione formale. Il pubblico richiede una spiegazione o, per lo meno, un cattivo affidabile». Lanciò uno sguardo tagliente ai Modernisti.-«Preferibilmente uno con una soglia dell'attenzione più bassa del signor Lupo».

Vincent accennò un finto saluto.

I venti minuti successivi furono un incidente d'auto al rallentatore fatto di rituali e aggressività passiva. Il Concilio abbozzò, emendò e riscrisse una versione ufficiale dei fatti, ogni volta più barocca della precedente. Tentarono, con sempre meno sottigliezza, di addossare l'intera faccenda ad «agenti canaglia», poi a un «sabotaggio culturale», e infine, in un ultimo disperato tentativo, alla «deplorevole ascesa della tecnologia dirompente». Ma i Modernisti, ormai imbaldanziti, respinsero ogni accusa con un misto di dichiarazioni preparate e di prove crude e virali tratte dai loro stessi livestream. Alla fine del dibattito, era chiaro che il massimo che il Concilio potesse sperare era di evitare di essere cancellato a suon di meme prima dell'ora del tè.

Ren, osservando i fuochi d'artificio, diede una gomitata a Vincent.-«Sono terrorizzati da noi».

Lui guardò la penna d'oca di Blackthorn sospesa sulla mozione ufficiale, la mano dell'Anziano che tremava abbastanza da tradirne il costo.-«Dovrebbero» sussurrò Vincent.-«Siamo l'unica cosa che impedisce loro di diventare la notizia della settimana scorsa».

La signora Barley, intuendo il momento, iniziò un nuovo appunto:-«Minaccia Modernista non tattica. Esistenziale.

Raccomandare l'adozione di protocolli di disturbo o l'integrazione obbligatoria di influencer». Vincent si morse la lingua per non ridere, il che gli valse un'occhiataccia dalla signora Barley e un sorriso di sbieco da Ren.

-

Aurelia, con gli occhi fissi sull'Anziano, gridò:-«Allora, adesso facciamo parte del Concilio?». La stanza si ritrasse. Gli schermi si bloccarono sul suo volto, zigomi alti e occhi da squalo, il prossimo meme che già si stava componendo nel centro dati dell'Es del mondo.

-

Blackthorn posò la penna d'oca. L'encomio ufficiale, calligrafato a mano, si materializzò al centro della tribuna, il suo sigillo di cera che colava un po' più rosso del necessario.

-

«In riconoscimento dei servizi resi al Patto e alla narrativa generale, il Concilio riconosce i Modernisti come...-"risorse utili" nel contenimento continuo del soprannaturale». Le parole rimasero sospese nell'aria come un cattivo odore.

-

Cass esultò con un pugno. Nyx eseguì una dab così svogliata che avrebbe potuto essere fatta dalla tomba.

-

Aurelia sorrise radiosa, poi, con la grazia di una professionista consumata, offrì la mano a Vincent. Lui la valutò per un istante, poi la strinse, premendo abbastanza forte da ricordarle chi dei due avesse le zanne più lunghe.

-

Ren, incoraggiata, fece l'occhiolino a Cass, che arrossì così in fretta da mandare quasi in cortocircuito il proprio telefono.

La signora Barley fece scattare la penna, poi si sistemò la gonna.-«Vogliamo aggiornarci prima che comincino a chiedere dichiarazioni?»

Il Concilio, liberato dall'obbligo di fingere di aver gradito quello scorcio di futuro, si dileguò in un panico composto. L'Anziano Blackthorn si attardò, lo sguardo che bruciava un buco nella nuca di Vincent.

«La prima vittoria di pubbliche relazioni per i vampiri nella storia» mormorò Vincent, abbastanza forte da farsi sentire dalla signora Barley e da Ren.-«Siamo condannati».

La signora Barley gli lanciò un'occhiata così affilata da poter cavare sangue, ma Ren si limitò a ridacchiare e a dire:-«Almeno sarai di tendenza».

Vincent, per la prima volta quella mattina, si concesse un sorriso.

Seguì gli altri fuori, il peso di mille profezie fallite sostituito, per una volta, dal fardello più leggero della vittoria.

L'appartamento di Vincent sembrava la scena del crimine di un catalogo Ikea: esangue ma non incruenta, mobili sparsi in un'agonia drammatica e ogni superficie riflettente ancora orlata dal bagliore blu di una presenza spettrale. Il frigorifero, avendo perso la voglia di vivere da qualche parte nella notte, ronzava in tonalità minore. Le ring light erano sparite, sostituite da un'unica lampada malconcia tenuta insieme da nastro adesivo e ostinazione, il cui paralume era così bruciacchiato da proiettare macchie di Rorschach sulle pareti.

Vincent si era accampato sul divano, più per le ferite che per preferenza. Le bende gli percorrevano le braccia e il collo e l'unica ragione per cui il suo orecchio destro era ancora attaccato era perché Ren glielo aveva riattaccato premendolo e lo aveva minacciato con uno spiedino da kebab se si fosse permesso di contrarsi durante l'incollatura. La bruciatura d'aglio aveva formato una crosta, poi una vescica, poi di nuovo una crosta, e lui aveva smesso di controllare se le cicatrici stessero guarendo. Alcune ferite, come diceva Ren, erano uno stile di vita.

Ren stessa era spaparanzata all'altra estremità del divano, con la felpa chiusa fino al mento e le mani infilate sotto le ginocchia. I suoi occhi non si fermavano mai, guizzando costantemente tra il telefono (che non caricava da sedici ore), la TV (permanentemente senza volume e bloccata sul telegiornale) e il suo braccio sinistro, dove il Marchio era ormai solo una cicatrice debole e arrossata. Di tanto in tanto, si passava il pollice sulla pelle, per poi ritrarlo di scatto come se si aspettasse che la storia ricominciasse.

Al tavolo della cucina, la signora Barley batteva a macchina. Le sue mani, rapide e spietate, martellavano il portatile malconcio. Dal lavandino proveniva l'odore di detergente al limone e caffè istantaneo, bloccato in una perenne situazione di stallo con l'aria viziata di una stanza che non era stata aperta al mondo per mesi.

Zara fluttuava. A volte era visibile, in piedi sulla soglia come se stesse valutando se unirsi a loro o iniziare una sua infestazione personale. A volte era solo un luccichio con la coda dell'occhio, un'immagine residua che faceva rizzare i peli sulle braccia anche dopo averla vista morire due volte. Quel giorno, prediligeva la forma corporea, ma era il tipo di forma corporea che sembrava a pochi secondi dall'essere caricata sul cloud.

«È questa la sensazione di una vittoria?» chiese Ren, rompendo il silenzio. La sua voce era roca, come se avesse passato la notte a urlare a una partita di calcio o al collasso di un universo minore.-«Perché quasi rivorrei indietro i miei soldi».

Vincent grugnì. Aveva passato gran parte della mattinata a cercare di mettere insieme quale sarebbe stata la versione ufficiale del Concilio e il modo migliore per sovvertirla prima che tentassero di inchiodarlo alla croce della «complicità». Finora, l'unica buona notizia era che il nome di Carmine era sceso dai tag di tendenza, sostituito dal piccolo scandalo di un deputato Tory sorpreso a fare sexting con un bot dei Modernisti.

«Poteva andare peggio» disse Vincent, ruotando una spalla e facendo una smorfia al suono della benda secca che si spezzava.-«Potevi essere morta».

La signora Barley, che non aveva mai permesso che l'angoscia esistenziale interferisse con una scadenza, disse:-«Se siete morti, siete pregati di avvisarmi così posso riassegnare i vostri compiti. Altrimenti, siete attesi al quartier generale dei Modernisti alle venti in punto».

Vincent lasciò ricadere la testa contro il divano.-«Non voglio vedere un altro uno smartphone vita mia. Pensavo di essermi guadagnato una promozione».

La signora Barley non alzò lo sguardo.-«Tecnicamente, sei

una persona di interesse in quattro indagini in corso. È meglio se sei visibile».

«Visibile» fece eco Zara, la voce sottile come carta da lucido.-«È un modo di dire».

Ren sbuffò.-«Almeno non sei di tendenza come #VincentLIncel. Cass sta già vendendo le magliette».

«Non sono nemmeno un incel» protestò Vincent.-«Ho fatto sesso. Un sacco. Solo non... di recente».

Questo, finalmente, strappò un sorriso a Ren.-«Se può consolarti, i fan pensano che tu stia segretamente struggendoti per Carmine».

Vincent emise un suono a metà tra una risata e un ringhio.-«Preferirei bere candeggina».

Zara fluttuò verso di lui, il volto affilato dalla malizia.-«Se hai finito la candeggina, ho un piano di riserva. Io, te e una notte di livestream "educativi". Faremo in modo che i mortali implorino il ritorno di Love Island».

Lui alzò un sopracciglio.-«Hai ancora il permesso di andare su TikTok?»

Lei scrollò le spalle, che si offuscarono.-«Solo in modalità con controllo parentale».

La signora Barley finì un paragrafo e chiuse il portatile con uno scatto.-«Se avete finito di crogiolarvi, abbiamo del lavoro da fare. Il Concilio si aspetta un rapporto completo entro la fine della giornata, comprese le raccomandazioni per il contenimento».

Vincent sbatté le palpebre.-«Contenimento di cosa? Carmine se n'è andato».

Gli occhi della signora Barley brillarono.-«Non Carmine.

Noi. I Modernisti. Il pubblico. Chiunque pensi che il mondo sia più interessante con i vampiri».

Ren serrò la mascella.-«Hanno intenzione di provare a cancellare di nuovo la memoria del pianeta?»

La signora Barley scrollò le spalle.-«Improbabile. L'Archivio è stato un caso isolato. Ma impiegheranno misure di "ripristino leggero": voci, disinformazione, distrazione algoritmica». Guardò Vincent da sopra la montatura degli occhiali da lettura.-«Sarai in prima linea. Divertiti».

Il silenzio mise radici.

Zara, ancora solo per metà presente, si sedette sul bracciolo del divano e diede un colpetto alla gamba buona di Vincent con la sua.-«Non devi farti rinchiudere di nuovo in uno scantinato con un registratore a nastro. Meriti di far parte della storia».

Lui roteò gli occhi.-«Voglio solo una vita tranquilla».

Lei sorrise.-«Allora hai scelto l'aldilà sbagliato, amico mio».

Qualcuno bussò alla porta. Non sembrava il vecchio e timido colpetto di un fattorino della pizza, né il tipo frenetico da ariete della polizia. Era, inconfondibilmente, il bussare di un burocrate: tre colpi secchi, una pausa, poi un altro per enfasi.

La signora Barley andò ad aprire. Un uomo in un abito color antracite era in piedi nel corridoio, i capelli appiattiti all'indietro, gli occhi così distanti che sembrava fosse stato assemblato in una stanza buia da qualcuno che leggeva il manuale al contrario. Teneva una cartellina di plastica in entrambe le mani, le braccia tese, come se fosse terrorizzato di contaminare sé stesso o il destinatario.

«Consegna del Concilio» disse, con una voce sintonizzata esattamente al livello di "Sto Solo Facendo Il Mio Lavoro".

La signora Barley firmò per la cartella, ne sfogliò il contenuto e la richiuse di scatto.-«Altri appostamenti» annunciò, lasciando cadere il fascicolo sul tavolino.-«Altri Modernisti. Altro "contenimento". Vincent, torni sul campo. Ren, tu sei con lui. Zara...» si interruppe, poi, con un lievissimo incurvamento delle labbra,-«continua a essere te stessa».

Il messaggero svanì. Zara fischiò, un fischio lungo e basso.-«Salvato il mondo, condannato al servizio binocolo. Un classico».

Ren afferrò il fascicolo, sfogliò le prime dieci pagine e sbuffò.-«Hanno persino sbagliato il tuo nome. Due volte».

Vincent scorse gli incarichi.-«Ci hanno messo in coppia con i Modernisti per ogni turno. Sperano che noi contagiamo loro o viceversa?»

La signora Barley riprese il portatile e l'ombrello, come se questi fossero gli strumenti che l'avrebbero aiutata a superare l'imminente piaga dell'idiozia.-«Se non sarai morto tra una settimana, aggiornerò la tua valutazione delle prestazioni».

Zara, vedendo l'oscurità sul volto di Vincent, si chinò finché i loro nasi quasi si toccarono.-«Non devi farlo. Puoi scappare. Nasconderti. Trasferirti a Birmingham. Non ti cercheranno mai lì».

Lui sogghignò.-«Non durerei una settimana a Birmingham. Prenderei fuoco sulla tangenziale».

Lei sorrise, il suo contorno che per la prima volta quel giorno tremolò diventando di un blu elettrico brillante.-«Sei a posto, Lupo. Anche se sei il bastardo meno preferito del Concilio».

«Qualcuno deve pur esserlo» disse lui e, per un momento, si sentì quasi normale.

Ren chiuse il fascicolo e lo gettò sulla pila di contenitori di curry mezzi mangiati.-«Allora, qual è il prossimo passo?»

Vincent allungò la mano verso il telecomando, cambiò tre canali, poi sintonizzò la TV su un vecchio documentario sul crollo dell'Impero Asburgico.-«Appostamenti, ovviamente» disse, grattandosi il mento con una mano fasciata.-«Ma prima... kebab».

Gli altri annuirono, quel tipo di accordo silenzioso che si ottiene solo da persone che sono sopravvissute a qualcosa insieme.

E mentre la notte volgeva al termine, e Zara svaniva e riappariva con le storie sullo schermo, Vincent si concesse il lusso di credere, solo per un minuto, che forse il mondo valesse una seconda stesura.

Continua a leggere la **Trilogia di Zanne e Fiele** con il **Libro 3:-Riscrivere la Morte**

NEWSLETTER

Vuoi ricevere in anteprima informazioni sulle prossime pubblicazioni?

Ti piacerebbe avere accesso esclusivo a omaggi, offerte speciali e contenuti extra?

Senti che la tua vita non è completa senza le riflessioni mensili di Jon su scrittura, lettura e editoria?

C'è una soluzione! Iscriviti subito alla newsletter di Jon:

https://jonsmith.net/mailing-list

SULL'AUTORE

Jon Smith è l'autore bestseller di oltre 50 libri per bambini, ragazzi e adulti. I suoi libri hanno venduto più di mezzo milione di copie e sono stati pubblicati in sette lingue.

Oltre a scrivere libri, Jon è uno sceneggiatore e librettista di musical pluripremiato, con produzioni al Birmingham Hippodrome, al Belfast Waterfront, al Park Theatre di Londra e al PJPAC di Kuala Lumpur.

Padre di quattro figli, vive vicino a Liverpool con la moglie e i loro due bambini in età scolare.

Quando sarà grande, vorrebbe fare il bibliotecario.

www.jonsmith.net

X x.com/jonsmith_author

instagram.com/jonsmith_author

goodreads.com/jonsmith_author

amazon.com/author/jonsmith

facebook.com/authorjonsmith

NOTA DELL'AUTORE

Ciao,

Grazie mille per aver letto *I Diari Del Paletto*!

È stato davvero divertente da scrivere e spero sinceramente che tu l'abbia trovato una lettura piacevole.

Se il libro ti è piaciuto, ti sarei immensamente grato se volessi lasciare una recensione.

Le recensioni aiutano moltissimo gli autori, sia perché offrono preziosi riscontri su ciò che piace ai lettori, sia perché migliorano la visibilità del libro sui siti di vendita online.

Grazie in anticipo — non vedo l'ora di leggere i tuoi commenti.

Jon

ZANNA E DISGUSTO: UNA COMMEDIA VAMPIRICA

BAL
KON
media